BESTSELLER

Noela Lonxe nació y creció en Galicia. Se licenció en Filología inglesa y trabajó para varias empresas en el sector de prensa y comunicación antes de dedicarse a tiempo completo a la escritura. Desde que recuerda, siempre ha estado obsesionada con dos cosas: lo esotérico y las palabras. En la bahía de San Francisco, combina ambas como terapia y sustento espiritual. Vive en una casita de más de un siglo con su pareja, hija y una perra clavadita al dios Anubis. Le inspira la niebla, la lluvia, las mansiones decrépitas, los cuentos de hadas y las fotografías viejas.

Biblioteca

NOELA LONXE

Pan de bruja

Primera edición en DeBolsillo: noviembre de 2021

© 2019, Noela Fernández-Albor Batallán
© 2019, 2021, Penguin Random House Grupo Editorial, S. A. U.
Travessera de Gràcia, 47-49. 08021 Barcelona
Diseño de cubierta: Penguin Random House Grupo Editorial
Imagen de cubierta: © Michelle McNeil

Impreso en Estados Unidos - *Printed in USA*

ISBN: 978-84-663-5783-8

Para mi hermana, Xiana

¿Por qué buscas con tanto empeño la verdad en lugares lejanos? Busca el engaño, y la verdad, en el fondo de tu propio corazón.

RYŌKAN

Agradecimientos

A mi marido e hija, mi adorada pequeña familia. Gracias, Meric, por alentarme y apoyarme desde el principio, desde aquel día en que me quedé sin trabajo en San Francisco y se me ocurrió la quijotesca idea de escribir las historias que llenaban mi cabeza.

Gracias al resto de mi familia y amigos por lo mucho que me enriquecéis e inspiráis.

Especialmente a mi hermana Xiana, sin su ayuda no sé si este libro hubiera sido posible ya que, excepto escribirlo, ha hecho todo lo demás.

Gracias infinitas a Jerome, mi Teodosia particular. Gracias a Michelle McNeil, a Yolanda Barambio, a Carolina Martínez y a la comunidad de lectores y escritores que me he encontrado en las redes. A toda esa gente que, sin ningún tipo de esnobismo, le dan una oportunidad a libros desconocidos y autopublicados como este lo fue en sus inicios.

Gracias a las mujeres. A las leyendas. Y a las leyendas sobre mujeres.

Gracias a los pequeños actos de magia cotidianos, sin los cuales esta historia nunca hubiera visto la luz.

1

Las tierras gallegas comienzan a dibujarse allá abajo y, con ellas, sobreviene el temblor. Etna clava las uñas en el reposabrazos de su asiento. «¿A quién se le ocurre hacer un entierro en martes 13? —se pregunta mientras se aprieta el cinturón de seguridad hasta pillarse la piel—. ¿No podían esperar hasta mañana?»

Tras el siguiente bandazo, intenta coger la mano de su hija, pero Serafina la aparta de un manotazo y continúa dibujando en la dichosa libreta roja. Si pudiese, la quemaría.

—¿Todavía sigues enfadada?

Serafina responde mostrando el aparato de dientes rosa a través del labio fruncido.

Ahora va a ser culpa suya que su marido se la estuviera pegando con la niñera, ¡no te fastidia...! Pero claro, como buena madre que es, no puede decirle a una niña de doce años que su adorada Stefania es un zorrón rompefamilias, y su querido padrastro, un cerdo mentiroso compulsivo.

«Señoras y señores, estamos atravesando una zona de turbulencias. Por favor, abróchense los cinturones y permanezcan sentados en sus asientos.»

No puede ser que el avión se caiga un martes 13, el mismo día del entierro de su abuela, ¿no? Eso solo pasa en las películas. El estómago le salta al compás de las cabriolas del avión entre las nubes. Algunos pasajeros gritan. Etna se les une y chilla como si estuviera montada en una montaña rusa.

—¡Chis! ¡Cállate, Etna! ¡Qué vergüenza! —Serafina se tapa la cara con las manos mientras se desliza hacia abajo en el asiento.

—¡Te he dicho mil veces que me llames mamá, caray! —Se enfrenta a la mirada desafiante de su hija por unos segundos... ¡Cuánto se parece a su padre!—. ¿Tú no tienes miedo?

—Son solo turbulencias. ¿Por qué no te tomaste una de tus pastillas, si ya sabes que te da miedo volar?

—Para un vuelo tan corto no merecía la pena. —Etna se lleva la mano al pecho, arrepentida de haber decidido hacerse la fuerte precisamente hoy... Si se toma ahora un Trankimazin, ¿le hará efecto? El sonido del motor disminuye y Etna da un respingo en el asiento—. Y ese ruido, ¿qué es?

—Vamos a aterrizar, eso es lo que es. —Serafina pone los ojos en blanco y Etna se pregunta: «¿Cuándo se volvió una adolescente insufrible?». Empieza a rezar por lo bajini.

—Padre nuestro que estás en los cielos, santificado sea tu nombre, venga a nosotros tu reino... ¿Cómo seguía, concho? Padre nuestro que estás en los cielos, santificado sea tu nombre, venga a nosotros tu reino.

«Señoras y señores, acabamos de aterrizar en el aeropuerto de A Coruña. Son las 10.22, hora local, y la temperatura es de dieciocho grados centígrados. Permanezcan sentados hasta que la luz de...»

—¡Gracias a Dios! Vamos, cariño, que no quiero ser la última en salir.

Etna y Serafina son las primeras en abandonar el avión y también en coger sus pesadas maletas. Salen por la puerta de llegadas de pasajeros, donde Funes, el chófer de la abuela, las está esperando. Etna lo saluda con efusividad, pero el hombre actúa como si no hubiesen pasado doce años desde la última vez que la llevó al aeropuerto, cuando Serafina todavía estaba en su barriga.

—Tengo orden de ir al cementerio, ya llegamos tarde —anuncia Funes con seriedad.

—Lo siento. El avión tuvo que dar varias vueltas antes de aterrizar por culpa del mal tiempo. —Las palabras de disculpa de Etna se dirigen a la rasurada nuca de Funes, que ya avanza hacia el coche con las maletas.

Una vez en el interior del vehículo, el hombre conduce en silencio a través de carreteras secundarias. Las ramas más altas de los árboles hilan encajes bajo el cielo holográfico de septiembre.

Etna sale del coche la primera, abotona su abrigo, se sube las solapas e inspira el olor rancio de las algas. La marea está baja y las plantas de las marismas muestran sus tallos más íntimos. Se frota los ojos, irritados por el madrugón, y delinea con la vista cada montículo hasta llegar a los cipreses del camposanto. Exhala un suspiro exagerado.

—Inglesa —suena una voz a su espalda, que Etna reconoce al momento.

—¡Hortensia! —Etna se arroja a los brazos del ama de llaves como una niña pequeña.

—¡Hala, *miñafilla*, hala, guarda las lágrimas para el entierro! —Hortensia le da palmadas en la espalda mientras mira hacia Serafina y sonríe—. Y esta, ¿es la tuya?

Etna asiente limpiándose la humedad salada de las mejillas.

—Mira, Sera, esta es Hortensia. Es como mi...

—Sí, como tu abuela, me lo has dicho mil veces. ¡Hola! —Serafina saluda con la mano, pero Hortensia la agarra de la cabeza y le planta dos besos sonoros en las mejillas.

—*Igualiña* al padre. —Suelta una carcajada que suena a cacareo—. No puedes negar que es de él.

Serafina sonríe orgullosa.

—Sí, se parece mucho. —Etna mira a su hija de arriba abajo, delgada y larga como un bambú, y con el pelo tan liso y oscuro que parece que esté mojado.

Las campanas comienzan a repiquetear. Hortensia agarra a Etna del brazo y agría el gesto.

—Vamos, que ya es la hora.

El sol es un manchurrón amarillento que se ha asomado entre las nubes con forma de ballena cuando el cura termina su discurso sobre la eterna salvación de las almas. Hace un gesto para que los ayudantes introduzcan el féretro en el nicho. Los pocos asistentes, en su mayoría integrantes del servicio, entonan un himno de misa que rebota entre las calles de nichos. Etna siente un escalofrío. «¡Qué horror que te entierren en uno de esos agujeros!». Se imagina escarabajos comiendo sus entrañas y se frota las piernas para asegurarse de que no trepa ninguno, a la vez que toma nota mental para acordarse de decirle a Serafina que quiere que la incineren.

Tras el entierro, el chófer las lleva en coche hasta la casa de la abuela. Etna traga saliva cuando por fin se halla, frente a frente, ante el gran muro gris flanqueado por las dos arpías de piedra, cuyos pechos inertes parecen moverse. Espira despacio, intentando ahuyentar los pensamientos negativos. El gran portalón se abre y deja a la vista el camino de lavanda que lleva hasta la entrada principal y que recorren con la solemnidad de un cortejo fúnebre.

Hortensia abre la puerta y un pungente olor a moho y oscuridad las envuelve de inmediato. Etna se agarra la pechera con la mano mientras adapta la mirada a la escasez de luz. Todo parece más pequeño y sucio, cubierto con la pátina de cuando se dejan las cosas morir: los espejos neoclásicos, las molduras del techo, los tapices, las lámparas de araña... Manchas indescifrables destiñen las alfombras persas. Cada habitación es un estadio en el deterioro. La sala de música es una cordillera de cajas, telas y cachivaches de todo tipo. El saloncito de la costura, donde la abuela y Hortensia pasaban las horas tejiendo junto a la estufa, es un zulo oscuro con olor a acetona. Tejían los días cortos, cuando llovía sin parar y el viento enfermaba a los perros con rabia. Tejían los días largos, cuando las gaviotas se posaban en el muro y la sal se incrustaba en la madera de los marcos.

Regresan al recibidor, donde la mayoría de los muebles están cubiertos con sábanas y muchos cuadros han dejado en la pared la huella de su marco.

—¿Qué ha pasado? —pregunta Etna con los brazos abiertos.

—Tu abuela no quería malgastar. Cada vez imponía nuevas normas. Las horas de encender la luz, el agua... No sé, *miñafilla*. —Hortensia aparta una telaraña de su camino—. Y cuando la ingresaron en la clínica, de eso hará ya casi un año, dijo que quería echar la llave. Y solo nos quedamos Perfecta, Funes y yo.

—¿Estuvo un año ingresada? ¿Y no me comentasteis nada?

—Pidió que no te molestáramos.

—Voy a explorar arriba —suelta Serafina, aliviando la tensión que se establece entre las dos mujeres, y da grandes zancadas escalera arriba esquivando apenas a su madre.

—Buena idea, hija.

Etna se sienta en la escalera. Un silencio oscuro trepa por su pecho. Mira alrededor, las esquinas mohosas, la madera agrietada. Siente el frío de la casa cerrada. Sus ojos arden. Espera a que su hija se aleje y se deja llevar por el hipo de la culpa. Hortensia se ocupa de barrer con una escoba todavía más sucia que el suelo. Al rato, Etna se recompone y toma aire.

—¿Cómo murió? —pregunta.

El ama de llaves desparrama su redonda silueta en una silla.

—Dormida. Fue de madrugada, que es cuando los finados se marchan. —Se frota las rodillas que asoman bajo la falda de lana—. Pero yo estaba dormida; ya sabes que tu abuela no era muy dada a las despedidas. Sabíamos que ocurriría pronto porque tu abuelo ya la había venido a buscar, pero Perfecta lo espantó.

—¿Cómo que lo espantó?

—Perfecta vio la sombra de un hombre en la puerta y le espetó: «¡Márchate, aparición!», así que el pobre don Cósimo se fue y tardó unos días en volver. Pero, claro, volvió porque estaba de Dios, *miñafilla*. —Hortensia clava los dedos pulgares en su pecho.

—¿Sufrió? —Etna no se atreve ni a levantar la mirada.

—No creo, estaba muy sedada. Ella ya andaba más fuera que dentro esos últimos días. Perfecta dice que la oía subir la escalera aquí en la casa, revolver en su habitación..., y jura que cada noche, a la misma hora, el horno se encendía.

—¿Cómo que el horno se encendía? —Etna se lleva la mano a la barriga, que se queja con retortijones.

—Sí, sonaba el reloj del horno y Perfecta iba a mirar y estaba encendido, cada noche, hasta que doña Emelina murió. Ya sabes que tu abuela era medio meiga. —El viento comienza a batir las contraventanas—. ¡Jesusiño! Va a caer una buena. —Hortensia se levanta con una agilidad impropia para su peso y edad y se estira la falda—. Voy a encender el fuego en vuestros cuartos.

Sube un escalón y se para en seco, llevándose la mano a la frente.

—¡Ay, qué cabeza! Casi se me olvida. Tu abuela me dio esto para ti, unos días antes de fallecer. —Hortensia se mete la mano en el sujetador, saca un sobre y se lo da.

—¿Qué es? —pregunta Etna, pero Hortensia ya se ha marchado hacia el piso de arriba.

Etna inspecciona el envoltorio, caliente por el contacto cutáneo, donde aparecen escritas las palabras: «Para Etna. De su abuela».

Abre el sobre con manos temblorosas. Dentro hay un solo papel, doblado más veces de las necesarias. Etna lo despliega con cuidado de no romperlo. Entrecierra los ojos tratando de descifrar el manchón oscuro en el centro: es un grabado, probablemente ha quedado marcado al poner el papel sobre algo con relieve y pasar por encima un lápiz.

—Espera. —Etna se pone de pie sin darse cuenta—. No puede ser —susurra—. No tiene sentido.

Pero no le cabe duda: es el grabado de un dibujo que conoce bien. El mismo maldito símbolo que Etna comenzó a dibujar, más o menos a la edad de Serafina, con compulsión. Nada volvió a ser lo mismo cuando ese dibujo empezó a atormentar sus sueños. Al poco tiempo, su padre murió ahogado, su madre se suicidó y su vida dejó de ser normal.

A veces, cuando cierra los ojos, ese símbolo es todo lo que ve: un círculo con tres aros y una serpiente amarilla enroscada en ellos.

Esa serpiente enroscada la mira ahora desde un papel en blanco, capturada con lápiz en algún lugar. ¿Por qué le dejó eso la abuela? ¿De dónde lo sacó?

2

Etna está sentada en su antigua habitación, da sorbos al consomé que le ha preparado Perfecta, que sabe a brandi.

Sosteniendo el tazón, que le calienta las manos y el estómago a partes iguales, mira a través de la ventana hacia el cielo asilvestrado de la Costa da Morte: gotas pequeñas y tozudas texturizan el cristal, un ciempiés se retuerce entre las cortinas de terciopelo azul...

Al margen de Hortensia, que dobla toallas en el baño, y de Serafina, que teclea en su tableta sobre la cama, todo está como lo dejó. Una punzada en el pecho le contrae la garganta y tiene que respirar hondo para contener las lágrimas. Su abuela, que guardó todo en cajas y dejó que la casa se deteriorase hasta la ruina más absoluta, no alteró nada de su cuarto. «¿Por qué no me dejaste venir a verte?», repite en su cabeza como un mantra.

La puerta se abre de par en par, como en una película del Oeste.

—¡Qué susto me has dado, Veva! —Etna deja el tazón en la mesita con poco cuidado al ver a su amiga irrumpir en la habitación con estrépito.

—¿Dónde está mi ahijada favorita? —Veva abre los brazos hacia Serafina, ignorando el comentario de Etna.

—¡Hola, tía Veva! Recuerdas que mi madrina es la tía Efimia, ¿verdad? —le dice Serafina levantándose de la cama.

—Eso fue una confusión de tu madre, que andaba un poco afectada por las hormonas posparto. Yo soy tu madrina putativa —levanta un dedo— y no quiero oír ninguna broma con esa palabra. Dame un beso, anda. —Serafina se acerca a Veva, que la abraza con fuerza y después se aleja unos pasos—. Pero ¿cuándo creciste tanto? Esta niña no tendrá gigantismo, ¿no? —Hace un gesto con la mano y susurra—: Tengo un amigo en el circo, acróbata; si quieres ver mundo y que además te paguen, avísame. —Después se dirige a Etna—: ¿Qué tal estás tú? ¿Cómo no me avisaste antes? Hubiera venido al entierro...

—No quería molestaros... Efimia con el embarazo y tú siempre tan ocupada en tu despacho... —Etna se frota la frente. Veva se sienta a su lado y la mira con intensidad—. Estoy bien, cansada. —Se hace un silencio.

—Pero, tía Veva, ¿cómo se te ocurre venir con un jersey que dice BEST DAY OF MY LIFE el día del entierro de la bisabuela? —le pregunta Serafina al borde de la risa.

—¿Este? —Veva estira la sudadera gris—. Es el que uso para ir al gimnasio. El algodón es muy bueno y lo compré tirado de precio. Pero yo no veo que ponga eso —dice mirándose al pecho.

—En la parte de atrás. —Serafina señala la espalda de Veva, doblada de la risa.

—¿A ver? —Etna se inclina para ver la inscripción y se lleva una mano a la boca para ocultar su sonrisa.

—¡Es verdad! ¡Qué bruta!

—Bueno, bueno... —Veva hace aspavientos con la mano y su flequillo lacio se mueve como si tuviera vida propia—. Nadie me mira a la espalda con este tipín. —Se contonea como una modelo de pasarela.

Las risas se avivan y se callan en cuestión de segundos cuando aparece Hortensia en el quicio de la puerta.

—Anda, ven, nena —le pide a Serafina—. Ayúdame a hacer tu cama, que la espalda me mata cada vez que tengo que meter las sábanas bajo el colchón.

—¡Menudo cerdo! —exclama Veva en un susurro, cuando ve salir a Serafina—. Ya sabes que, si puedes probar la infidelidad, le podemos dejar con una mano delante y otra detrás con el contrato prematrimonial que te hice. —Los ojos de Veva brillan como los de una urraca.

—No quiero pensar en eso ahora. De todos modos, no creo que me lo ponga muy difícil. Max no fue capaz ni de ocultar la cara de alivio cuando le dije que nos íbamos. —Etna se frota los ojos para evitar que afloren las lágrimas, sin éxito. Veva le pone una mano en el hombro—. Es que pensé que estábamos bien, ¿sabes? No entiendo qué pasó.

—Lo que pasó —Veva se levanta y eleva el tono— es que metiste a una rubia eslovaca de veinte años a vivir en tu casa. Que parece que no lees las revistas. —Etna llora desconsolada—. Perdona que sea tan directa. Pero es que veo esto todos los días en el despacho. —Veva saca un clínex del bolso y se lo da a su amiga; después se recoloca las pesadas gafas con el dedo índice doblado. Etna se suena los mocos estruendosamente—. Vamos, no llores más, que me vas a hacer llorar a mí también.

—Ya, si ni siquiera lloro por eso... Bueno, no lo sé. Es que —dobla el pañuelo y se lo introduce en la manga— entre eso, lo de mi abuela —hace una pausa y considera contarle lo de los dibujos, pero se calla—, la niña, que está más difícil que nunca... Es mucho en una semana. Es como que me falta energía para afrontarlo todo, ¿sabes? Ni tan solo he sido capaz de dejar esta habitación en toda la tarde.

—¿Y qué vas a hacer con todo el dinero de tu abuela? ¿Y con las propiedades? No es por meterme donde no me llaman, pero debes empezar a planteártelo.

—¡Ay, Veva, no tengo la cabeza para esas cosas! —exclama Etna, y mira a su amiga algo irritada por la falta de tacto.

—Ya, entiendo que no la tengas. Pero, como abogada tuya, es mi trabajo advertirte que en los próximos meses vas a tener que decidir un mogollonazo de cosas. Piensa que eres la única heredera.

Etna se lleva las manos a los hombros, que de pronto parecen soportar más peso.

—Hagamos una cosa. Ocúpate tú de eso, ¿vale? Ponme un sueldo decente al mes; lo demás ya lo iremos viendo con calma. Tú me vas diciendo dónde hay que firmar y listos.

—Ay, madre mía, ¿te fías de mí hasta ese punto? Alucino.

—¡Pero bueno!, si siempre hago lo que tú dices de todas formas... Ya sabes cuánto me horroriza hablar de dinero. Poco a poco, Veva.

—Está bien, yo me encargo, «por ahora». Pero en cuanto te recuperes un poco, espero que pongas algo más de interés, que no sabes lo privilegiada que eres.

—Ya lo sé, mujer, ya lo sé —dice Etna elevando el tono para acallar a su amiga. Y para que Veva no vuelva con el tema, añade—: Oye, ¿no me acompañarías a la habitación de mi abuela? Me da un poco de cosa ir sola.

—¡Vamos! —Veva se pone de pie, dándole una palmada en el muslo a su amiga.

A veces la vida es un gran pozo de obviedades y clichés, como que la puerta de la habitación de su abuela chirríe cuando Etna la abre o que el interior solo esté iluminado por la luz que se filtra a través de las persianas. Oyen un golpe y Etna clava sus uñas en el brazo de Veva.

—¡Ay! Me vas a hacer sangre. —Trata de zafarse de la garra de su amiga.

—Perdona, es que me dan miedo los fantasmas.

—¿Qué fantasmas? —Veva traga saliva de manera ruidosa—. No me dijiste nada de fantasmas.

—No sé. Mi abuela acaba de morir... ¿No dicen que los muertos se quedan unos días en su casa?

—Eso son tonterías. —La abogada agita la mano como espantando moscas y se adentra en la habitación. Etna la sigue.

Al pasar bajo el quicio de la puerta, un viento helado le roza el cuello, a pesar de que las ventanas están cerradas. Escanea el cuarto oscuro, que es como una foto vieja: las cosas están en el mismo sitio, pero han perdido definición. Da un paso al frente y el suelo cruje. Se para. Una extraña sensación de que algo va mal se le anuda al esternón.

—¿Qué pasa? —susurra Veva.

—Nada. —Etna le indica con un gesto que continúen y enciende el interruptor de la luz.

Veva comienza a ojear libros de la estantería mientras Etna se sienta con la máxima delicadeza posible en la cama. Abre el cajón de la mesilla de noche: pastillas, pañuelos con iniciales bordadas, una Biblia, algunas monedas y un diario. Lo toma entre las manos. El cartón de la tapa se ha reblandecido por la humedad y las flores se han descolorido. Vacila unos segundos antes de abrir la primera página, donde reza: «Diario de sueños de Emelina Mariño Añón».

—¿Crees que lo puedo leer, Veva?

—Dudo que le importe. —Se encoge de hombros y le muestra un libro—. Oye, ¿me puedo quedar este? Es sobre las mouras.

—¿Las mouras? No sabía que a la abuela le interesase la mitología gallega.

—Está subrayado y todo. —Veva le muestra una página con un dibujo de una moura de lago: una mujer semidesnuda, con ojos de serpiente y largas uñas; el pelo rojo, en el que se entremezclan musgo y peces, cae en cascada sobre el agua.

—¡Qué frío de pronto! —Etna se frota los hombros—. Venga, vamos a ver qué hace la niña. ¿Tienes hambre? Creo que Perfecta está preparando arroz con berberechos.

Etna mete el diario en el bolsillo de su chaqueta para guardarlo más tarde con sus cosas, cierra el cajón intentando no hacer ruido, se pone de pie, alisa las arrugas de la cama y ambas dejan la habitación.

Para cuando Veva se vuelve a la ciudad, con un táper del arroz y mermelada de higos casera, la lluvia se arroja inmisericorde sobre la tierra.

Etna y Serafina deciden irse a la cama temprano. Hortensia y Perfecta se quedan en la salita de la plancha, haciendo calceta y viendo en la tele algún programa del corazón.

Serafina se retira a su cuarto sin decir buenas noches, pero Etna está demasiado cansada como para discutir con una preadolescente. Se deja caer en la cama sin siquiera lavarse los dientes. Cierra los ojos. El viento y la lluvia la transportan a un sueño profundo en cuestión de minutos.

Se despierta empapada en sudor, mira alrededor desorientada. Todavía es de noche. Etna se levanta y camina hacia la ventana. Limpia el vaho con la palma abierta. Nubes negras cubren la luna, que ahora parece un ojo dilatado en el cielo. Una voz la llama desde el lago, en el jardín. En la orilla hay una mujer vestida con una túnica azul, bailando al son de su propia voz. Etna sale de la habitación, se dirige al exterior y encamina sus pasos hacia la melodía, en la que solo se repite un extraño sonido, una y otra vez. Los pies descalzos se hunden en la hierba húmeda y pegajosa. Todo está tan callado... Etna se acerca a la figura que baila de espaldas a ella, le toca el hombro y la mujer se da la vuelta.

—¿Abuela? ¿Eres tú?

Su pelo es tan oscuro como el fondo del lago y le cae por encima de un hombro hasta la cadera. Va vestida con un manto azul iridiscente, como una noche despejada, y desprende un fragante olor a jazmín. La abuela sonríe, le acaricia la mejilla; la coge de la mano y la empuja con delicadeza hacia la orilla. Etna se pone de rodillas y mira su reflejo. Una brisa mueve las ondas del agua y sus facciones comienzan a retorcerse y doblarse sobre sí mismas. A través de su reflejo puede ver un fuego amarillo que brilla en el fondo. Y, en medio, el símbolo de la serpiente enroscada que la aterroriza hasta arrancarle un grito.

Entonces cae al agua y se hunde sin remedio. Como si algo tirara de ella hacia el fondo. Etna chilla y pierde todo el aire de los pulmones. Trata de zafarse, pero es una lucha infructuosa: se está ahogando. Sus gritos se mezclan con los alaridos de pánico de Serafina, que despiertan a Etna de su propia pesadilla.

Salta fuera de la cama y corre en la oscuridad hacia la habitación de su hija. Enciende la luz y ve que la niña está acurrucada en la cama, cubriéndose la cabeza con los brazos. Se sienta a su lado y la abraza.

—Chis... Ya pasó. Has tenido una pesadilla.

—Alguien me agarró del brazo. —Entre sollozos y temblando, le devuelve el abrazo a su madre—. Estaba tan frío...

3

A la mañana siguiente, Etna se despierta como si no hubiese dormido ni cinco minutos. Se frota la cara tratando de borrar los recuerdos de la pesadilla de la noche anterior. Mira hacia la ventana. Sabe que es de día, no porque haya salido el sol, que, como es habitual, yace asfixiado tras las nubes, sino porque han apagado las luces de fuera y oye los graznidos de las gaviotas, que sobrevuelan los contenedores de basura más cercanos.

Se pone el albornoz y las zapatillas que Hortensia dejó para ella y baja a la cocina. Perfecta la recibe con una cestita de pan.

—Acaba de llegar, todavía está calentito. —Etna sonríe y busca distraída la cafetera, pero Perfecta le pone la panera entre las manos y le da pequeños empujoncitos en la espalda—. El café ya casi está. Hala, vete a la galería, que ahora te lo llevo.

Arrastra los pies hasta la mesa que está puesta con dos servicios. Posa la cestita de mimbre con los bollos al lado de las confituras y se deja caer en la silla. Reposa la cabeza sobre una mano y tamborilea con los dedos de la otra sobre el mantel. Perfecta llega al cabo de un rato, traqueteando con una bandeja con el café, la leche y el azúcar. Etna le ofrece su ayuda, pero ella la rechaza.

—No deberías cargar cosas tan pesadas, con tu ciática.

—¿Y qué quieres, nena? Antes lo hacían las chicas, pero ahora solo estamos Hortensia y yo, y ni siquiera sé qué va a pasar con nosotras.

Perfecta observa de reojo la reacción de Etna, que es de genuina sorpresa. No había pensado en eso. ¿Qué va a hacer con Escravitude?

—Algo se nos ocurrirá, no te preocupes. —Se sirve el café y da un trago codicioso.

—Bueno, nena, pues si dices que no me preocupe, no me preocupo, pero del aire no se vive, así que a ver qué se hace. —La cocinera sale de la habitación, absorta en su soliloquio.

Etna se recuesta otra vez con la taza en la boca y descansa la vista en el horizonte incoloro que contempla a través de las ventanas. Un moscardón testarudo se da cabezazos contra el cristal. Serafina hace su entrada; trae consigo la impertérrita nube oscura, flotando sobre su cabeza. Etna sigue su trayectoria hasta la mesa con la preocupación escondida tras la sonrisa.

—¿Qué tal te encuentras hoy, hija? ¿Pudiste dormir después del mal sueño? —Etna pasa una mano por la frente de Serafina cuando esta se sienta a la mesa. La niña le rehúye el gesto.

—He llamado a papá. Me dijo que no tenía el coche, pero que, si me llevabas tú, me podía quedar unos días con él.

—Qué raro, tu padre sin coche... —Etna toma un sorbo de su café

—Está en el taller. —Serafina le clava los ojos—. No todos tienen la suerte de poder elegir qué coche usar cada día de la semana como tú. —La última palabra la arroja como un dardo.

Etna le lanza una mirada de desaprobación, pero inspira hondo y vuelve sonreír.

—Pensé que iríamos a explorar el pueblo. Te iba a enseñar dónde fui al colegio y mi heladería favorita.

—No me gusta el helado. —Se pone de pie con los puños cerrados—. Me obligas a irme de nuestra casa en Londres, sin casi tiempo para despedirme de Max y Stefania, ni de mis amigos de la escuela. Nos venimos a este sitio horrible y ¿ahora no puedo ver a mi padre cuando yo quiero? —Se cruza de brazos—. Me niego. ¡Quiero ir a ver a papá y punto! ¡No quiero estar aquí! ¡No quiero estar contigo! —Abandona la galería llorando y olvida en la mesa su libreta roja.

Etna vuelve a respirar hondo para acallar los latidos de su corazón y, sin pensarlo dos veces, se levanta y se abalanza sobre la libreta, la toma entre las manos y mira hacia la puerta: no ve a nadie. La abre al azar y se queda inmóvil unos segundos, el estómago se le contrae de golpe y siente que la náusea asciende por su esófago. Negando con la cabeza, pasa una página, después otra, y otra, y otra. Se le escapa un quejido sordo y se lleva la mano a la boca.

—No puede ser, no, no, no...

El sonido exterior desaparece. Solo le llega el pitido ensordecedor que le ocupa la totalidad del cráneo. Solo ve el círculo y los tres aros con la serpiente enroscada en ellos, dibujados en cada hoja de la libreta de Serafina.

Deja el bloc. Se vuelve a sentar en su silla y se recompone lo mejor que puede. Serafina regresa a la galería y, como un ratoncito, se lanza a recoger su libreta mirando desconfiada hacia los lados. Etna controla su respiración entrecortada y dice con disimulo:

—Tengo una idea: ya que no quieres estar aquí, esta noche dormiremos en casa de la tía Efimia y mañana te llevo a casa de tu padre, ¿vale?

Serafina asiente taciturna, pero frunce el labio sin querer.

—Voy a hacer la maleta —anuncia. Después coge un bollo y abandona el comedor.

Etna apoya su cara en las manos. Y llora en silencio.

La tarde se estira perezosa sobre los suburbios de la ciudad. Etna tira de la maleta dando zancadas imprecisas colina arriba.

Intenta alcanzar a Serafina, que parece no tocar el suelo. Entre jadeos, se arrepiente de no haber aceptado la ayuda de Funes con el equipaje cuando divisaron los bolardos que impedían el paso a vehículos. Pero aceptar su ayuda hubiera cimentado todavía más su idea de que es una remilgada. Y ahora que es su jefa, quiere ganarse su respeto. O, por lo menos, intentarlo.

Finalmente divisa la casa de Efimia, que parpadea en la neblina.

—Por fin —murmura aliviada.

—¡Llegamos! —grita Serafina, y se apresura hacia la puerta con su maleta.

La pequeña cabaña de su mejor amiga se asienta en lo alto de una loma desde donde se puede ver toda la ciudad: desde los edificios de protección oficial hasta las mansiones de los políticos. Está pintada de gris, con los marcos de las ventanas y la puerta de rojo, aunque apenas se pueden apreciar los colores porque la hiedra cubre casi todo el exterior. De su tejado, enmarcado por dos cipreses torcidos que amenazan con destruirlo todo, sale una gran humareda, lo que evoca la imagen de una fábrica del Londres industrial.

Llaman a la puerta y Niko, el novio griego de Efimia, abre con un dedo sobre sus labios algo leporinos pidiendo silencio, después les indica que lo sigan.

En el salón un gran foco ilumina a Efimia, que le habla a un ordenador. Está sentada sobre cojines marroquíes y el ombligo sobresale de su abultada barriga bajo una túnica tostada. El embarazo ha redondeado su cara morena, pero todavía destacan los elegantes rasgos amerindios por parte de madre.

Etna y Efimia se conocieron hace casi veinte años en la consulta del psicólogo. Efimia decía cosas muy raras, según sus padres, y Etna sufría ataques de pánico.

Se convirtieron en amigas del alma a pesar de sus muchas diferencias. Y de los constantes enfados por los chicos, y por alguna amiga, a la que Efimia engatusaba sin que Etna tuviera la más mínima opción de oponerse.

Niko les hace una seña para que no se pongan ante la cámara mientras Efimia habla gesticulando y atusándose el pelo casi con cada frase.

—... y por último —coloca una piedra azul sobre un hueco de su altar— añado un lapislázuli para simbolizar el elemento agua. Si no tenéis lapislázuli, podéis usar una concha; también pueden valer muchas otras cosas: agua de lluvia, un trozo de cristal, incluso tela azul, ¿por qué no? Un altar no tiene por qué ser caro; no os tenéis que comparar con lo que veis en Pinterest. —Sonríe—. Sirve cualquier cosa que tengáis por casa. Puede ser tan pequeño o tan grande como vosotros queráis. Lo importante es la intención. Pues bueno, mis queridos seres mágicos, os dejo hasta el siguiente vídeo. Luz, amor y devoción. —Se despide, llevando sus manos unidas por las palmas a la frente e inclinando la cabeza. El pelo grueso trigueño cubre su rostro.

Niko para la grabación y cierra la pantalla del ordenador.

Serafina se acerca con timidez y observa la barriga de Efimia con curiosidad.

—¿Da patadas?

—Todo el tiempo. ¿Quieres tocar?

Serafina pone su mano en la abultada barriga, espera unos segundos y sonríe.

—¿Y todo esto? —las interrumpe Etna señalando los focos, cámaras y trípodes.

—Es para mi canal de YouTube.

—Ya tiene cinco mil seguidores —apunta Niko.

—Niko me ayuda. —Efimia se pone de pie despacio y apoya su brazo en los hombros de Serafina—. ¡Qué frío hace! ¿No tienes frío, Sera? —La niña niega con la cabeza.

—No será por fuego. La columna de humo de tu chimenea ya la quisieran en el Vaticano. —Etna se acerca para abrazarla. También toca su barriga.

—Cómo se te nota, ¿no?

—Ya, todo el mundo piensa que estoy a punto de salir de

cuentas. ¡Qué pesadas son las señoras, de verdad! Que si mi barriga es muy grande, que si es muy pequeña, que si es niño por la forma...

—Ay, sí, me acuerdo de eso. Es como si tener útero las convirtiera en ginecólogas. Yo les decía que sí a todo y hala.
—Etna agita la mano en el aire.

—Sí, es lo mejor. Vamos a sentarnos en la salita, anda, que estaremos más calentitas.

Cruzan el umbral del salón, adornado con dos murciélagos disecados, vestidos con tutús y gafas de sol. Después atraviesan el recibidor, cuyo techo está pintado de azul oscuro con estrellas doradas de seis puntas. Las paredes del pasillo están cubiertas de plantas trepadoras igual que el exterior, y los pocos huecos que quedan vacíos están llenos de cactus enmarcados como si fueran fotos de familia, cristales, piedras, pieles de serpiente, plumas y demás rarezas. La puerta de la cocina está entreabierta y sale un aire espeso que se le pega a la piel.

—¿Carne? —pregunta Etna, sorprendida al percibir el olor untuoso.

—Cordero. Te digo que esta niña me pide carne.

—Y yo que creía que lo había visto todo de ti... Anda que no eres pesada con tus documentales de granjas de producción industrial y tus discursitos.

—Bueno, pero solo compramos a familias que crían animales muy felices.

—Si tú lo dices...

Llegan a la salita, al fondo de la casa, mucho más cálida por la chimenea y la proximidad con la cocina. Efimia se agarra a los brazos de Etna para dejarse caer en el sofá, descansa sus manos sobre la turgente panza y, al fijar la mirada en Serafina, sus ojos chispean. Etna nota que tienen un brillo satinado que no había visto antes.

—Sera, tengo un regalo para ti.

—¿Qué es? —La cara de la niña se ilumina.

—Para saberlo, tendrás que abrirlo, ¿no? —Efimia muestra una sonrisa contagiosa—. Está en vuestro cuarto, sobre la cama —susurra.

Sera corre a por él y, cuando ha abandonado la salita, Efimia se dirige a su amiga:

—¿Qué tal estáis?

Etna coge tanto aire como le permiten sus pulmones y, sin soltarlo, rompe a llorar. Niko sale de la cocina, pero Efimia lo intercepta:

—Amor, ¿puedes ir a entretener a Serafina, por favor?

Niko asiente y se aleja de puntillas.

Etna siente un calor intenso en la cara, se abraza los hombros y abre la boca, sin embargo nada sale de ella. Quiere hablar, pero no le salen las palabras; parece un pez intentando respirar fuera del agua. El mentón se le arruga como un papel desechado.

—No tienes que hablar.

Etna asiente varias veces. Toma aire y por fin consigue decir:

—Me siento totalmente sobrepasada. Primero Max, luego la abuela y después esto. —Se limpia la cara con la manga estirada y le muestra el dibujo. Efimia lo coge y lo inspecciona con los dedos—. La abuela me lo dejó en un sobre.

—Se parece a...

—No se parece, es «igual» a mis dibujos —la interrumpe Etna—. Y Serafina también lo está pintando. ¿Qué voy a hacer? Estoy aterrorizada. Tantos años de terapia y tantas pastillas para convencerme de que había sido cosa de mi imaginación, un recuerdo tergiversado, de que ese símbolo no significaba nada, y ahora...

—¿Y dices que son iguales al tuyo?

—Tengo la imagen grabada a fuego. —Se frota las sienes—. Son idénticos, como hechos por la misma persona. —Las amigas guardan silencio y oyen a Niko y a Serafina trastear en la habitación de al lado. Finalmente, Etna abre los ojos y mira a Efimia—.Tengo miedo de que suceda algo terrible, como la última vez que ese símbolo apareció en mi vida.

—¡No digas eso! —Efimia inspira hondo y recorre la salita con la mirada. Chasquea los dedos y exclama—: Ayúdame a levantarme, anda. No sé cómo no se me ha ocurrido antes.

Etna ayuda a su amiga a ponerse en pie. Efimia camina hacia un secreter de madera desconchada que está bajo la ventana que da al jardín. Etna se fija en lo mucho que le ha crecido el trasero. Lo compara mentalmente con el tamaño del suyo cuando estaba embarazada y de pronto se avergüenza de estar pensando en esas cosas en momentos como ese.

—Fue hace casi un año, en esa convención en Roma. Creo que la guardé por aquí, en algún sitio. Yo lo guardo todo. —Efimia rebusca en los cajones—. ¡Aquí está! Lo sabía, no pierdo nada. —Vuelve a su lugar en el sofá—. Toma. —Ofrece una tarjeta de visita a su amiga.

—«Bettina Baumgartner, psicoterapia» —lee Etna—. ¿Otra psicóloga?

—No es una psicóloga cualquiera. Si hay alguien que puede entender tu problema es ella. —Da unos golpecitos a la tarjeta con el dedo índice.

Niko y Serafina entran en el cuarto.

—Niko dice que me lleva hoy a casa de papá si me das permiso.

—¿A estas horas? —Etna señala su muñeca—. Se va a hacer de noche dentro de nada.

—No me importa conducir de noche —contesta Niko con marcado acento griego.

—Conducir le relaja —añade Efimia.

—En Grecia trabajé de taxista para pagar la carrera.

—¡Ah! —exclama Etna abstraída.

—Porfa —suplica Serafina con las manos juntas.

—Es muy buen conductor. Y no anochecerá hasta dentro de un rato. No es como Londres —aclara Efimia.

—Está bien —dice Etna sintiéndose un poco forzada.

Serafina intenta ocultar la sonrisa mirando hacia al suelo, da dos pasos y después corre hacia el cuarto de invitados, donde habían dejado las maletas. Sale a los pocos segundos con la suya, que arrastra a trompicones hacia la puerta de la entrada.

—¡Espera! ¿No te despides de mí?

—¡Adiós! —contesta Serafina desde el recibidor.

—Me odia.

—No, mujer, está en la edad.

Niko besa a Efimia y esta le advierte:

—Ve despacio.

—Siempre —contesta Niko. Luego se dirige a Etna—: Hasta luego.

—Hasta luego. Y, oye, muchísimas gracias.

Niko da un manotazo en el aire.

—Bah, no es nada—dice sonriendo.

Cuando Niko se ha alejado, Etna se vuelve a dirigir a su amiga.

—La verdad es que me hace un favor. Lo último que necesito ahora es ver a la nueva novia de turno de Silván. —Etna se relaja en el sofá y huele el aire—. Ese cordero ya debe de estar listo, ¿no?

4

La humedad de la madrugada ya le ha subido hasta las rodillas cuando Etna se despierta. Se levanta para ponerse otro par de calcetines y se vuelve a la cama con la intención de seguir durmiendo hasta que Niko encienda la estufa, pero en ese momento oye a su amiga levantarse, así que se arma de valor y abandona el calor de la cama. Se arregla tiritando y, tras un café y una magdalena casera, se dirige al exterior.

En la puerta, una somnolienta Efimia le hace prometer que más tarde pasará a visitarla por su puesto en un parque del centro, donde se celebran unas jornadas de médiums. Tras visitar a la terapeuta.

Antes de coger el coche, Etna llama por teléfono al número de la tarjeta. No contesta nadie. Aun así, decide aventurarse.

Tras perderse un par de veces, llega a la puerta de un edificio con amplios balcones de hierro y recubierto con grandes losas de granito. El portal está abierto. Camina hacia el número que aparece en la tarjeta de visita, saluda al portero, quien corresponde con una inclinación de cabeza, sin dejar de mirar el partido de fútbol en el pequeño televisor de su cabina.

Llama a la puerta y una chica joven con la mitad de la cabeza rasurada y la otra mitad teñida de blanco abre la puerta.

—Hola, ¿tienes cita? —pregunta, mascando un chicle con la boca abierta.

—No, pero esperaba poder hablar un momento con la señora Bettina... —Trata de recordar el apellido sin éxito.

—¿Señora Bettina? —repite la chica. Sus gruesas cejas maquilladas se arquean con fastidio—. Aquí no trabaja ninguna Bettina. ¿Estás segura de que tienes la dirección correcta? ¿Qué te querías hacer?

—¿Hacer? No me quería hacer nada, solo hablar con Bettina Schun... —Suspira frustrada, mira la tarjeta y lee—: «Doctora Bettina Baumgartner, calle General Condolencia, número 153, bajo izquierda».

—Mira, no —le dice la chica, que está perdiendo la paciencia por momentos—. Esto es un centro de estética. Si quieres pedir vez, llama por teléfono. Adiós. —Cierra la puerta.

A Etna le arde la cara de pura indignación. Se toca las mejillas con el envés de las manos y se acerca a la portería.

—Disculpe —dice dirigiéndose al portero, que vuelve su brillante calva de mala gana y la mira de reojo—. Yo venía buscando a esta doctora. —Le enseña la tarjeta.

—Tenía una consulta aquí —explica el hombre con sequedad—, pero se jubiló hace un par de meses.

—¿Y sabe dónde la puedo encontrar? —pregunta Etna con el tono de voz más dulce que puede emplear; incluso sonríe—. Era una de sus pacientes... —se aventura a decir—. Es importante.

El hombre la mira a los ojos y, con desgana, se inclina para abrir un cajón a la altura de sus rodillas. Saca un grueso libro de direcciones escrito con tinta negra. Vuelve a mirar a Etna de reojo, que pone cara de buena. Su dedo índice sigue las letras del alfabeto hasta que llega a la B. Moja el dedo con saliva y pasa un par de páginas. Recorre una lista con la mano hasta que llega al nombre de Bettina.

—Apunta —le indica.

Etna saca su teléfono e introduce la dirección que el portero le acaba de dar.

—¡Muchísimas gracias! —Le dedica una sonrisa.

El tipo gruñe algo ininteligible y vuelve a fijar la mirada en el televisor. Etna se aleja y sonríe satisfecha: la dirección está bastante cerca.

Cuando aparca, ve que todavía tiene que subir una empinada escalera que asciende por la ladera de una colina cubierta de hierba donde la gente aprovecha para tumbarse y exponerse a los frágiles rayos de sol que han aparecido de pronto.

Etna pone las manos en las caderas y se inclina hacia delante entre jadeos para bajar el ritmo de las pulsaciones. Tiene que volver a hacer deporte; allí lo va a necesitar, piensa llevándose la mano al corazón.

Una vez ha recobrado el aliento, camina hasta la vivienda de la psicóloga, una casa blanca de tres pisos con macetas de geranios en las ventanas. Llama al timbre y una mujer de pelo corto y gris abre la puerta. Lleva un jersey holgado de algodón y unos pantalones vaqueros remangados hasta los tobillos; está descalza y sujeta con una mano un sombrero de paja y unos guantes de jardinería.

—Hola... —Etna teme haber errado de nuevo con la dirección—. Estaba buscando..., quería saber si aquí vive doña Bettina...

Mientras consulta el dichoso apellido en la tarjeta, la mujer que está al otro lado de la puerta pregunta:

—¿Baumgartner?

—¡Sí! *Banguarter*.

—Sí —la mujer sonríe—, es mi madre. Déjame mirar si está despierta.

—No quiero molestar...

—No es molestia. Si está acostada, sí será mejor que vengas otro día. El médico ha dicho que guarde el máximo de reposo. ¿Qué querías? —Mira a la visita con curiosidad.

—Pues... —Etna se sonroja. No sabe muy bien qué contestar—. Una amiga mía me dio su contacto. Quería preguntarle por mi hija.

—Un momento. —La mujer vuelve a sonreír—. Iré a ver.

Etna se queda en la puerta. Puede oír los pasos descalzos sobre las baldosas. Una puerta que se abre. Unas palabras a media voz. Unos instantes de silencio y otros pasos de regreso a la entrada de la casa.

—¿Te importa esperar mientras mi madre se arregla?

—¡Claro, cómo no! —contesta Etna de manera exagerada.

—Pasa —dice la hija de Bettina, haciéndose a un lado para dejarla entrar—. Me llamo Alcina.

—Hola, yo me llamo Etna.

Alcina la guía por un oscuro recibidor con las paredes llenas de fotos de familia hasta llegar a la cocina, donde abre una puerta de madera amarilla que da a un pequeño pero exuberante jardín.

—Con el buen día que se ha quedado, me parece que estarás mejor esperando aquí fuera. —Alcina señala en dirección a una mesa redonda de cristal y cuatro sillas de hierro blancas—. ¿Quieres un café, un té?

—No, muchas gracias.

Etna se sienta en una de las sillas y deja su bolso en la mesa, encima de algunas hojas que están experimentando diferentes estados de putrefacción, hasta que cambia de opinión y lo coloca en su regazo. Alcina se arrodilla en un lado del jardín y continúa arrancando malas hierbas de alrededor de unos pensamientos.

—Mi hija me dice que hay una chica muy guapa que quiere verme —comenta una voz ronca, con acento italiano, desde la puerta de la casa.

Alcina se levanta para ayudarla a bajar los dos escalones de la entrada trasera. Bettina es una mujer diminuta de formas redondeadas. Lleva un poncho de lana verde y unos pantalones del mismo color. Y en la cabeza una boina marrón de punto, adornada con una flor de bisutería.

Caminan despacio. Etna se levanta para saludar. Los pequeños ojos oscuros de Bettina la miran con curiosidad. Etna ayuda a Alcina a sentar a la mujer en una de las sillas. Una vez se ha acomodado, Alcina va al interior de la casa y sale con una toquilla que coloca sobre los hombros de su madre, quien le da las gracias.

—Mamá, ¿quieres tu té ahora? —le pregunta su hija a la vez que lanza las hojas al suelo de un manotazo.

—No, gracias.

La mujer fija la mirada en Etna por unos segundos. El contorno de sus ojos está mal delineado: una raya de color violeta aparece y desaparece entre los pliegues de sus párpados. El carmín rojo continúa su trayectoria más allá de los labios, rellenando parte de las arrugas alrededor de la boca.

—Pues tú dirás. —Bettina cruza los dedos sobre el estómago.

—¿Es usted italiana? —pregunta Etna sin saber muy bien por qué.

—¿Es que tengo pinta de italiana?

—No sé... —Etna titubea—. Lo digo por el acento y el nombre.

—Me estoy quedando contigo —replica Bettina entre risas, más bien propias de una niña pequeña.

—Disculpe, estoy nerviosa. —Etna ríe incómoda. Se arrepiente de haber ido.

—Tutéame, por favor.

Etna asiente con una sonrisa.

—Mi amiga me dijo que si había alguien que me pudiera ayudar, era usted. Quiero decir, tú. —Saca unos papeles de su bolso—. Este dibujo es de mi hija; este, de mi abuela. —Se los ofrece—. Y yo también los solía hacer. A su edad. Por entonces pasaron muchas cosas malas. —Se pellizca el cuello con los dedos y trata de no llorar.

Bettina emite pequeños gruñidos con la boca cerrada. Su cabeza asiente una y otra vez. Alza la mirada y busca a su hija con los ojos.

—Alcina, sí, me puedes traer ese té ahora.

La aludida se levanta y vuelve a preguntar a Etna si quiere

algo, pero ella declina de nuevo la invitación de la manera más cortés posible. Bettina mira a Etna con seriedad.

—¿Quieres saber de dónde soy? —Y sin esperar respuesta continúa—: Soy austríaca de nacimiento e italiana de adopción. Mi padre era el director de un pequeño periódico en Innsbruck. —Hace una pausa para recolocarse las dos pulseras de oro que rodean su muñeca izquierda—. Justo antes de que comenzase todo el horror, un buen amigo suyo alemán le avisó del peligro que corríamos los judíos austríacos. En medio de la noche, y escondidos en sacos de patatas, nos metieron a mí y a mi hermano en un tren de mercancías con dirección a Italia. Mi madre se negó a dejar a mi padre solo y yo estuve enfadada con ella durante muchos años por habernos abandonado. —Se aclara la garganta—. Había gente esperándonos en la estación de Rávena. Nos metieron en diferentes coches. A mi hermano no lo volví a ver nunca más —comenta con un tono distante—. Una pareja joven condujo durante horas hasta que llegamos a la puerta de un convento. Ese sitio estaba en medio de la nada. Solo había bosque cerrado alrededor, y la carretera terminaba allí: me pareció el fin del mundo. Yo me quería morir cuando vi que me iban a dejar en aquel lugar inhóspito, así que traté de escapar, pero el hombre sujetó mi brazo con fuerza, tanta que casi me disloca el hombro. Esa pareja, a la que nunca pude agradecer lo que hicieron, tuvieron suficiente inteligencia para prever la posterior expansión de Hitler en Italia. Si no me hubieran llevado a un lugar tan remoto, ¿quién sabe si estaría hoy aquí?

Alcina trae en esos momentos el té. Bettina da un par de pequeños sorbos y prosigue con la historia.

—El hombre llamó a la puerta sin soltarme, y cuando se abrió un pequeño hueco, dijo algo en italiano y pasó por la ranura un sobre y las pulseras que ahora llevo. Al poco, la puerta se abrió completamente. Todo fue tan rápido que, cuando quise darme cuenta, la pareja se había ido y yo me encontraba sola en un cuarto frío y oscuro. Pensaba que me habían robado y dejado en esa habitación para que me consumiera hasta morir. —Da otro par de sorbos a su té—. Sin embargo, poco a poco me fui aclimatando a la vida de las hermanas. El trabajo en el huerto, ayudar en la cocina a preparar las pastas que vendíamos a la gente del pueblo. Las oraciones de la mañana. Mi vida era sencilla y plena..., si no fuera por mi fantasma.

—¿Fantasma? —Etna siente un escalofrío.

—No un fantasma con sábana blanca y cadenas, pero fantasma, al fin y al cabo. Me explicaré mejor. Al crecer en el convento, yo era una niña que vivía protegida de todas las calamidades del mundo. Nunca había sido expuesta a violencia, hambre, enfermedad o muerte y, sin embargo, casi todas las noches me despertaba empapada en sudor, por las pesadillas más perturbadoras. Incluso despierta me asaltaban imágenes terroríficas. Pilas de muertos. Catedrales de huesos. —Su mirada se pierde en el vacío—. Años después, cuando ya era estudiante de Psicología, reconocería muchas de esas visiones en las fotos y descripciones dadas por los supervivientes de los campos de concentración.

Etna se queda pensativa: por muy triste que sea la historia, no entiende qué tiene que ver todo eso con su hija. Como si Bettina le pudiera leer el pensamiento, le dice:

—Ten paciencia. Estoy llegando a la parte que te interesa.

—¡No, no! Esto es muy interesante. Por favor, continúe.

—Mis visiones, mis pesadillas, la incapacidad de superar una desnutrición congénita que ningún doctor se podía explicar eran la encarnación de una realidad que mi familia, mi nación y mi pueblo judío estaban viviendo. No es que yo fuese una bruja ni nada por el estilo: es probable que las largas jornadas en silencio y oración hubieran agudizado la capacidad de sintonizar la frecuencia necesaria. De todos modos, esto nos pasa a todos. Somos una unidad. Si le preguntásemos a un dedo qué opina de su existencia y dicho dedo contestase que es independiente de los otros dedos, nos reiríamos porque podemos ver la mano en su totalidad, así como entender que esa mano forma parte de un brazo, que a su vez es parte del resto del cuerpo, ¿verdad?

Etna asiente con la cabeza reflexionando.

—¿Eso significa que mi abuela, mi hija y yo formamos parte de una misma realidad? —plantea al cabo de un instante.

—El caso de tu hija es algo diferente a mi experiencia personal, pero tiene más puntos en común si lo comparamos con la mayoría de los casos que he estudiado a lo largo de los años. El patrón trágico que se ha desarrollado en tu familia parece remontarse a algún trastorno producido en generaciones anteriores que probablemente tiene que ver con ese símbolo.

—¿Como un fantasma que viene del pasado? —La garganta se le cierra, pensando en sus pesadillas y las de Serafina.

—Sí —contesta Bettina—. El fantasma familiar surge cuando el miembro de una familia experimenta algo tan traumático que lo guarda en secreto. Este secreto se transfiere a las siguientes generaciones de manera subconsciente, en forma de adicciones, enfermedades, o en forma de sucesos que se repiten.

—¿Y cómo se puede deshacer uno de ese fantasma?

—Descubriendo el origen. El secreto. La sombra desaparece en el momento en que se proyecta luz sobre ella, ¿no? —pregunta Bettina, otra vez sin esperar respuesta—. En mi caso, en cuanto supe qué les había pasado a mis padres, dónde habían muerto y de qué manera, mis aflicciones mentales y físicas desaparecieron.

—Y entonces ¿cómo sé cuál es el secreto que nuestros antepasados esconden? —dice Etna, alzando la voz sin darse cuenta.

—Yo hablaría con tu abuela, a ver qué recuerda de su niñez o de la niñez de sus padres.

—Mi abuela murió —musita Etna.

—¿Y qué sabes de su familia?

—Poca cosa. Que venía de una familia muy pobre de las montañas de Lugo. Sus padres trabajaban para mis bisabuelos paternos antes de que ella naciera. Mi abuela y mi abuelo se enamoraron y fue un escándalo que una chica del servicio se casase con el señorito de la casa. Por lo que cuentan, para mi abuela fue muy difícil ser aceptada al principio. Eso es todo lo que sé.

—Mira hacia la alfombra de hojas del suelo.

—Eso no es suficiente. Busca en sus cosas, pregunta a gente mayor que se pueda acordar. El pasado no se puede borrar de un plumazo; si fuera así, yo me hubiera quedado sin trabajo hace muchos años. —Bettina sonríe.

Etna le devuelve la sonrisa lo mejor que puede, pero la cabeza le va a explotar. Se levanta, se disculpa y explica que se tiene que ir. Promete volver. Abraza y se despide de las dos señoras Baumgartner con ingenua esperanza.

5

Cuando Etna llega al parque, observa que además de la feria de médiums hay mercado. Le cuesta un rato llegar al arco de entrada para buscar a su amiga. Intenta no perder la paciencia esquivando a las mujeres de aldea que, vestidas de lana negra, caminan despacio portando cestas de mimbre llenas de vegetales sobre la cabeza.

Por fin encuentra la entrada a la feria de médiums. Sopla un viento denso, cargado del olor acre a pescado y petróleo del puerto. Se sube la solapa del abrigo y comienza a caminar por la avenida de castaños de Indias, escarbando en la grava con las botas. Se cruza con varios asistentes: algunos van vestidos como pastores del belén, otros con túnicas egipcias. Una pareja, ataviada con largas capas moradas y sombreros de copa, saluda educadamente. Un hombre obeso trata de mover su escúter para minusválidos, que se ha encallado en un lodazal, con la ayuda de su mujer. La camiseta de Black Sabbath apenas le cubre los pectorales y deja a la vista una barriga estriada y blanca. Ella lleva un vestido de cuero rojo a conjunto con el pelo. Etna trata de disimular la curiosidad y continúa a través de los puestos: adivinación gitana, santería y vudú, comunicación por medio de psicofonías o lectura de vidas pasadas son algunas de las especialidades que le salen al paso. Los médiums, sentados junto a sus mesas plegables, esperan taciturnos limpiando cuarzos, barajando las cartas del tarot, acariciando gatos.

Al rato da con Efimia, que tiene el cubículo número 22 y es una de las pocas que está con un cliente. Etna sonríe, saluda y busca un lugar tranquilo para llamar a su hija. Se sienta en un banco y coge el teléfono. Espera un largo rato hasta que da línea y Serafina responde.

—¡Hola, cariño! ¿Qué tal estás? Te echo mucho de menos. ¿Qué comiste hoy? ¿No puedes parar el vídeo por un momento? Ah, ya... ¿Que qué te he comprado? Pues no te he comprado nada aún, hija, no he tenido tiempo. Vale, a ver si encuentro ese videojuego en el Corte Inglés... Pásame a tu padre, por favor... Bueno, dile que me llame cuando salga de la ducha. De acuerdo, cariño mío, ya te dejo ver los dibujos. Un beso muy grande. Pórtate bien. Adiós, amor.

Etna suspira, se guarda el teléfono y, al ver que Efimia todavía no ha terminado, retoma el paseo a la búsqueda de algo que comer. Se encamina hacia un puesto de pan artesano que le habían indicado. Tras pasar por delante de un masajista energético, un especialista en exorcismos y un necromante, se para frente a un puesto en el que un hombre de pelo largo y piel lechosa vende velas en forma de partes del cuerpo. El cartel promete acabar con cualquier dolencia que uno tenga si se compra la parte del cuerpo afectada y se prende la llama. La mercancía está expuesta en pequeños pilares, como esculturas: manos y pies, corazones, hígados, ojos, narices, cabezas enteras... Etna examina una cabeza y pregunta el precio.

—Ochenta euros —contesta el hombre.

—Me sale más a cuenta el Espidifén —susurra con cuidado para que no la oiga, y sigue andando.

Al llegar al puesto de pan, hay una pequeña aglomeración de gente que espera su turno. La boca se le hace agua viendo el producto. Cuando le toca el turno, Silván, el padre de Serafina, le devuelve la llamada, pero Etna está demasiado ocupada en elegir bocado como para pelear con su ex.

—Un trozo de empanada, por favor.

La dependienta, una chica pálida con rizos rojos y ojos saltones, se inclina para cortar una ración. De entre su camisa se descuelga un medallón que hace que Etna suelte un alarido de horror. La gente se la queda mirando.

—¿Pasa algo? —pregunta impávida la dependienta, casi desafiante.

Etna niega con la cabeza, temblando, y con las yemas de los dedos entumecidas.

—¿Quieres la empanada o no?

Etna no responde. Tiene la mirada fija en el envés del medallón, donde está grabado el símbolo de la serpiente enroscada.

Una mujer vestida con un corsé, velo negro y falda con enaguas le da un golpecito en la espalda y alza la voz para que el resto de la fila la oiga:

—Oye, perdona, es que tengo que volver a mi puesto.

Etna mira hacia atrás desorientada y recuerda dónde está. Se recompone; no vaya a ser que le echen un mal de ojo.

—Sí, por favor, ponme el trozo de empanada.

Paga y se aleja con los latidos del corazón resonándole en el oído.

A los pocos segundos nota que alguien le vuelve a tocar el hombro. Se da la vuelta, preparada para hacer la señal de la cruz.

Una chica rubia, con mofletes colorados como manzanas para sidra, le sonríe.

—¡Hola! —saluda con la mano en alto. La palma rugosa contrasta con la suave palidez de su antebrazo.

—Hola —corresponde Etna al saludo, casi entonando una pregunta.

Los ojos de la chica, tan azules como las medusas de un acuario, bailan entre diferentes puntos de la cara y cuerpo de Etna.

Tras unos segundos incómodos, Etna vuelve a hablar:

—¿Te conozco?

—No creo, no —contesta ella casi al mismo tiempo que Etna ha formulado la pregunta.

Otro silencio. La chica permanece quieta, sonriendo. Su cara carnosa y sus facciones rubias le recuerdan a un querubín de Leonardo. A Etna se le empieza a acelerar el pulso. Esa chica no parece estar muy bien de la cabeza. Retrocede un paso.

—¿Quieres algo? —Etna emplea el tono más hostil posible.

La chica, que sigue con cara de felicidad boba, señala su pecho.

—Se te vio muy interesada en el colgante de mi hermana... ¿Sabes qué es? —Etna se queda paralizada, pero ella continúa—: En Senombres hay una roca partida en dos. Cuenta la leyenda que fue una moura quien la rompió al parir. Y que allí donde puso su mano quedó impreso este símbolo. —Muestra su propio colgante a una Etna cada vez más desconcertada—. No es fácil de ver, en la roca. Hay que ir justo cuando el sol se pone, cuando no se puede distinguir el color de un hilo. En el *lusco e fusco*. Hay que prender una vela y decir: «*Moura da pena, señora das rochas, axúdame, sae de onde te agochas*». Y entonces el símbolo aparece. Pero una vez lo has visto, nada vuelve a ser igual. —Sus pupilas se agrandan—. Si alguna vez necesitas ayuda, vete a Senombres a la Pedra da Moura.

Etna, incapaz de decir ni una palabra, asiente con la cabeza y se vuelve para alejarse de allí lo antes posible.

«¿Qué acaba de pasar?», se pregunta perpleja mientras regresa al puesto de Efimia. Cuando llega, su amiga aún está ocupada. «Caray, parece que el negocio le va viento en popa», piensa Etna con algo de retintín. Para pasar el rato, se sienta en un banco junto al puesto y decide prestar atención al cubículo contiguo, donde una pitonisa llamada Camelia Rosa le lee el destino a una chica joven.

—Veo a un hombre —anuncia Camelia Rosa, señalando con su larga uña fucsia al paje de espadas.

—¿Moreno? —La joven clienta se encarama para mirar la carta señalada.

—Sí. Moreno. —Después de un breve vistazo a la chica, añade—: De media estatura. El pelo oscuro. Ojos soñadores.

—Tiene que ser David, el chico que me gusta, pero bueno, es bastante alto.

—Media estatura para un hombre, o sea, que es alto. ¿Suele llevar vaqueros y camiseta?

—¡Sí! Siempre lleva vaqueros... Camiseta no tanto, más bien, camisa.

—Bueno. —Arroja dos cartas más a la mesa—. Yo veo una «C», de «camisa» o «camiseta». —Pasa su mano sobre las cartas—. Un chico moreno, alto, que suele llevar camisa y vaqueros.

—¡David! —La chica juega con un mechón de su pelo castaño mientras se vuelve a relajar en la silla.

—Yo veo que hay química entre vosotros. Pero sois objeto de las envidias de una mujer. ¿Ves este seis de copas? Eso indica envidias y malos pensamientos.

—Su exnovia, que no lo deja tranquilo. —Se cruza de brazos. Las varias cadenas que lleva al cuello se esconden tras las mangas de la chaqueta.

—Sí, veo obsesión y malos pensamientos de una mujer de su pasado. —Camelia se aparta el flequillo, amarillo y áspero, de los ojos—. Pero también veo que podéis tener futuro. —Chasquea la lengua y arquea las cejas.

La chica no puede ocultar una sonrisa bobalicona.

—Déjame ver tu mano izquierda. —Camelia extiende los brazos. La chica ofrece su mano formando un cuenco. La mujer le estira los dedos y examina la palma. Levanta la mirada y emplea un tono aleccionador para decir—: Primero tienes que deshacerte de esas envidias. Porque él está muy confuso.

—Ya, es que me dice que no se quiere comprometer, que es muy pronto...

—Sí, él está que sí que no. No lo tiene claro. Porque la energía de su exnovia es muy fuerte. Tal vez ella le esté haciendo algún conjuro de amarre.

La boca de la chica se entreabre.

—¿Y qué hago? —Camelia suelta su mano. Las cadenas de la chica tintinean.

—Yo te puedo dar algo para remediarlo. Son unas hierbas y unas palabras que tienes que recitar mientras las quemas.

—¿Y con eso se arregla?

Camelia asiente con convicción.

—Y como eres clienta, te lo dejo a seiscientos cincuenta euros, cariño.

La chica titubea.

—Es que no tengo tanto dinero en efectivo.

—No te preocupes, reina mía, acepto tarjeta. —Se da la vuelta para coger el datáfono.

Etna mueve la cabeza en señal de desaprobación y se acerca a la cabina de su amiga, que ya ha terminado.

—¡Qué cara tiene esta gente!

Efimia no le hace caso. Permanece quieta, con los ojos cerrados y respirando hondo. Etna se sienta a su lado y repara en una figura femenina dorada, con rasgos poco definidos y una piedra sobre su cabeza, que está encima de la mesa de su amiga.

—¿Qué es esto? —Etna toma la figura entre las manos.

—¿La moura Fiandeira? Me la dio una clienta; se supone que atrae dinero. —Estira la parte baja de su espalda mientras se frota el costado—. Eso de que usen a las mouras como amuletos me da un poco de cosa, la verdad. Pero bueno, en estas ferias te encuentras de todo. —Efimia le quita la figura con delicadeza.

—¡Qué fuerte! —Etna exclama sobrecogida.

—¿Qué pasa? —Efimia posa la figura en la mesa con resquemor.

—Justo te venía a contar que en el puesto de pan vi a dos chicas con un colgante con el símbolo de la serpiente enroscada de mis sueños y los de Sera. Y una de ellas me dijo que el símbolo viene de una roca a la que llaman la Pedra da Moura que está en un pueblo perdido. Y ahora tú me vienes con la moura... Estoy empezando a pensar que la abuela fue a esa Pedra da Moura y ahí copió el dibujo que me dejó.

—Pero ¿por qué?

—Quizá porque quería que fuese a ese sitio. Además, recuerda lo que dijo la doctora Baumgartner sobre descubrir el secreto de mi familia... —Las palabras se le extinguen en el aliento y se queda absorta pensando. Al cabo de unos segundos reacciona—: Eso haré. Me voy a Senombres. ¿Dónde está mi bolso?

—¿Ahora? —Efimia también se levanta. Le pone una mano en la espalda—. Venga, vamos a recoger y a casa. Te prepararé una infusión para los nervios. Senombres seguirá estando en el mismo sitio mañana.

—No estoy nerviosa. Es que por fin veo claras todas las señales...

—Sí, las señales. Anda, vamos. Ya me lo contarás todo con más calma.

Etna suspira.

—Vale. —Comienza a recoger velas con una media sonrisa—. La embarazada haciendo de madre

—Para variar... —Efimia retira el cartel de la entrada.

6

Esa noche Etna consigue olvidarse de mouras y símbolos ominosos gracias a una buena cena y a *Armas de mujer*, que ve acompañada de Efimia y de una tableta de turrón de las Navidades pasadas. Cuando acaba la película se acuesta, aunque tarda un rato en quedarse dormida, pensando en lo aprovechada que es Melanie Griffith y lo mucho que sufre la pobrecita de Sigourney Weaver, quien, encima, interpreta el papel de mala.

Por la mañana, tras el desayuno, Etna vuelve a sentir el fastidioso golpeteo de la inquietud en la parte baja de la nuca.

—No sé qué otra cosa hacer. —Se desenreda un mechón de pelo dando tirones, sentada a la vieja mesa de madera de la cocina—. Ya te conté lo que me dijo la doctora Buamgartner sobre averiguar el origen de los dibujos.

—Yo solo digo que no tienes por qué ir sola así, sin planearlo.

Efimia se pone de puntillas para llegar a un estante que está sobre el fregadero de mármol y coge una caja de metal oxidado con dibujos de camelias. Saca un puñado de hierbas y las echa en una tetera que rellena con agua caliente.

—¿Y qué quieres? No tengo a nadie.

—Ay, Etna, qué dramática eres.

—¿Sabes que Max no quiere hablar directamente conmigo? Dice que es mejor que se hablen nuestros abogados. Y Veva también dice que es lo mejor. ¿Cómo hemos llegado a esta situación?

—Yo siempre supe que no era de fiar.

—Pues no dijiste nada.

—Hombre, no me iba a meter...

Una luz cálida entra por la ventana. Las minúsculas partículas de polvo suspendidas bailan alrededor del amarillento cráneo de coyote que preside la mesa.

—No sé qué les parecerá a todas estas criaturitas que tienes de decoración. —Etna acaricia la lisa frente de la calavera.

—¿A qué te refieres? —le pregunta Efimia.

—A los murciélagos disecados a la entrada del salón, a este cráneo de coyote... Me parece poco respeto por sus vidas, ¿no te parece?

—¿A ti te sabría mal que diese uso a una chaqueta que ya no usas? —Efimia cruza los brazos sobre la abultada barriga.

—Supongo que no.

—Pues eso. —Efimia deja la tetera en la mesa y coloca una taza de porcelana a su lado—. Déjalo reposar un poco.

Etna vierte al instante el oscuro líquido, que desprende un fuerte olor.

—¿Qué lleva esto? —Levanta la tapa de la tetera.

Su amiga remueve su té sin apenas inmutarse.

—Te dará fuerza. Bebe.

—Voy. —Etna da un sorbo y sonríe—. Tiene cáscara de naranja.

—Y miel.

Se hace un silencio que aprovechan los pájaros.

—Entonces ¿sabes qué vas a hacer allí?

—Todavía no. —Etna da un trago largo a la infusión mientras trata de idear un plan.

Tras recoger sus cosas, Efimia la acompaña hasta el coche y se despide con un abrazo corto. Etna enciende el motor y pone la dirección de Senombres en el teléfono. La voz robótica de Google Maps da órdenes escuetas que ella sigue con atención.

Después de casi tres horas conduciendo y de una parada para comer en una estación de servicio, el desvío a Senombres aparece en la carretera. Etna inspira hondo y gira el volante hacia su destino.

Una sola ojeada al lugar hace que se arrepienta de inmediato de haber ido sola. «Sórdido», esa es la palabra que Etna no consigue recordar mientras conduce a través del pueblo. Un perro con pezuñas de lobo casi se abalanza sobre el coche ladrando. Etna da un volantazo y se mete en el carril contrario.

—¡Tonto! ¿Quieres que te atropelle?

Etna ve por el espejo retrovisor que el animal sigue gruñendo, toma nota de la lección aprendida y reduce la velocidad. Mira hacia las casas que deja atrás. Intuye ojos recelosos tras las cortinas y sube el volumen de la radio. El altisonante tono del locutor le ayuda a calmar el pulso que le late en el cuello.

Para en un bar decorado con una parra desnuda. El Cruce, se llama, a pesar de que se encuentra en una recta. Coge el teléfono y escribe en un mensaje en el chat de Efimia y Veva.

Etna

Este sitio es un cague. Si no os escribo
en las próximas horas, tened por seguro
que un Norman Bates de Lugo está
haciendo chorizos conmigo.

Veva

Tú por si acaso no te duches. 🔪 ✖

Efimia

Ten cuidado, y si ves algo raro ¡no te quedes!

Veva

¡Jajaja! Llama cuando llegues.

Etna

OK 👍

Etna sonríe, deja salir un resoplido que vacía sus pulmones y camina hacia el bar.

Al entrar saluda, pero el ruido de las campanillas de la puerta ahoga su voz. Se acerca a la barra y vuelve a saludar. Carraspea para aclararse la garganta, irritada por el humo del tabaco. Un hombre larguirucho y macilento gruñe algo parecido a un hola sin apenas levantar la mirada. Está sirviendo un chupito de aguardiente a un viejo que no aparta la vista del partido que dan en la tele. Otros tres hombres toman café en una mesa y la miran de arriba abajo por el rabillo del ojo. Etna entrelaza las manos sobre la pechera del abrigo y se acerca al mostrador. El camarero se dirige a ella sin mirarla.

—¿Qué querías? —La frase ocupa poco más que la duración de una sílaba.

Etna observa las estanterías de detrás del mostrador: una máquina de café, botellas de licor, y también Cola Cao, azúcar, galletas, arroz, chorizos...

—¿Tenéis agua con gas? —pregunta sin muchas esperanzas.

—¡Mari! —grita el camarero, y una mujer con un moldeado corto asoma tras una puerta—. *Trae un con gas da neveira* —le ordena.

Mari desaparece para volver con un botellín que le da a quien, supone Etna, es su marido. Este pone un vaso en la barra y la botella al lado; la etiqueta de la marca está medio despegada. Etna presta mucha atención para oír el pequeño clic del anillo protector del tapón cuando la abre. Mira el vaso, lo aparta, se lleva la botella a la boca. Da un sorbo.

—Estaba buscando un sitio donde pasar la noche. ¿Saben de algún hotel por aquí cerca?

Todos en el bar la miran como si acabase de anunciar una invasión alienígena.

—Aquí hoteles no hay —contesta el camarero a la misma velocidad de antes.

Mari pega su falda de tweed mostaza al lateral de la barra y añade:

—*Home*, nosotros tenemos habitaciones si quieres. —Limpia la barra con una mano.

—¿Ah, sí? —Etna está a punto de declinar la oferta y comerse las tres horas y media de camino de vuelta cuando Mari interrumpe sus cavilaciones:

—Tiene su propio baño. La puedes ver si quieres. —Esboza una sonrisa que calma su resquemor.

Etna piensa unos segundos.

—Pues... ¿vamos a verla?

Mari vuelve a la parte de atrás para regresar con una niña pequeña en brazos y un juego de llaves.

Etna sonríe.

—¡Hola! —saluda con voz infantil a la pequeña de grandes ojos verdes—. *Que cousiña máis feita!* ¡Y qué ojazos! —La pequeña hunde su cara en el brazo de su madre sonriendo.

Salen del bar y acceden a una escalera de baldosas de granito rosa a través de una puerta contigua.

La niña habla animadamente sobre algo que Etna no logra entender mientras suben la escalera. Llegan al primer piso y Mari se para delante de una puerta de madera oscura que abre con una de las llaves.

—Tengo que encender la calefacción —anuncia mientras deja pasar primero a la posible huésped.

Etna sonríe nerviosa al sentir el soplo de un frío helado en las mejillas. Los zapatos chirrían en el suelo de baldosas. Mira a su alrededor.

—Qué bonita —miente.

La habitación mezcla la austeridad de un monasterio con la estética de un burdel: una cama con dosel, cubierta por una colcha malva de raso; algo peludo y rosa hace de alfombra, y cuadros de voluptuosas bailarinas adornan la pared. También hay un escritorio de madera lacado en blanco con una silla a juego.

—Hoy no se puede ver muy bien —dice la mujer abriendo las contraventanas—, pero hay unas vistas muy bonitas del monte.

—¡Qué preciosidad! —exclama Etna en un tono mucho más convincente. Se acerca a la ventana. Dos colinas confluyen en un valle cubierto por un mar de niebla—. ¿Qué es eso de allí? —Señala una zona pelada del monte, donde parece haber una estructura al lado de un lago.

—Eso es la Roca da Moura y el lago Lembrei —contesta Mari pensativa—. Una vez vinieron unos ingleses que querían comprar el lago. Pero marcharon escopetados. —Ríe mientras la niña juega con los botones de su chaqueta.

—¿Por qué marcharon escopetados?

—Por aquí dicen que las mouras los echaron. Pero tú no te preocupes: trata bien al monte, y las mouras no te molestarán.

—Está bien saberlo —musita Etna. Vuelve a mirar por la ventana y traga saliva antes de anunciar—: Mañana iré a ver la Roca da Moura.

Sus tripas se quejan.

—¿Hay algún sitio para cenar aquí?

Mari esgrime una sonrisa contenida y responde:

—Justo hoy es el día que cierra la pizzería.

—¿Hay una pizzería? —Mari la mira sorprendida—. Ah, vale, estás de broma.

Tras la decepción, Etna suelta una risotada. Mari sonríe con los ojos y da un beso en el carnoso moflete de la niña.

—Te hago yo un bistec con *patacas* y pimientos que te vas a chupar los dedos.

Mari abandona la habitación para dejar que su huésped se aclimate. Etna se sienta en la cama y contempla las silenciosas montañas. La niebla está empezando a adquirir el tono malva de la noche. Etna frunce el ceño y trata de distinguir la gran roca partida en dos, al lado de la pulida lágrima oscura que parece el lago desde lejos. Recuerda la historia de los ingleses y cierra las contraventanas con la piel de gallina.

Intenta llamar a Serafina, pero la cobertura es muy mala y desiste. Un poco más tarde, Mari le trae una bandeja con la cena. Come hasta empacharse y se acuesta con cargo de conciencia.

7

Etna se despierta tras una noche de sueño interrumpido; no está acostumbrada a dormir sin wifi ni ruido de coches. Se frota los ojos inflamados. Saca un pie de debajo de las mantas y toca el suelo, como si probara el agua de una piscina. El estómago se queja de hambre, la vejiga empuja en su pelvis, pero hace demasiado frío para salir. Permanece en la cama mirando la estrecha raya de luz en el techo durante largo rato.

—¿Qué hago aquí? —se pregunta de vez en cuando en voz alta.

El recuerdo de la cena, un filete del tamaño de su cabeza con una generosa guarnición le da el coraje que necesita para salir de la cama y de sus cavilaciones. Se viste y, tras ir al baño y mojarse los ojos con la punta de los dedos, baja al bar.

La tele ya está encendida y, en la pantalla, la presentadora prepara un guiso «rápido y saludable». El bar huele a café, lejía y moho. Etna se sienta frente a la barra. Manolo —pues así se llama el camarero— se le acerca y, con la misma seriedad del día anterior, le anuncia:

—Mari te tiene la mesa del desayuno preparada en el comedor.

Etna da las gracias con poco entusiasmo. La suela de los zapatos se pega al suelo cuando cruza la puerta con el letrero que indica COMEDOR. Ante ella se abre un cuarto enorme y gélido, habitado por plantas de plástico y cuadros de caza. Se sienta a la única mesa preparada y espera. Al poco tiempo, Mari entra con una bandeja y una gran sonrisa.

—Recién exprimido. —Deja un zumo de naranja en la mesa, y a continuación el café y la leche—. Ahora traigo lo demás. —Trota hacia la cocina y vuelve con embutidos, pan, bizcocho y confituras.

—¡Aquí hay para alimentar a un regimiento! Gracias.

—Todo hecho en casa, hasta el jamón. —Mari permanece de pie.

Etna corta un trozo de pan con los dedos y se lo lleva a la boca. La corteza es crujiente y está cubierta de azúcar, caramelizado por el fuego; la miga es oscura, firme pero esponjosa, y sabe a nuez, aunque con un regusto ácido.

—¡Este pan es delicioso! ¿Cómo lo haces?

—El pan se lo compro a Elvira —contesta Mari tartamudeando y algo colorada—, pero todo lo demás lo he hecho yo. Prueba el jamón, me queda muy rico.

Etna mete un trozo de jamón en medio del pan y le da un gran bocado. Trata de masticar rápido para dar cuanto antes su veredicto y así, con suerte, Mari la dejará desayunar tranquila.

—¡Mmm! —exagera el tono—. ¡Impresionante!

Mari sonríe de oreja a oreja, se da la vuelta y se va por donde vino, canturreando.

La verdad es que el jamón le ha quedado un tanto salado y la textura demasiado blanda, piensa Etna. Pero claro, no es lo mismo secar jamones en las húmedas montañas de Lugo que con las brisas secas de la dehesa extremeña: no todo se puede hacer bien.

Al cabo de unos minutos, Mari vuelve a entrar con gesto serio. Etna está preparada para alabar su requesón.

—Hay alguien aquí que te quiere ver.

Etna deja la tostada en la mesa de golpe y se pone de pie

con la mano en el pecho. Detrás de Mari aparece Veva empujando su maleta de ruedas, que se engancha en cada una de las sillas junto a las que va pasando.

—¡Veva! ¿Qué haces aquí?

—¿Que qué hago aquí? Quedamos que llamarías, ¿recuerdas? —Mira a Mari y, con los labios entrecerrados, murmura—: Para que supiéramos que todo estaba... —vuelve a mirar a Mari— que habías llegado bien. —Las cejas arqueadas en un ángulo imposible se pierden bajo su flequillo—. Menuda nochecita que he pasado...

—¿Y por qué no me llamaste tú?

—¡Ay, qué tonta! —Veva se golpea la frente—. ¡Cómo no se me ocurrió! —suelta en tono burlón. Entrecierra tanto los ojos que casi desaparecen tras el cristal de las gafas de pasta transparente—. ¡Te llamé tropecientas mil veces! La Guardia Civil no se te ha presentado esta mañana de milagro.

—Es que la cobertura no es muy buena aquí...

—Es verdad. No es nada buena —comenta Mari negando con la cabeza—. ¿Quieres desayunar? —canturrea inmediatamente después.

—Sí, por favor. Que llevo sin comer desde la tarde de ayer. —Etna la mira con una sonrisa de descreimiento—. ¡Es verdad! —asegura Veva, y luego se dirige a Mari—: Tuve que parar dos veces de camino aquí porque pensé que me desmayaba.

—Ahora mismo te traigo un pocillo, corazón. —Mari parece bailar de camino a la cocina.

—O sea, que has venido porque estabas preocupadísima.

—Exacto. —Veva ya se ha sentado a la mesa y mastica un trozo de bizcocho que casi no le cabe en la boca.

Etna remueve el café pensativa.

—¿Y cómo no te trajo Diego, con lo que odias conducir por autopista?

—No podía. —Da un sorbo al zumo de Etna, que lo pone fuera de su alcance.

—¿Cómo que no podía? ¿Ahora trabaja en fin de semana?

—Estaba ocupado.

—¿Con qué?

Veva mastica muy despacio, mira alrededor.

—Con una estantería.

—¿Con una estantería?

—Sí, una estantería que tenía que colgar.

—Así que tú te vas de fin de semana, ¿y él se queda para colgar una estantería?

—¡Vale, pesada! ¡Está bien! ¡Me enfadé con él!

—Ya decía yo que tanta preocupación...

—Pero preocupada estaba. —Mari vuelve con el café y otro zumo—. Este bizcocho es una delicia —le dice Veva.

—Le pongo un poco de nata de la leche para que quede más suave y...

—¡Muchas gracias, Mari! —la interrumpe Etna.

Veva observa a Mari, que da media vuelta y regresa a la cocina.

—¡Qué borde eres, Etna!

—Perdona, pero es que es un poco cansina con su comida, ya verás. —Hace un gesto desdeñoso con las manos—. Le dejaré una buena propina. Bueno, a ver, ¿qué pasó esta vez?

—Que es un idiota... ¡Qué bien estaba viviendo yo con mi madre! —Se sirve café y toma un sorbo aspirando aire—. Fuimos a cenar con Iria.

—¿Su ex? Creía que no la tragabas.

—No me pasa de aquí —se señala la garganta—, pero estoy intentando ser mejor persona. En fin. Iria aparece con un viejo —hace una mueca de desagrado— feo, con cara de amargado. Yo, lógicamente pensé: «Tiene que ser su padre».

—¡Ja, ja, ja! Claro, porque el parecido debía de ser indiscutible.

—¡Exacto! Entonces yo digo: «Y este ¿es tu padre?». A lo

que ella me responde: «Es mi novio. Mi padre murió la semana pasada». Y va y se me escapa una carcajada.

—¿Delante de ellos?

—No lo pude evitar... Me pasa en situaciones tensas. Total, que bronca de vuelta a casa, bronca en el salón, bronca en la habitación... Diego acabó durmiendo en el sofá y yo me cogí el coche antes de que se despertara. Es que no soporto que la defienda. Lo que pasa es que no se puede ser amigo de una ex, y punto. ¿Qué será lo siguiente? ¿Coches que se conduzcan solos?

—Creo que ya los hay. —Etna remueve el café con una expresión divertida.

—Bueno, tú ya me entiendes.

Veva descruza los brazos para prepararse una tostada con queso y miel. Da un bocado y mastica emitiendo gemidos más propios de otros placeres.

—Oye, este pan es impresionante.

Etna asiente con cara de grima. Veva corta otro trozo y lo mete en el café para después rescatarlo con la cucharilla. Se lo traga casi sin masticar.

—Por cierto —añade Veva—, te he traído los documentos para arreglar lo de la herencia. Recuérdame que los miremos antes de que me vaya.

—Ay, Veva, que me vas a dar el desayuno.

Con la barriga a punto de reventar, y una vez que Etna ha firmado documentos que finge leer, ambas deciden quemar unas cuantas calorías dando un paseo por el pueblo. Mari les habla de una capilla «muy antigua» en la que un roble crece detrás del altar, aunque Veva expresa interés en ir a grabar psicofonías al lago encantado.

—Vete tú por tu cuenta, que sola será más auténtico. Mejor aún —Etna sonríe con malicia—, ¿por qué no vas de noche?

—Ay no, de noche no —interviene Mari.

—¿Por qué? —replica Veva.

—Por las mouras.

—¿Las mouras de las leyendas? —pregunta Veva con los ojos como platos.

Mari espera unos segundos antes de contestar.

—A ver. Yo no digo que crea en esas cosas, pero allí hay algo, todo el mundo lo sabe. Moura o no, no te sé... —Hace una pausa y mira hacia las montañas—. Hace años —continúa sin desviar la mirada—, un chaval, vecino de otra parroquia, más malo que la quina él, dicen que era *perónamo* o como lo llamen.

—¿Pirómano? —sugiere Veva.

—Eso. Bueno. Pues pasó la noche allí para ganar una apuesta. Volvió al día siguiente, tartamudo —Mari se agarra un mechón— y con el pelo blanco como la nieve. Y nunca quiso contar qué pasó allí esa noche.

—¿Cómo va a volver con el pelo blanco de la noche a la mañana? —Etna se protege el estómago con los brazos sin darse cuenta.

—Pues así fue. Y poco después emigró a Suiza... Dicen que no quería saber más de estos montes.

—¡Qué pasada! —Veva abre los ojos y la boca—. Hay que ir.

—¿Estás loca? Ya me gasto bastante en teñirme las canas; paso de quedarme con todo el pelo blanco.

—Pues lo que te ahorrarías en lejía para las mechas, guapa.

—No uso lejía, que voy a peluquerías buenas.

—Buenas o no, para pasar de tu pelo negro como el carbón a ese rubio platino, tienen que usar lejía sí o sí. Te lo digo yo, que mi tía es peluquera.

—Y a mí qué que tu tía sea peluquera. La mía es médica y no por eso te hablo de los mejores tratamientos para la artritis...

Etna y Veva continúan con la discusión mientras se alejan del bar El Cruce. No se despiden de Mari, que se ha quedado con la palabra en la boca y las mira meneando la cabeza en señal de desaprobación.

El lento sol de otoño tiñe de amarillo el hormigón de la calle, igual de desierta que el día anterior. Etna camina un poco alejada por detrás de Veva, por si acaso aparece de nuevo el perro.

Tuercen una esquina y las casas dan paso a huertos delimitados por muros de piedra bajos y desiguales. Al final de un camino de tierra, cruzando un riachuelo, llegan a la pequeña iglesia románica.

Justo cuando van a entrar, reparan en un chico que está sentado en el muro de la iglesia, y que levanta la mirada, las saluda y continúa tallando un trozo de madera.

—¿Quién es ese adonis?

—Y yo qué sé. —Etna se encoge de hombros.

—Pues nos ha saludado.

—Será que no ve a mucha gente.

El chico vuelve a saludar, pero esta vez se levanta y se les acerca.

Etna inspira hondo. El frío de la mañana contrasta con el olor rancio del incienso y la cera quemada que se desprende del interior.

—Vosotras sois las que os estáis quedando en la de Mari y Manolo, ¿no? —Al sonreír, el chico muestra unos dientes blancos y desordenados. Sus espesas pestañas oscurecen el blanco de los ojos—. Me llamo Orlando. —Se guarda la navaja de tallar en una funda que cuelga de su cintura.

—¿Cómo la salsa de tomate? —Etna no puede evitar decir en alto.

—Como el héroe medieval.

—¿Y eres de por aquí? —Veva saca pecho y mete barriga.

—Sí, mi tía tiene la panadería.

—¿Tu tía es Elvira? —Orlando asiente sin mirar a Etna—. ¡Ese pan es impresionante!

—¿Queréis que os la enseñe?

—¡Nos encantaría! —exclama Veva, lanzando una mirada pícara a Etna.

—¿Perdona? ¿No me ibas a acompañar a la Roca da Moura? ¿Y no querías ir al lago encantado ese?

—Podemos ir más tarde.

Veva ya ha comenzado a caminar al lado de Orlando. Etna se queda rezagada unos segundos, con la rabia burbujeando en la garganta.

La panadería se halla a pocos metros de la iglesia. Desde fuera, se diría que es una choza de piedra desigual pegada a una casa de ladrillo sin pintar, más parecida a una cuadra que a un edificio habitable. Orlando empuja la puerta entreabierta. El calor del fuego reblandece la piel como un bálsamo. En el aire se mezclan el olor a leña, masa fermentada y aceite. Etna tiene la sensación de estar accediendo a las entrañas de la Tierra. Cuando sus ojos se acostumbran a la penumbra, descubre una tiendecita muy humilde, con diferentes tipos de pan expuestos y un par de bizcochos. Al otro lado del mostrador, donde hay una báscula de hierro oxidado y una caja registradora de los años ochenta, está el gran horno de piedra y una mesa de mármol, con varias capas de harina y hollín, en la que reposa la pala para recoger los panes del horno. Grandes manojos de varias clases de hierbas puestas a secar cubren el techo. Al fondo del cuarto hay otra entrada, que Etna supone que comunica con la casa, tras una cortina de cuentas de madera.

—¡Qué acogedor! —exclama Veva.

Etna pone los ojos en blanco.

—¿Qué hacen si se les cae un pan? —pregunta Etna, recorriendo arriba y abajo el suelo de tierra y serrín.

—No se les cae —contesta Orlando cortante.

Unos pies chasquean tras la pequeña puerta trasera. Una silueta se abre paso entre las cuentas.

—¿Qué queríais? ¡Ah, eres tú! —dice la chica que acaba de entrar en la tienda.

—He traído a unas amigas a ver la panadería, se están quedando en la de Mari y Manolo.

—Es que nos ha encantado el pan —añade Veva.

La chica se acerca más a la luz de la entrada para verlas bien. Etna reconoce esa cara, que al mismo tiempo la está reconociendo a ella.

—¡Has venido!

—¿La conoces? —pregunta Orlando sorprendido.

—La vi en la feria del otro día. Se interesó por el colgante —explica la chica.

—¿Así que trabajas en esta panadería? —comenta Etna.

—Es mi prima, Adela —contesta Orlando.

—Acuérdate de lo que te dije cuando vayas a la Piedra da Moura —lo interrumpe la chica, visiblemente excitada—. Justo cuando el sol se pone y no se puede distinguir el color de un hilo. Prendes una vela y dices: «*Moura da pena, señora da rochas, axúdame, sae de onde te agochas*».

Se hace un silencio incómodo. Y Veva, con poco disimulo, mira a Etna mientras da vueltas al dedo índice cerca de la sien en referencia a Adela.

—Bueno, pues ¿qué queréis que os enseñemos?

—No sé. —Veva mira alrededor—. ¿Cómo hacéis el pan?

—Es un proceso largo porque usamos levadura natural, de masa madre. Los cereales, trigo y centeno principalmente, aunque también maíz, los molemos en el molino de agua del río que está cerca del lago Lembrei.

—¿No es ese lago el que dicen que está encantado?

—Eso son tonterías —la corta la voz severa de otra chica que acaba de entrar en la panadería con dos sacos de harina.

Etna la reconoce como la que la atendió en el puesto de pan de la feria de brujas.

—Esta es mi otra prima, Justa —indica Orlando.

Justa saluda con un hola abúlico y continúa hacia la trastienda, donde deposita la harina en un pequeño almacén.

Los demás siguen hablando del proceso de elaboración del pan, pero Etna no consigue escuchar, tratando de calmar su respiración. Su mirada permanece fija en esos medallones que reproducen el símbolo con el que ella sueña, el que vio en la carta de su abuela. El mismo que su hija dibuja continuamente. Las puntas de los dedos le hormiguean. Se abanica con la mano y sonríe para disimular su nerviosismo. Nota unos ojos clavados en ella: en la oscuridad de la habitación contigua, tras la cortina de cuentas, hay alguien que la observa.

8

Etna mira la niebla a través de la ventana del comedor, una niebla que extiende su aliento turbio como una sábana de humo sobre las colinas. Arruga el ceño.

Mari entra en el comedor con la comida.

—¿Y tu amiga?

—Eso me gustaría saber a mí. Dijo que no tenía hambre y se fue a hacer senderismo con las chicas de la panadería y su primo, pero el día se ha puesto muy malo y estoy intranquila.

—No te preocupes. Orlando y las de Elvira se conocen estas montañas como la palma de la mano. No son como la gente de ciudad; le tienen respeto al monte.

Etna suspira, espera a que Mari deje la sala y da cuenta de la comida. Después se retira a su habitación para echar una siesta. Sueña con que elabora una hogaza de pan con la ayuda de una vieja. Alguien la zarandea.

—¡Etna! ¡Despierta!

La aludida se da la vuelta y lanza un manotazo a Veva, que está sacudiendo su hombro.

—¿Qué haces?

—¿Qué haces tú zarandeándome así? —Etna se incorpora en la cama, secándose la comisura de la boca—. ¿Ha pasado algo?

—No, perdona. Es que no quería que te echases una siesta muy larga, ya sabes que después no duermes bien. —Se sienta en el borde de la cama, sonriendo—. Se te ve mucho más descansada. ¿Quieres que te traiga un café?

—A ver. ¿Qué quieres?

—Nada. Solo que me preocupo por mi amiga querida. —Da palmaditas en la pierna de Etna—. Además, se te va a pasar la hora de ir a la Roca da Moura.

—¿No me dijiste que me ibas a acompañar?

—¿Ah, sí? —Sonríe. Alguien llama a la puerta—. ¡Uy! ¿Quién será? —Se pone de pie de un salto y corre a abrir—. ¿Y qué haces tú por aquí? Bueno, pues ya que estás, pasa, pasa...

Orlando entra en la habitación con las mejillas rojas y el pelo lleno de hojarasca. Etna por fin comprende.

—Estarás de broma, ¿no?

—¿No querías hacer pis? —pregunta Veva a Orlando—. Venga, pues usa este baño. —Lo empuja hacia el lavabo.

—O sea, ¿no solo me dejas tirada y tengo que ir sola a la Roca da Moura, sino que, además, quieres la cama para liarte con el panadero? —suelta Etna en un susurro envenenado.

—¿Y qué quieres? Mari no tenía ninguna habitación preparada para hoy y Orlando vive con su familia. —Entrelaza los dedos—. ¡Te acompaño mañana a la roca! Además, no vamos a usar la cama, ¡te lo prometo! Ponemos una mantita en el suelo y ya.

—¿Y Diego qué?

—Bueno, mujer, no seas tan puritana. Él también tiene sus fines de semana por ahí.

—Alucino. —Etna se cruza de brazos.

—Mañana a primera hora vamos a la roca esa, y te debo una enorme.

—Hay que ir a la puesta del sol. —Etna se pone de pie con malos modos—. Mira, déjalo. Ya voy yo sola hoy.

—¿De verdad? ¿Seguro que no quieres esperar por mí?

Etna coge dos pares de calcetines y los coloca bajo las sábanas. Levanta un dedo amenazador.

—Los he puesto de una manera estratégica. Si los mueves, aunque solo sea unos milímetros, lo sabré.

Veva se lleva la mano a la frente y le dedica un saludo marcial. Orlando asoma la cabeza.

—Espera un momento —le pide Veva—. ¿Por qué no te duchas, ya de paso?

—¡La ducha no se toca, que me voy a bañar después! —Etna, enfadada, se pone a recoger sus cosas y se dirige a la puerta—. Una hora de reloj. Y no quiero verlo aquí cuando vuelva. —Mira alrededor—. Y más te vale abrir las ventanas para airear. —Tras la amenaza, cierra la puerta sin esperar respuesta.

No hay suficientes capas de ropa para apaciguar la mordedura del frío cuando el sol comienza a alejarse. Etna tirita y acelera el paso a medida que avanza por la ruta que lleva a la Roca da Moura. El paisaje inhóspito, con apenas tojos y retamas, da paso a parajes atiborrados de árboles gigantes que se comen todo a su alrededor. Solo se tarda unos minutos desde donde aparcó el coche hasta el lugar de la piedra, pero siente que se está adentrando en lo más profundo del bosque. El vello se le eriza tanto que la piel se le encoge. Sombras de pájaros aparecen y desaparecen en la periferia de sus ojos, aullidos de lobos y cantos de cucos resuenan en las montañas. Le vienen a la mente escenarios catastrofistas y, cuando está a punto de dar la vuelta, por fin divisa la gran roca partida en dos en medio de un claro.

Mide unos cinco metros y está cubierta por liquen y alguna pintada. Etna se acerca deprisa, la rodea pasando una mano por la superficie y se introduce en la grieta, flanqueada por las altas paredes de roca. Observa el cielo, a la espera de que el día decline. Puede oír cómo las nubes descargan lluvia a lo lejos. Arranca un hilo de su camiseta y lo sostiene en alto contra el horizonte. Entonces el color deja de existir; justo antes de que caiga la noche, justo antes de que termine el día. Saca la vela, la prende y la acerca a la pared. Chasquea la lengua, decepcionada.

—Aquí no se ve nada. —Cierra los ojos y sujeta la vela firmemente entre las manos mientras recita las palabras que le había dicho Adela—: «*Moura da pena, señora da rochas, axúdame, sae de onde te agochas*».

La vela arde con tanta fuerza que la llama calienta su cara. Etna abre los ojos y ve una sombra alargada en la piedra. Entonces la silueta de la pared se hace visible: la serpiente enroscada en tres aros dentro de un círculo. Traga aire.

—Entonces es verdad...

Un ruido cercano hace que sus músculos se contraigan de golpe. Sopla la vela y la arroja al suelo con rapidez.

Cuando emprende el camino de vuelta al coche, oye partirse una rama cerca. Recuerda los ojos vigilándola en la panadería esa mañana y su cuerpo se cubre de un sudor frío.

—¿Quién anda ahí?

Etna mueve los brazos tanteando alrededor. Nadie contesta. «Será un conejo», piensa tratando de calmarse. Pero entonces oye unos pasos apresurados tras ella. Temblando violentamente, saca el móvil y el mechero del bolso.

—Tengo una navaja, y estoy llamando a la policía. —Blande el mechero en el aire.

—No llames a nadie —dice alguien al cabo de unos segundos—. Soy yo, Adela. —Su vocecilla campanillea en la penumbra.

—¿Adela? ¿La panadera?

Adela se acerca a Etna para que la pueda ver bien.

—¿Qué haces aquí?

—Estaba esperándote. Ven conmigo. Quiero que conozcas a alguien.

Etna permanece inmóvil. Se pregunta si será capaz de vencerla en un cuerpo a cuerpo, en el caso de que Adela sea una asesina de turistas que capta en las ferias locales.

72

—No entiendo nada. —Etna da un paso en la dirección opuesta, preparada para correr.

—A ver, ¿no quieres ayudar a Serafina?

—Un momento. ¿Cómo sabes el nombre de mi hija? —le espeta, tensa a más no poder.

—Ven conmigo. Te prometo que puedes confiar en mí.

—Solo si me contestas... ¿Cómo sabes lo de mi hija?

—Mi abuela te lo explicará todo.

Adela saca el móvil y mira la pantalla. Ese detalle hace que Etna se relaje.

—Vamos —insiste Adela—. Como anochezca más, ya no veremos el camino. Y está empezando a llover.

Adela emprende el regreso. Etna titubea unos segundos, pero al final se decide y trota para alcanzarla. La panadera se aleja ágil entre las piedras. Tras unos minutos sorteando rocas y arbustos bajo la lluvia, llegan a una zona abrigada por grandes árboles, que crean un techo de ramas.

9

—¿Dónde estamos? —pregunta Etna.

—En una zona escondida del lago Lembrei —responde Adela.

—¡Ay, no, no! Yo al lago embrujado en plena noche no voy, ya me avisó Mari.

—Bueno, pues entonces ya sabes por dónde volver. —Adela se cruza de brazos. Unos segundos después, apunta hacia un foco de luz, justo enfrente, que ilumina la silueta de dos personas vestidas con casullas de paja—. A menos que quieras venir a sentarte allí, junto al fuego, y beberte un buen tazón de caldo.

Etna no lo piensa mucho y se acerca a la hoguera; tiene una extraña sensación, como si ella fuera otra persona.

Se sientan en dos tocones de madera. Etna se da cuenta de que la lluvia apenas las moja: las protege una marquesina hecha con ramas y hojas.

Las siluetas iluminadas son de dos mujeres. Una de ellas coge dos cuencos, los llena con el líquido de la olla que, apoyada sobre unas ascuas, aromatiza el aire con pimentón, y los pasa a Adela y a Etna. En ese momento, Etna ve la cara sonriente de una mujer muy parecida a Adela, que lleva al cuello un medallón igualito al suyo.

—Gracias, ma —dice Adela. Sopla sobre el líquido para no quemarse y empieza a beber.

Etna mira la sopa, que humea en su cara. Tiene hambre, pero todavía tiene más ansia por saber qué significa esa reunión.

—¿Alguien me puede explicar qué hacemos aquí y por qué vais disfrazadas de setos?

—Son chubasqueros, mucho mejores que los de ahora —contesta Adela.

—Ya... ¿Y no os da miedo estar aquí en medio de la noche?

—Os dije que no era ella —comenta desabrida la otra mujer, que resulta ser Justa.

—Eso lo decidirá la abuela, digo yo —replica Adela.

—No empecéis vosotras dos —las regaña la mujer que les ha servido el caldo.

—¿De qué habláis? —Etna sube la voz—. ¿Que no soy quién?

—¿Está rico o caldo? —pregunta una voz aguda y afónica a la vez.

Etna no puede ver a su dueña. Mira alrededor, confusa.

—Todavía no lo he probado —contesta titubeando.

Observa el cuenco con el líquido ambarino, se lo lleva a la boca, sorbe despacio con precaución y después vuelve a alzar la mirada. En una esquina, las sombras escupen una pequeña figura cubierta también por un abrigo de paja; parece un árbol de Navidad seco. Se acerca al fuego y, con destreza, arroja un par de troncos a las ascuas. Tras sentarse en una banqueta, se quita el chubasquero y sonríe a las llamas. Es un ser diminuto. Etna sabe que es una mujer por la falda y el paño de la cabeza, pero sus rasgos son ambiguos: frente cuadrada, cejas espesas y mejillas gruesas que caen sobre las comisuras de la boca. La sonrisa muestra unos dientes grandes y algo aserrados. Mira a Etna. A pesar de que los párpados acusan su vejez, la mirada es afilada como la punta de un dardo. Lleva un colgante idéntico al de las demás.

—Está bueno, calentito —afirma Etna nerviosa tras una pausa.

—¿Por qué te quedaste mirando el medallón? —pregunta Justa cortante.

Etna permanece con la boca entreabierta unos segundos, intentando ordenar sus pensamientos. Entonces la anciana coge una hogaza de pan que en sus manos se ve enorme, corta un trozo con un cuchillo y se lo ofrece.

—Toma, para que hagas sopas.

Etna coge el trozo de pan distraída.

—Me quedé mirando el colgante porque he visto ese símbolo antes, en mis sueños —consigue responder al rato.

Por unos segundos, el silencio lo borra todo.

—¿Quieres oír una historia? —le pregunta la anciana.

Etna se encoge de hombros. La mujer se acerca a las llamas.

—Hace mucho, mucho tiempo, vivió una mujer con su familia en un pueblo cerca de aquí. —Las palabras brotan de su boca y caen sobre el fuego creando imágenes en el humo—. En un año de sequía en el que todos perdieron sus cosechas y animales, la mujer decidió ir a ver a la moura que vivía en la roca de la colina. Se la encontró sentada en lo alto de la piedra, peinando sus cabellos con un peine de oro. La mujer le pidió ayuda y la moura decidió hacer un trato con ella. «Traeré agua a tu pueblo si tú me ayudas a parir», le dijo, así que la mujer accedió. La moura cogió un sacho de piedra, partió la roca en dos y de dentro brotó el lago que baña estas tierras.

»Después de unos meses, la moura se puso de parto y mandó a un jabalí a avisar a la mujer para que acudiera a la roca.

»Ayudada por la mujer, la moura dio a luz a una pequeña tan brillante como el filo de una hoz. Y en la parte de la roca donde se agarró, el símbolo con el que tú sueñas quedó grabado para siempre. Sin embargo, la moura no paraba de sangrar. Así que la mujer corrió a su pueblo y volvió con cornezuelo del centeno, con el que cortó la hemorragia. La moura estaba muy agradecida, tanto que de su ombligo sacó una piedra reluciente que regaló a la mujer diciendo: "Esta piedra es una penamoura. Ponla en agua del lago cuando la noche y el día sean mellizos. Con esa agua unge la frente de tus hijas con su primera sangre en la luna nueva. A ellas les será revelado su nombre verdadero, con el que podrán mover las nubes para traer lluvias cuando la tierra tenga sed. Con ese nombre podrán conocer a su animal sombra, que les ayudará a mantener las cosechas libres de pestes. También sabrán cómo atravesar el umbral que separa vuestro mundo del nuestro. Estas y otras muchas leyes secretas del universo les serán asimismo reveladas. Y nunca volverán a sentir el miedo que aflige a vuestra especie. Solo pido una cosa: que tus hijas y sus hijas, y las hijas de sus hijas, guarden y nunca olviden mi regalo. Por eso, el lago que he creado se llamará Lembrei".

»El siguiente equinoccio, con el primer resplandor de la luna, la mujer hizo lo que la moura Mae, que así se le llama a las mouras parturientas, le había dicho. Y con cada primera menstruación, una por una, ungió a sus hijas con el agua de la penamoura. Y esa piedra fue guardada en un lugar secreto, del que solo se sacaba para bautizar a cada descendiente.

—Pero no es una historia real, ¿no? Es un cuento. Una leyenda para explicar el origen del lago, ¿no? —la interrumpe Etna

Nadie contesta. La madre de Adela y Justa lanza un tronco al fuego. Las cenizas incandescentes se esparcen en la oscuridad.

—Esa mujer es nuestra tataratataratataraabuela.

Etna se frota las sienes.

—Vale, muy bien, aunque, y repito, aunque me crea que vuestra tatarabuela haya sido agasajada por un ser inmortal y que la paja proteja mejor que el gore-tex, no entiendo qué tiene que ver todo esto conmigo.

La anciana se acerca a Etna; trae consigo un olor a hierbaluisa y lluvia.

—Hace ya muchos años, mi hermana Mara desapareció

un día, y con ella la penamoura. Yo había tenido una premonición y había guardado un tarro con agua de la piedra consagrada en el último equinoccio. Es la que usé para mi hija y nietas. Pero el agua ya casi se ha acabado. Si no encontramos esa piedra, el regalo de la moura se morirá con nosotras.

—Lo siento mucho, de verdad. Pero sigo sin entender qué tiene que ver conmigo.

La anciana le coge la mano con fuerza y Etna nota un calor que se irradia como si fueran calambres a través del brazo hacia el pecho. Se intenta soltar, pero la matriarca no se lo permite.

La anciana sonríe y dice:

—Creemos que Mara era tu bisabuela.

10

Desde su reunión con la familia de Adela en el bosque de Senombres, Etna no ha podido pensar en otra cosa. No cuando, en la habitación del hostal, Veva le contaba que había encontrado al padre de sus hijos refiriéndose a Orlando, ni al día siguiente, durante el trayecto de vuelta a Escravitude, escuchando su emisora favorita. Ni siquiera en su conversación telefónica con Serafina podía dejar de oír la voz de la anciana diciéndole que Mara era su bisabuela. Y, aunque le pareciese una historia rocambolesca, Etna tenía que saber si era verdad.

Tras buscar por toda la casa de su abuela, Etna se encuentra a Hortensia en el invernadero. El aire es espeso y tiene que esforzarse para respirar. Siente que está dentro de una gran urna de cristal. A pesar del visible deterioro de la estructura, en su interior las plantas crecen exuberantes y fuertes: desde los carnosos filodendros hasta las lánguidas orquídeas o la fluorescencia de los hibiscos. En cada rincón, las plantas se retuercen y contorsionan formando un caleidoscopio vegetal.

—¿Tienes un momento? —pregunta Etna a Hortensia, que, parapetada tras unas macetas, despega un caracol de una hoja.

—Dime, nena. —Sus abizcochadas manos meten el caracol en un bolsillo del mandilón.

—Me acuerdo de cuando me prometías una galleta por cada caracol que cogiese...

Hortensia sonríe recordando. Su boca se estira de forma casi anfibia. A veces Etna se pregunta si Hortensia no será un duende, o alguna otra criatura del bosque. Le da la impresión de que, si mirase bajo su ropa, encontraría corteza de árbol.

—La abuela siempre me contaba que de pequeñas tú eras su mejor amiga y ella la tuya. ¿Recuerdas a sus padres?

—Me acuerdo, sí. —Sus ojos, más grises que la última vez, desaparecen bajo los párpados—. Su padre trabajaba en el molino. —Se agacha para mover una maceta y gruñe por el esfuerzo—. Su madre cosía para tu tatarabuela, la señora Aurora. Pero poco duró, la pobre.

—¿Murió joven?

—La mataron. —Su gesto se tensa—. Nadie me va a convencer de lo contrario. Un día desapareció y no se volvió a saber de ella. Dijeron que se había fugado, pero mi madre me dijo que ella adoraba a tu abuela, que no había madre más entregada en la Tierra. No tiene ningún sentido pensar que la abandonó, y menos dejándola al cuidado de ese monstruo.

—¿Mi bisabuelo?

Hortensia asiente.

—Amaro. *Era un mal home.* El mismo demonio. —Su mirada se pierde en el cristal opaco, cubierto de una nebulosa húmeda—. Sus vecinos oyeron una pelea peor que otras veces. Hasta los golpes se oían. Y a Amaro gritando que le dijese la verdad o que la mataba. Pensaron que era una cuestión de celos y no se quisieron meter. Sin embargo, esa misma noche ella desapareció. Amaro aseguró que se había fugado con un indiano que había conocido en el pueblo. Pero ella nunca hubiera abandonado a su hija.

—¿Y la abuela?

Hortensia agita una mano y sonríe con picardía.

—Tu abuela era mucha abuela. Trabajaba duro, hacía su vida. Dormía conmigo casi todos los días. Y nadie se esperaba que se convirtiese en una chica tan guapa. Parecía una artista de Hollywood. Yo creo que se volvió guapa de pura voluntad.

Siempre me decía: «Yo voy a ser rica, y no volveré a ordeñar una vaca». Y lo consiguió. Don Cósimo acababa de regresar de la facultad y la vio en la verbena del pueblo. Tu abuela llevaba un vestido rojo y el pelo suelto, lleno de gardenias; hasta los perros se paraban para mirar. Nadie pudo hacer nada. Era como si le hubiese puesto un *meigallo* a tu abuelo don Cósimo. Él rompió su noviazgo con la hija de un marqués de Córdoba. A tus bisabuelos casi les arrebata la salud. Pero ya te digo que tu abuela era mucha abuela. Se casaron ese mismo invierno. Y tu abuela se convirtió en señora de la casa, una señora de la casa estupenda. Nadie habría podido decir que venía de compartir cama con las bestias del cortijo. Y a mí me nombró su doncella. Y me vistió con uniforme francés, enaguas y guantes blancos. ¡La de sitios que visité y la de gente que traté...! Ni en sueños hubiera pensado que tal lujo existía. Todo gracias a tu abuela. —Se seca una lágrima furtiva.

—¿Y mi bisabuela? ¿Nunca se volvió a saber de ella? —pregunta Etna.

—Nunca. —Hortensia se sacude las manos en el mandilón—. Aunque los últimos meses tu abuela empezó a hablar de ella. Ya estaba mal, la pobre. A veces no te reconocía. Dormía poco.

—¿Qué decía?

—Cosas sin sentido, la verdad. Que tu bisabuela la visitaba en sus sueños. Hablaba de una piedra. Me hizo revolver en todas sus cosas buscando una piedra que decía que era de su madre. —Etna traga saliva. Hortensia continúa—: Por eso los médicos decidieron internarla. La casa parecía hacerle más mal que bien.

—Hortensia —dice Etna con un hilo de voz—, ¿cómo se llamaba mi bisabuela?

—Mara. —Etna se queda sin aliento durante unos segundos, pero Hortensia no parece darse cuenta y prosigue—: No me acordaba del nombre, la verdad, hasta que un día, cuando le servía el desayuno a tu abuela, vi que lo escribía en su diario.

—¡El diario! —exclama Etna al recordar la libreta que había encontrado en la mesilla de noche de su abuela el día que entró en su habitación con Veva. Corre hacia la casa.

—¿Qué pasa? ¿En Inglaterra nadie se despide o qué? —protesta Hortensia desde el invernadero, pero Etna ya está demasiado lejos como para contestar.

Etna abre la puerta de la habitación y el vello de la nuca se le eriza como escarpias. El aire está quieto, como cargado de conjuros. Etna avanza hasta la mesilla, abre el cajón, toma el diario entre sus manos y lo abre sintiendo que miles de agujas se le clavan en el estómago. En cada página se relata un sueño, con la fecha. Etna no lee los sueños, no le parece correcto, pero pasa las páginas. A medida que transcurren los meses, la escritura se vuelve más descuidada, las líneas más desiguales. Unas veces parece que escribe con su propia sangre. Otras repite la misma palabra una y otra vez hasta que degenera en meros garabatos. Después aparece el dibujo de una mujer dentro de un círculo, después el símbolo de la serpiente enroscada toma protagonismo. Página tras página, el diario refleja cada vez más la evidencia del declive mental de su abuela. Hay páginas arrancadas. Hay manchones y surcos de tinta. Y entre todo este batiburrillo, el símbolo de la Roca da Moura se repite como única constante.

11

Etna decide volver a Senombres ese mismo día. Es noche cerrada cuando aparca y camina hacia la panadería. En la cocina, las mujeres están atareadas en la preparación del pan para el día siguiente. Ninguna saluda.

—Mi bisabuela se llamaba Mara. Pero ese símbolo vuestro solo nos ha traído problemas a mi familia y a mí.

La anciana deja de tamizar la harina y la mira con curiosidad. El resto de las mujeres también hacen una pausa y observan.

—Es un símbolo sagrado. —La anciana se sacude las manos con fuerza—. Guardián de las leyes más puras de este mundo y de los otros. Los problemas de tu familia no le atañen.

—¿Ah, sí? —Etna se cruza de manos, su voz le tiembla—. Entonces ¿cómo explicas que cada vez que la dichosa serpiente aparece en nuestra vida nos pase algo terrible?

Se hace el silencio. Todas las miradas están concentradas en la abuela.

—En el magosto les preguntaremos a la moura Mae y a su hija, la moura del lago Lembrei.

—¿Cómo que les preguntaremos a las mouras? ¿Quieres decir que vosotras —Etna dibuja unas comillas con los dedos— habláis con las mouras cuando os da la gana?

—Todas las preguntas deben saber esperar sus respuestas. Por ahora, sabes lo que sabes —contesta la anciana.

—Si ni siquiera sé tu nombre...

—Me puedes llamar Teodosia. Mi hija es Elvira, y a mis nietas ya las conoces. Ahora, mientras esperas la respuesta de las mouras, ¿nos quieres ayudar? —Antes de que Etna pueda contestar, Teodosia le ofrece un cubo vacío—. Toma este cubo. Mañana, antes de que salga el sol, ve al lago Lembrei y llénalo con agua cuando la superficie esté perfectamente calma.

—Vale. Pero... —Etna titubea mirando el cubo confundida—. Entonces ¿las mouras os dirán por qué en mi familia tenemos esos sueños con el símbolo de la serpiente?

—No lo sé. No puedo leer el futuro con claridad. —Teodosia ríe, tapándose la boca con una mano.

—Pero... —Etna alza el cubo.

—Ve a descansar. Hay un buen paseo hasta el lago. —Elvira la empuja con suavidad hacia la puerta de la panadería.

—¿Tengo que ir andando?

—Nos vemos aquí mañana cuando vuelvas —le dice Adela a modo de despedida.

—Eso es, si no te encuentras con lobos —apunta Justa arqueando las cejas.

—¿Lobos? —Etna trata de volverse, pero Elvira la empuja con más fuerza.

—No le hagas caso. Hala, buenas noches. —Elvira le cierra la puerta en su cara.

Etna se queda mirando la madera de la entrada durante unos segundos, hasta que el miedo a la oscuridad la alcanza y la obliga a correr hacia el hostal.

12

Todavía no hay sol, pero una familia de patos ya se abre paso entre las plantas del lago Lembrei. Los árboles de alrededor se duplican en la superficie creando algo parecido a la imagen del infinito. Etna se sujeta bien de la cuerda que hay atada al árbol y se pone de cuclillas muy despacio. Sus pies se clavan en la tierra fangosa. Tiembla y el corazón le late con fuerza.

—¡Tranquila, caray, o te vas a caer! —se riñe, e intenta relajarse. Inspira hondo. Susurra—: Llevas dos semanas viniendo a por agua y todavía estás con las mismas. Relájate, Etna.

Se queda muy quieta. Sabe que un movimiento brusco perturbará el agua y entonces tendrá que esperar. Y eso supone otro buen rato pasando frío, observando la superficie del agua, imaginando, presa del pánico, qué pasaría si acabase en el fondo del lago.

Y siempre hay algo: si no es una hoja seca, es un pistilo de diente de león, o una tijereta. Sin embargo, nada debe agitar la superficie cuando se recoge el agua. Eso lo aprendió muy bien uno de los primeros días, cuando llenó el cubo sin esperar a que el lago se calmara y, nada más regresar a la panadería y darle el cubo a Teodosia, esta tiró el agua a la calle y, fulminándola con la mirada, le dijo que la próxima vez siguiera las instrucciones al pie de la letra. Entonces tuvo que repetir el proceso, maldiciendo todo el camino de vuelta. Ahora sigue la regla a rajatabla, que el trayecto hasta el pueblo es largo y las madrugadas, frías.

Cuando reina la quietud, lanza el cubo. La superficie lisa se ondula por unos segundos, el cubo se hunde y después es como si nunca hubiera existido, si no fuera por el cordel que Etna sujeta.

En ese momento, con una mano se sujeta al árbol y con la otra intentando no perder el cubo, se siente parte de una cadena precaria. Y espera. De nuevo, todo se calma y, como un pescador, tira con precisión para rescatar el contenedor lleno de agua. El frío y el peso le cortan la circulación en las puntas de los dedos.

—¿Qué estoy haciendo? —se pregunta en voz alta—. ¡Me debo de haber vuelto loca!

Está harta de no poder ir a ver a su hija y de que la mitad de las veces que la llama por teléfono ni siquiera se quiera poner. Menos mal que, como mínimo, está con su padre. Eso la tranquiliza, pero está harta de cargar con cubos de agua helados a las seis de la mañana, de desplumar gallinas, de fregar suelos y de lavar ropa en el pilón. Sus manos tienen sabañones; sus muslos, más rollizos debido a la dieta de carne, pan y unto, rozan entre sí y le escuecen. La constante pelea contra los elementos le ha estropeado la melena. Huele a estiércol y sudor... A pesar de todo, lo ha conseguido: ha llegado al magosto. Esta noche preguntarán a la moura cómo acabar con la maldición del símbolo de la serpiente. Y todo habrá terminado.

Capítulo 13

El sol sigue su curso en el cielo como el agua sigue los surcos en las cosechas. Hacia media tarde, Etna termina de moler las castañas y bellotas para que Teodosia prepare el pan de árbol. Un pan oscuro y algo amargo que solo cuece en el magosto para los espíritus que se acercan al fuego. Sonríe: por fin puede volver a su habitación para descansar un rato y llamar a Serafina.

Camina entre casas habitadas y casas abandonadas, donde tojos, silvas y maleza crecen entre la piedra y a través de los huecos de las puertas. En la calle principal se cruza con gente del pueblo que trae leña para las hogueras y saluda bajando la cabeza.

Los niños colocan en las ventanas nabos y calabazas con velas dentro. Las niñas decoran sus cuellos y muñecas con guirnaldas de castañas. Las casas se barren con empeño.

Senombres y las parroquias colindantes se turnan en organizar el magosto. Este año toca allí y todos los pueblos de alrededor acudirán a celebrarlo. Muchos estarán tan borrachos que dormirán en el suelo, al lado de alguna cocina de leña o en algún sofá; los más afortunados, en una cama. Pero esa noche nadie debe dormir solo. Los niños se quedan despiertos hasta bien entrada la noche y las parejas enredan sus piernas bajo las mantas.

Etna suspira al llegar a su cuarto y se deja caer en la cama.

Está agotada. Se pone de un costado y cierra los ojos; después recuerda que podrá preguntar a las mouras sobre su familia y se levanta de la cama de un salto con un nudo en el estómago. ¿Cómo se le preguntará a una moura? ¿Por medio de la güija? A lo mejor Teodosia entra en trance. Llama a su hija, pero la cobertura no les permite conversar, así que decide llamarla cuando salga.

Sujeta una castaña con un cordel y se la ata al cuello. Luego se abriga con varias capas de ropa y vuelve a la calle. Está oscureciendo y los niños ya corren con las caras pintadas de tizón. Jóvenes y viejos comparten cuencos de vino que llevan colgados al cuello. Las puertas de las casas están abiertas, las luces encendidas, las velas arden. Una banda toca una muñeira. El sonido de las gaitas es estridente y rotundo. Etna se tapa los oídos. Se para junto a una de las hogueras. Una señora de capilares rotos en las mejillas le da una sardina sobre una tostada gruesa de pan de maíz. Etna se la acerca a la boca inhalando el humo de sal gruesa y piel churruscada. Sopla para disipar el calor y se la aproxima a los dientes tratando de no tocarla con los labios para no quemarse. Una mano intercepta la tostada justo antes de que pueda probarla. Con la boca todavía abierta, Etna mira hacia la ladrona: Veva, que ya se la está comiendo.

—¡Qué rica está! —masculla con aceite chorreándole por el mentón.

—¿Sabes que son gratis? No hace falta que me las quites de las manos.

—Bueno, mujer, tú estarás harta de comerlas, viviendo aquí.

—Es verdad, hay una verbena cada noche de la semana, qué tonta soy.

—Oye —dice Veva acercándose a Etna. El aliento a pescado y aguardiente hace que Etna aleje la cara—, si Diego te pregunta, la semana pasada también me quedé contigo, ¿vale? —Señala a Orlando, que saluda con una sonrisa tímida a escasos metros de donde están ellas.

88

—Te va a pillar, Veva, y después llorarás.

—Es la primera vez en mi vida que me hacen caso dos hombres simultáneamente. Déjame disfrutar mientras soy joven y bella —declama en tono teatral.

Después su nariz se eleva y olisquea.

—¡Ese señor está dando chorizos criollos! ¿Te traigo uno? —Veva se aleja para agarrar a Orlando del brazo y dirigirse ambos hacia el puesto de chorizos.

Etna los observa desde lejos mientras intenta, sin éxito, cruzarse de brazos sobre las capas de ropa. Mira la hoguera unos instantes y su mente se vacía. Unos niños corren alrededor persiguiéndose con palos de madera quemada.

—Perdona, ¿para el Polo Norte?

Etna se da la vuelta y se queda lívida de golpe.

—¿Dónde está Serafina? ¿Qué ha pasado? —Agarra a Silván por los brazos.

—No ha pasado nada, tranquila, Serafina está bien. —Silván mira las uñas hincadas en su brazo—. Me vas a cortar la circulación.

—¡Es que me has dado un susto de muerte! —Etna le suelta el brazo.

—Ya veo que sigues igual de... —Silván busca un adjetivo con la mirada— nerviosa. —Se frota el brazo dolorido.

—Por no decir histérica, claro. —Etna se cruza de brazos—. Entonces ¿qué haces aquí? ¿Y dónde está Sera? ¿La has dejado con tu amiguita?

—Está mi madre también.

—*OK*, pues tú dirás qué quieres.

—¿Que qué quiero yo? Serafina me dice que te la llevaste de Londres sin previo aviso y que le dijiste que no ibais a volver. Sin más explicaciones. De eso hace ya casi dos meses. Y cada vez que habla contigo le dices que pronto irás a verla, y aún estamos esperando. Tuve que rogarle al director de la escuela de mi zona que la dejara asistir a las clases para que no perdiera todo el curso, y cuando me pregunta cuánto tiempo se va a quedar, no sé qué decirle. ¿Y te preguntas qué hago aquí?

Etna mira al suelo. ¿Cómo explicarle que se ha instalado en un pueblo perdido y que hace trabajos forzados para una familia de brujas panaderas justamente para salvar a su hija de un supuesto símbolo maldito?

—Es complicado. —Se queda en silencio. No sabe qué más decir. La frente le arde y el nudo de la garganta le oprime el cuello—. Podrías haber avisado. Te hubieras ahorrado buscarme por todo el pueblo.

—Aunque no te lo creas, te conozco: si te hubiera llamado, te habrías empeñado en que no viniera y habríamos discutido, ¿me equivoco?

—Tal vez —dice ella tratando de parecer enigmática.

Pero no, no se equivoca, piensa Etna. Jamás habría permitido que su ex la viera con esas pintas. Demasiado tarde.

Silván clava su mirada en Etna; las chispas de las hogueras crean constelaciones furiosas alrededor de su angulosa cara morena. Su cabello suave y oscuro como el pelo de las nutrias se ondula sobre sus hombros y se pierde por su espalda. Etna se muerde la cara interior del moflete, tratando de reprimir la atracción que todavía siente. Esquiva su mirada.

—Mira, te prometo que iré la próxima semana y te lo explicaré todo. Dame unos días más, pero, por favor, créeme cuando te digo que estoy aquí por ella.

—Una semana. —Silván levanta el dedo índice.

—Te doy mi palabra.

—Tu palabra. —Silván deja escapar un resoplido irritante.

—¿Ya estás otra vez con lo mismo? De eso hace ya casi trece años. ¿Nunca me lo vas a perdonar?

—No tenías ningún derecho. También es mi hija.

—¡Te mandé nuestra dirección a los pocos meses! ¡Tú mismo dijiste que no estabas preparado para tener un hijo! —Etna se vuelve para no tener que mirar a Silván a la cara, pero él la sigue y se planta frente a ella con sus ojos verdes, bruñidos como joyas.

—Eso no quiere decir que no quisiera hacerme cargo.

—Perdona por no leerte el pensamiento.

—Admite que lo hiciste por despecho.

—¡Ja! ¿Te crees que tus ligues me importaban un comino?

—No me diste ni una oportunidad.

Etna levanta un dedo acusatorio.

— Pero si fuiste tú quien dijo que no quería atarse tan joven.

—¡Y tú estuviste de acuerdo! Perdona por no leer «tu» pensamiento.

—¿Qué quieres? Aspiraba a más que a compartir al guaperas de la cafetería de la uni con todas las niñas de primero. Además, conocí a alguien maduro, con un trabajo de verdad, que no temía al compromiso.

—Y, mira por dónde, don Maduro te la pegó con la niñera. —Etna abre la boca pero es incapaz de contestar—. Niko me lo contó. —Silván tensa la mandíbula—. Lo siento. —Duda unos momentos y, con torpeza, le pone la mano en el hombro.

Etna arde de rabia y vergüenza.

—Felicidades —consigue decir con voz quebrada apartando su mano—. Al final has ganado tú.

Se da la vuelta y echa a correr. Las lágrimas le anegan los ojos, caen hacia los lados y le chorrean por las mejillas como a las chicas de los cómics manga, o eso piensa ella.

Etna llega colorada, hinchada y jadeando a la hoguera de la panadería. Un círculo de mujeres, entre ellas Justa y Adela, cantan alrededor del fuego. Acompañan las melodías con panderetas que tocan con destreza. Etna se sienta en un hueco junto al fuego y presta atención.

Las mujeres mueven las panderetas al unísono con pulso rápido. Sus voces se turnan en melodías cacofónicas. Cantan sobre mujeres que aman a hombres cuyo amor es agua en una cesta de mimbre; cuyas palabras, humo de madera húmeda.

Elvira le da un vaso con aguardiente a la vez que le pone su mano cálida en el hombro. Etna se bebe el licor en dos tragos.

Teodosia está sentada enfrente, cubierta por una manta de piel de oveja: parece una pequeña montaña lanuda. Tiene los ojos cerrados y una gran sonrisa en la boca. Sus dedos tamborilean en la cuenca de vino al ritmo de la música. Etna cierra los ojos y se frota la cara con fuerza, como queriendo borrarse.

De pronto, oye la voz de Teodosia:

—Es la hora. Ven conmigo.

Mira en dirección a la anciana, que ya no está allí. Busca alrededor y ve la pequeña sombra de la mujer a unos diez metros detrás de ella.

—¿Cómo se ha movido tan rápido?

Sorprendida, la sigue. El alcohol calienta su estómago. Ya no tiene frío.

14

Teodosia trota con la agilidad de una adolescente sorteando los obstáculos del camino. Etna intenta alcanzarla mientras pregunta adónde se dirigen. Primero en susurros y después a gritos. Teodosia ni siquiera se da la vuelta.

Al cabo de unos quince minutos llegan a un lugar del bosque que Etna reconoce al instante. Teodosia se para, se vuelve y apunta con su pequeño dedo arrugado hacia abajo. Frente a ellas, un terraplén lleva a uno de los márgenes del lago Lembrei.

—¿Nos vamos a dar un baño? —pregunta Etna, intentando disimular el terror que trepa por su esternón.

Teodosia suelta una risotada infantil; parece estar considerando la opción. Después se lanza terraplén abajo con temeridad. Etna la sigue bajando de lado, poniendo un pie tras otro perpendiculares a la pendiente. A pesar de la cautela en su descenso, resbala y baja el resto de la cuesta dando tumbos, muerta de miedo por si se cae al agua. Cuando deja de rodar, se asegura de que no se ha roto ningún hueso. Oye la risa de Teodosia.

—¡Jolines ya! ¡Mierda!

Teodosia continúa riendo.

—¿Qué es tan gracioso? ¿Tú nunca te has caído?

—Sí. Por eso es gracioso.

—No tiene nada de gracioso. —Teodosia no para de reír—. ¡Que no te rías te digo! —Etna se pone de pie. Se sacude la ropa con furia—. Ni siquiera sé qué hago aquí. Debo de estar tan loca como vosotras. Me estáis usando para que os haga el trabajo duro. Si una moura os dio todos esos poderes, ¿por qué no chasqueáis los dedos como Mary Poppins, y que las tareas se hagan solas?

Teodosia, que ya ha dejado de reír, se sienta junto al lago. Observa en silencio mientras Etna despotrica.

—Me he puesto perdida. —Con cuidado de no acercarse mucho a la orilla, se sienta al lado de la anciana. La oscuridad y el silencio las envuelven.

—Mira —dice Teodosia señalando el agua.

—Que mire qué. —Etna fija la mirada en el agua—. No se ve nada.

Teodosia se vuelve en dirección a Etna y le cubre los ojos con sus pequeñas manos. Sus palmas son suaves y mullidas, con cierto olor a anís.

—Mira.

—Pero ¿cómo voy a mirar si me has tapado los ojos?

—Abre los ojos.

Etna los abre. Solo ve la oscuridad de la mano.

—Nada —exclama con un suspiro.

—Mira a través de mi mano.

Etna ignora la incongruencia de sus palabras, aprieta los labios y pone todo su empeño en tratar de imaginar el lago al otro lado de la mano.

A los pocos segundos, siente que sus ojos se vuelven pesados y, para su sorpresa, el lago toma forma en la oscuridad: primero, apenas un esbozo; después, claro, resplandeciente y definido. Entonces Teodosia aparta sus manos.

Etna pestañea unas cuantas veces al notar que ve borroso, como cuando le dilatan las pupilas en el oftalmólogo. Cierra los ojos con fuerza para intentar aclarar la vista. Los vuelve a abrir: ninguna mejoría.

—Para poder ver, hay que aprender a mirar —dice Teodosia, instándola a que se acerque un poco más a la orilla.

Etna, que parece haber perdido la voluntad, obedece. Entonces Teodosia mueve los brazos hacia los lados y, en ese mismo instante, las nubes se disipan para dejar paso a la luna llena.

—¿Qué está pasando? —pregunta Etna.

De pronto, distingue algo así como pequeños puntos de luz sobre el agua. Alrededor, la oscuridad se ha desvanecido, como si las cosas brillaran desde dentro. Las pequeñas olas del lago, los grumos de la tierra, las orugas..., hasta las briznas de hierba han adquirido un tono fluorescente, como si los hubieran espolvoreado con purpurina.

Etna inclina la cabeza hacia atrás. Las copas de los árboles están rodeadas de un halo dorado y las estrellas parecen haber bajado hasta quedar a su alcance. Tantas estrellas...

Se acerca a un gran sauce. Su tronco semeja el agua de una catarata, compuesta por miles de partículas en movimiento frenético. Le da la impresión de que, si dejaran de moverse, se desparramarían por el suelo.

Algo suena en el aire. Etna dirige su oído a la brisa. Puede oír con claridad una melodía coral. Las voces suenan jubilosas, extáticas.

—¿Oyes la música? ¿Qué es todo esto? —pregunta Etna, algo mareada con la sobredosis sensorial.

—La abundancia —le contesta Teodosia con una sonrisa enigmática.

Etna acaba de darse cuenta de que la anciana también está rodeada de una luz dorada.

—¡Teodosia! ¡Brillas!

Al señalar a la mujer, Etna descubre que su dedo también resplandece. Examina sus propios brazos, formados por un sinfín de galaxias microscópicas cuya solidez líquida es igual que las del tronco del árbol. Acerca la vista un poco más: bajo su piel, millones de pequeños puntos de luz se mueven en todas las direcciones.

—¿Siempre ves las cosas así? —le pregunta Etna a Teodosia sin levantar la mirada de su brazo.

—Cuando quiero.

—Me siento tan ligera...

Etna intenta reprimir el júbilo que la invade. Inspira hondo. El aire huele a jazmín, castañas y salvia. Espira y vuelve a inspirar. Ahora el aire huele a bizcocho de limón.

Suelta una carcajada histérica justo cuando llegan Elvira y sus dos hijas, que la saludan visiblemente divertidas al advertir su excitación.

Cuando les devuelve el saludo, Etna repara en que las tres tienen el mismo halo dorado que Teodosia, aunque menos expandido.

—Vosotras también brilláis. Esto es increíble. —Las señala.

Etna da unas vueltas para comprobar que las cosas dejan un halo de destellos a su alrededor, pero nadie le hace caso. Elvira ha comenzado algún tipo de ritual. Reparte a cada una unas pequeñas figuras hechas con pan.

—Tierra, agua, fuego, aire y espíritu —dice cada vez que entrega una.

Etna deja de dar vueltas en cuanto ve acercarse la suya. Se clava en el suelo y casi grita de la impresión al darse cuenta de que la figura tiene el símbolo de la serpiente grabado.

Las mujeres se colocan en círculo. Etna ocupa el lugar que le indican y Elvira continúa:

—El espíritu entra en la semilla del trigo que se hunde en la tierra, bebe el agua y crece hacia la superficie para que el fuego del sol la haga crecer. Una vez grande y fuerte, el aire esparce sus semillas, que vuelven a caer en la tierra. Este es el ciclo sagrado de la existencia. El trigo es molido por las rocas que el agua mueve. El aire alimenta al fuego que lo transforma en pan y el aliento del espíritu le da vida. Este pan sagrado de vida y muerte os los ofrecemos, madre y hermana.

Etna imita a las demás mujeres cuando dan un bocado al pan. Está seco y soso, pero lo mastica y traga. Sostiene el pedazo restante.

Después se vuelven para mirar al lago. Elvira habla de nuevo:

—Madre y hermana, nosotras rasgamos el velo que baila en el vacío que lo llena todo.

Teodosia tira su trozo de pan al agua; a continuación, Elvira, Justa, Adela y por último Etna.

Cuando el lago se calma, Teodosia arroja trece semillas al agua. Una a una.

El tiempo se detiene.

Las partículas de luz empiezan a bullir en la superficie del lago. Etna se lleva la mano a la boca al ver cómo, envueltas en un extraño sonido efervescente, esas mismas partículas se van uniendo en el centro.

Poco a poco, se forman dos figuras. Acurrucadas. Emanan una luz plateada. Muy despacio, empiezan a elevarse en el aire. Las figuras, que ahora levitan a un metro sobre el lago, se desperezan, se estiran, bostezan y, finalmente, se yerguen.

Etna siente que la sangre se le ha helado al ver las dos formidables figuras femeninas frente a ella. Trata de mover las piernas, pero está paralizada.

Las mouras miden tanto como los árboles. Su piel tiene un brillo iridiscente, casi azul, que le recuerda la capa que su abuela llevaba en el sueño. Su pelo es rojo, brillante y traslúcido como el rubí o la sangre en el agua. Sus rasgos faciales, apenas un esbozo, parecen cambiar a cada instante, de modo que resulta imposible determinar su apariencia.

La moura más alta porta en su cabeza una luna llena, tan radiante que obliga a Etna a apartar la vista. La otra lleva una constelación de estrellas. Entre la luna y las estrellas se extiende una especie de velo blanco que cubre sus cuerpos y también el lago.

Teodosia da un paso hacia delante y a Etna le da la impresión de que la anciana también está flotando sobre el agua. Entonces levanta una mano y la moura más grande, que la mira con infinita ternura, se agacha y acerca su cara hacia ella. Teodosia le pone su mano en la mejilla.

—¿Esto es real? —pregunta Etna a Adela con la respiración entrecortada—. ¿Son mouras de verdad? —Adela asiente—. Desde luego, no son como las pintan en los libros —susurra—. ¿Y qué hace Teodosia?

—Creo que le está preguntando a la moura Mae sobre ti.

De pronto, la moura Mae mira hacia Etna. Sus miradas se encuentran. Los ojos centelleantes de la moura le producen una especie de vértigo. Siente un hormigueo en el cuerpo y sus pensamientos se detienen.

La moura Mae vuelve a mirar a Teodosia. Y después a su hija, la moura del lago, que se apoya en el brazo de su madre, asiente y sonríe. Tras un tiempo indefinido, las dos mouras se incorporan. Miran hacia abajo sonriendo y, con un solo movimiento, levantan el velo y cubren con él a las mujeres.

De nuevo cae la noche. Y el tiempo retoma su curso.

Etna abre los ojos y ve que todo ha vuelto a la normalidad.

—¿Qué ha pasado? —pregunta nerviosa.

—Las mouras no han querido contestar a tu pregunta —responde Teodosia.

—¿Cómo? ¿Por qué? Si se las veía muy contentas...

—Dicen que la respuesta a tu pregunta se halla en la penamoura.

—Pero ¡si la piedra está desaparecida! —Etna se queda callada—. Y ni siquiera vosotras la habéis podido encontrar —se lamenta.

Teodosia levanta un brazo pidiendo silencio.

—Las mouras te han dado un año para que busques la penamoura.

—¿Y qué les hace creer que yo podré encontrarla?

—Las mouras no creen. Saben —contesta Teodosia; nadie habla—. Si te quedas con nosotras —prosigue Teodosia—, te enseñaré todo lo que me enseñó mi madre a mí y todo lo que yo le enseñé a mi hija. Quizá así encuentres la penamoura.

—Pero no entiendo nada... —Etna agita la cabeza contrariada—. Creía que se necesitaba ser ungida por el agua de la piedra esa para poder aprender lo que os enseñaron las mouras.

Teodosia saca un pequeño frasco que cuelga de su pecho. Lo destapa, le da la vuelta y vacía una minúscula gota en su dedo; acto seguido, con cuidado, unta el agua en la frente de Etna.

—Aquí hay suficiente para un año.

—Mamá —dice Elvira llevándose la mano a la boca—, era la última gota.

—Nosotras también debemos tener fe, hija —replica Teodosia sonriendo.

Etna se prepara para sentir el efecto del regalo de la moura en ella, pero no percibe nada fuera de lo normal. Se encoge de hombros.

—Pero ¿y si no encuentro la piedra? ¿Qué pasará entonces?

Teodosia reflexiona sobre la pregunta unos segundos.

—Pronto lo sabremos.

La anciana emprende el camino de vuelta al pueblo. Adela y Elvira la siguen cogidas de la mano.

Justa se para al lado de Etna, se le acerca al oído y le advierte:

—Más te vale dejarte la piel. La abuela ha gastado todo lo que nos quedaba del agua de la penamoura en ti.

—Sin presiones, ¿eh? —susurra Etna mientras sigue a su nueva familia sendero arriba.

15

Tras las tareas del día siguiente, y con el estómago anudado con preguntas, Etna se reúne con Justa y Adela para desgranar maíz seco.

—Fue increíble. Increíble —repite por tercera vez en el último minuto.

A horcajadas sobre una gran cesta, Etna restriega una mazorca contra una raspa de maíz hasta que la desgrana por completo. Se sacude las manos. Mira la cesta.

—¿Cómo creéis que está, medio vacía o medio llena?

—Está a medio terminar —responde Adela sin parar de desgranar maíz.

—Y si no trabajas más rápido no acabaremos nunca —añade Justa.

—Pues yo la veo medio llena —replica a la vez que coge otra mazorca y sonríe.

Justa pone los ojos en blanco.

—Etna, son las nueve de la noche. Si nos queremos acostar antes de que salga el sol, tenemos que trabajar más rápido.

Etna apura el ritmo unos segundos y vuelve a la carga:

—Pero si una era la moura de la Roca y la otra su hija, la moura del Lago, ¿por qué una sigue siendo mayor que la otra, después de tantos años?

—Porque se muestran como se quieren mostrar. Y así es como las reconocemos nosotras.

—¿Y por qué les dimos pan?

—Porque el pan simboliza que no hay separación entre dentro y fuera.

—¿Y por qué trece semillas?

—Las trece lunas del año.

—Y yo que creía que el trece traía mala suerte...

—Eso son tonterías de la sociedad patriarcal. —Justa escupe un pelo del maíz que se le había pegado al labio.

—Ah... —Etna se queda pensando—. Una última pregunta. Cortita.

—Vale. —Adela inspira para armarse de paciencia.

—¿Y por qué nos puso ese velo sobre la cabeza?

—Es otra manera de simbolizar unidad, parte de un todo. De este modo también recargamos nuestra ánima hasta el próximo año.

—¿Ánima?

—Es el cuerpo que usamos para viajar al Alén.

—¿Alén? Cada vez entiendo menos —confiesa Etna.

—El ánima es una parte de nuestro espíritu. La que usamos para viajar al Alén. Y el Alén es lo que hay al otro lado del velo. Lo que viste anoche es parte del Alén.

—¿Es a donde vas cuando te mueres? —pregunta Etna.

—Más o menos —contesta Adela.

—Entonces, cuando te mueres, ¿también ves las cosas que vimos ayer?

—Depende.

—¿De qué?

—De lo preparado que estés.

—¿Preparado? ¿A qué te refieres?

—La abuela dice que el cielo existe; millones de ellos, de hecho. E infiernos también. Aunque la mayoría de nosotros acabamos en un sitio casi igual que este mundo. Hasta que regresamos aquí para vivir otra vez. —Los granos del maíz salen disparados de entre sus manos como perdigones.

—Pero ¿por qué? Yo no querría pasar ni un minuto aquí sabiendo que hay sitios mejores.

—Porque no aprendemos a morir, o no queremos dejar a nuestras familias, nuestras cosas.

—¿Se puede aprender a morir?

—Se debe. Aquí hacemos como que la muerte no existe. Y hasta nos llevamos una sorpresa. ¡Y es lo único que no nos debería sorprender! —Adela para de trabajar un momento para recolocarse en la banqueta; se frota la espalda y continúa—: Desde que éramos pequeñas, la abuela nos hace dejar todas nuestras cosas ordenadas para que, si nos morimos, les sea más fácil organizar todo para nuestro entierro.

—¡Qué tétrico!

—¡Qué tonterías dices! —le espeta Justa a Etna—. ¿No se preparan las embarazadas para dar a luz?

—Ya, pero... no sé... —Etna titubea.

—Muchas sociedades tienen una relación más normal con la muerte. Hasta trazan mapas para que los que acaban de perder la vida sepan viajar en el otro mundo. Eso facilitaría muchísimo las cosas —añade Adela—. Nosotras, de hecho, viajamos al Alén con regularidad, para practicar... —Sonríe—. Bueno, y porque mola mucho.

—¿Yo también viajaré al Alén?

—¿Cómo crees que encontrarás la penamoura, si no?

—¿Está en el Alén?

—El Alén no es un lugar.

—Pero dijiste...

—No importa lo que dijo mi hermana —la interrumpe Justa—. Está claro que estás muy verde para entender nada de esto. Además, no te moverás ni un centímetro del suelo hasta que la Nomeadora te dé tu nombre. —Justa levanta el dedo índice y sonríe con malicia—. Y no te creas que el Alén va a ser tan bonito como ayer. Espero que no te den miedo las pesadillas.

—¿A qué te refieres? —Etna traga saliva nerviosa.

—Deja de decir cosas que le corresponden a la abuela o a mamá contarle —salta Adela, reprendiendo a su hermana con severidad. Y acto seguido se dirige a Etna—: Aún no te tienes que preocupar por eso. Venga, acabemos esto de una vez.

Etna se vuelve a concentrar en su tarea.

—¿Sabéis qué? —comenta cuando pasan unos minutos—. Antes de conoceros, yo odiaba todo este tema de los espíritus y la muerte, pero ahora le estoy empezando a pillar el tranquillo. Es genial ser una de vosotras.

—¿Una de nosotras? —Justa se para en seco. Mira a Etna con desdén. Adela le toca el brazo, pero Justa lo aparta y se pone de pie con los puños cerrados—. Habrás soñado con el símbolo un par de veces y tendrás la historia de tu bisabuela. Puede que hayas engañado a nuestra madre y a la abuela, e incluso a las mouras. Pero yo veo a través de todo esto. Vienes aquí con tus historias para dar pena y no eres más que una pija de ciudad con demasiado dinero y tiempo libre. Nunca serás una de nosotras. No, mientras yo no vea en mis manos la penamoura.

Justa se da la vuelta y se va dando grandes zancadas. La garganta de Etna se vuelve rígida.

—No le hagas caso. —Adela le rodea la espalda con un brazo.

Las lágrimas de Etna caen en los carozos de maíz y sobre su mandilón.

16

Como había prometido, al llegar el viernes, Etna mete dos mudas en una mochila y conduce a través de autopistas atestadas de camiones en dirección al pueblo donde vive Silván para ir a visitar a su hija.

A media tarde, Etna deja atrás el asfalto y continúa el trayecto por carreteras secundarias. El coche avanza dando botes por caminos de tierra cada vez más cerrados. Las nubes de polvo dificultan la visibilidad. Etna se acerca al volante y aguza la mirada al tiempo que aminora la marcha.

—Aquí no se ve nada. ¡Qué peligro!

Sacude la cabeza para intentar apartar la imagen de Serafina atropellada en uno de esos caminos. Toma nota mental para decirle a Silván que no la deje mucho a su aire y trata de alejar la preocupación de su pensamiento con relativo éxito.

Al cabo de unos minutos, el camino se vuelve más firme, bajo una gruesa capa de hojarasca prensada. Es entonces cuando Etna ve el inicio de un camino y en un lateral un buzón del que cuelga el número 26: el número de la casa de Silván.

Etna conduce el coche a la mínima velocidad, flanqueada por el muro bajo de piedra que se extiende hasta llegar a un prado. Al fondo de la propiedad se divisa una casa rústica de troncos de madera, resguardada por un porche cubierto de buganvilla. A la derecha de la casa, tras una ligera pendiente y un huerto, hay un lago con varias barcas y piraguas amarradas a un pequeño dique.

«¡Vaya! —piensa Etna observando la finca—. A alguien que yo me sé le gusta vivir bien, al fin y al cabo. Pues sí que hemos cambiado.»

Baja del coche y se acerca a la entrada. Le tiembla la mano cuando va a llamar a la puerta. Inspira hondo.

«Vamos, no seas tonta», se dice mientras se peina con los dedos.

Finalmente, se llena el pecho de aire y llama a la puerta con la parte carnosa de la palma. El ladrido de un perro avisa de su llegada. El pomo gira y la puerta se entreabre. Silván sonríe al otro lado. Lleva una trenza baja, una camisa de franela de cuadros y vaqueros. La piel, todavía bronceada por el sol otoñal del sur gallego.

—¡Vaya! —exclama Etna con excesivo ímpetu—. Sí que te has metido en el papel de leñador.

Silván vuelve la cabeza hacia un lado.

—Muy graciosa. La americana me resultaba incómoda para cortar leña.

Serafina aparece acompañada del perro que ha ladrado antes, deduce Etna.

—Llegas tarde, Etna. —Serafina se lleva una mano a la cintura.

—¿Todavía sigues a vueltas con lo de Etna? —La abraza—. ¿Qué tal estás? Te he echado mucho de menos. ¿Comes bien?

Serafina enseguida baja la guardia y le cuenta, a la velocidad del rayo, lo bien que se lo pasa allí, que van a remar al lago con las piraguas cada dos por tres, que ella es la encargada de ir a por huevos al gallinero y de meter a las gallinas al anochecer. También le cuenta que ha aprendido a hacer la voltereta hacia atrás, que ha hecho tres amigos y que el otro día cazó una serpiente: «No te preocupes, que no era venenosa», apunta.

Etna trata de seguir el ritmo de la narración, mientras inspecciona la piel de su hija por si ve picaduras de serpiente. Entonces, una chica descalza, en mallas de yoga y con un top que le llega al ombligo, la saluda sonriente.

—¡Hola! ¿Etna?

—¡Hola! ¿Y tú eres...?

—Halley. —Le tiende la mano—. Encantada de conocerte.

—¿Jali? —Etna siente que le palpita el pulso en el cuello.

—Halley, con hache aspirada —la corrige Silván.

La chica sonríe mostrando el hueco de sus dientes centrales.

—Como el cometa —aclara con acento americano.

«¿Cómo le gusta a este una tipa con nombre de fenómeno natural?», se dice Etna mientras le da la mano.

—Halley es la pareja de papá. Le encantan los videojuegos y va en *skate* —añade Serafina contenta.

—¿Ah, sí? —Etna mira a su hija con entusiasmo y después a Halley—. ¡Qué chica más interesante!

—No, soy normal. —Halley ríe frunciendo la nariz y se coloca un mechón, del color de la avena, tras la oreja.

—Ya veo —contesta Etna con una sonrisa, y reflexiona sobre lo tonta que ha sonado. Probablemente, tanto como ella cuando vivía en Londres y no conseguía expresarse bien en inglés. Aun así, se niega a ponerse en su lugar, por lo que decide que ya criticará ese «No, soy normal» con Veva y Efimia—. ¿Y tu madre, Silván? —pregunta para reafirmar su condición de nuera.

—En su casa. Ahora que vive tan cerca apenas la vemos. Ya sabes que ella va a su aire.

—Sí, ya sé —contesta, aunque piensa: «¿Tu madre a su aire? Sería la primera vez».

—Venga, vamos. Te hemos preparado la cabaña de invitados. Allí podrás ponerte cómoda.

Etna sigue a sus anfitriones hacia la parte de atrás de la casa, donde hay una pequeña cabaña, escondida bajo una parra. Silván abre la puerta.

—No es el lujo al que estás acostumbrada, pero espero que te guste.

—Créeme, hace tiempo que se me acabaron los lujos.

Etna entra en la vivienda: un pequeño cuarto compuesto por una cama, un escritorio y un lavamanos. Sobre la pileta, en vez de espejo, hay una ventana con vistas al bosque. El váter y la minúscula ducha se hallan tras una puerta que a primera vista parece un armario. Y una caja de mimbre bajo la cama hace la función de armario.

—No hay cocina, pero supusimos que no te importaría.

—Silván mira a Serafina con complicidad y esta suelta una pequeña risotada pícara.

—¿Ah, sí? Pues que sepáis que ahora cocino muchísimo.

—Si no te gusta ni prepararme la merienda... —replica Serafina. El comentario arranca unas risas a los presentes, menos a la madre—. Me acuerdo de un día que la chica tenía el día libre y vinieron los hijos de Max, y te dio por hacernos croquetas. Acabamos pidiendo pizza y jugando a la pelota con las croquetas. —Todos se ríen.

—Eso fue culpa del agua de Londres, que es muy dura. Bueno, menos guasa.

Etna desiste y deja que las risas de su hija, su ex y Halley se extingan solas. Al fin y al cabo, oír la risa de Serafina es una bendición, aunque sea a su costa.

Ya a solas en su cuarto, Etna se refresca un poco antes de regresar con los demás. Sin mucho ánimo, prueba a meterse en la ducha solar, y se sorprende de que funcione tan bien. Después se une a su hija y al resto para dar un paseo por la propiedad antes de la cena.

A la caída del sol, los cuatro se sientan a la mesa de fuera para comer unas truchas que habían pescado esa mañana Serafina y Silván. Con el postre, Halley canta una canción tradicional de Irlanda, de donde proceden sus ancestros. Etna encuentra bastante cómico oír a una californiana pronunciar las erres del gaélico enrollando la lengua, pero repara en que Silván la está mirando embobado y en cómo las sombras de la chica contra el fuego se reflejan en su piel de bronce como marionetas tailandesas. Etna se siente como la madrastra del cuento.

El fuego se comienza a apagar y el firmamento se revela en todo su esplendor. Serafina mira a Silván, que asiente con una sonrisa, da las buenas noches con gesto huraño y se retira hacia el interior de la casa arrastrando los pies.

—Yo también me voy a acostar. Buenas noches, Etna —dice Halley tras lanzar una última mirada a Silván, antes de abandonar el patio.

Él también se levanta, pero para preparar té. Le ofrece uno a Etna, que lo coge con las dos manos mientras sopla el vapor que caracolea en su nariz.

—Se ve a Sera muy feliz aquí. —Aprieta los labios.

—El aire del valle le está haciendo bien. —Silván arroja un tronco a la hoguera.

—Ahora solo queda que me vuelva a llamar «mamá».

—Ya se le pasará; es la edad.

—Sí, la edad, pero a ti no te llama por tu nombre. —Etna deja la taza—. No importa lo que yo haga. Tú siempre serás un superhéroe para ella. En cada pelea, desde que aprendió a hablar, me amenaza con irse a vivir contigo. A veces me daban ganas de decirle: «Mira, ahí tienes la puerta». —Se frota la sien.

—Estás haciendo un buen trabajo.

—Gracias. —Etna lo mira con ternura.

—No quiero ser cortante —dice Silván al cabo de unos segundos, tras aclararse la garganta—, pero me tengo que levantar temprano. Dijiste que me explicarías qué está pasando.

—Claro, perdona.

Etna baja la mirada, con vergüenza. Rebusca en el bolso. Saca los papeles con el símbolo de la moura. Los alisa contra las piernas y se los da a Silván, mientras le explica su significado y autoría. Casi sin aliento, le habla sobre la leyenda de las mouras. Lo que le dijo la psicóloga Bettina. La historia de su bisabuela Mara, de Amaro y de las brujas panaderas. Silván calla y escucha, circunspecto. Cuando Etna termina, Silván permanece callado. Ella espera, hasta que ya no soporta el silencio.

—Crees que estoy loca.

—No, no es eso. —Silván se rasca la mandíbula—. Ya sabes que para mí estas cosas son un poco difíciles de entender.

—¿Y crees que para mí no? Pero ¿cómo explicas lo de los dibujos? —Silván inspecciona los papeles otra vez—. ¿No tienes miedo de que le pase algo a Serafina? —Etna intenta suavizar el tono—. He estado pensando y me la quiero llevar conmigo a Senombres. Allí, cerca de Teodosia y las demás, creo que estará más segura.

Como accionado por un resorte, Silván se incorpora en la silla y fija la mirada en su ex, con las fosas nasales dilatadas.

—Ya estamos con tus miedos. Para tu información, Sera, aquí, no se ha despertado ni un solo día por culpa de una pesadilla. Cuando llegó no paraba de hacer ese dibujo; ahora ya no lo hace. Aquí está a salvo. Además, ¿se lo has preguntado a ella?

—No.

—Serafina se quiere quedar aquí, Etna. —La voz de Silván suena cavernosa, como si hubiese ensayado un tono más autoritario frente al espejo.

—¿Te lo ha dicho ella o es cosa vuestra? Mira, si tu novia quiere jugar a los papás y las mamás, que se busque a la hija de otra. —Se golpea el pecho con los dedos—. Donde tiene que estar Serafina es con su madre. —Etna se pone de pie y tira la silla al suelo para crear dramatismo.

Se aleja hacia su cabaña con el orgullo herido y el pecho ardiendo de rabia.

Entra en la habitación y se deja caer de golpe en la cama. Cuando está a punto de cerrar los ojos, recuerda que tenía que hacer un encargo. Luchando contra el sueño, se sienta. Maldice entre dientes hasta que todo está en silencio. Coge entonces la manzana que había preparado, sale de puntillas y se dirige a la habitación de su hija, entrando en la casa principal por la puerta de atrás.

Serafina tiene un sueño tranquilo y profundo. Etna se demora un rato mirándola. Cuando se acerca a la cama, el suelo cruje. Serafina se remueve. Etna se queda quieta hasta que el resuello desaparece. Mete la fruta debajo de la cama. Despacio y lo más silenciosa posible, regresa a su habitación más relajada y, entre el canto de los grillos y el siseo de sábanas insomnes, cierra los ojos.

Los abre al día siguiente, con el olor del café y el sol y el sonido de la radio en la cocina de la casa principal. Se viste y gravita hacia la cocina.

—Pero ¿qué hora es? —pregunta desorientada al ver a Silván, a Serafina y a Halley vestidos y aseados—. ¿Me he quedado dormida?

—¡Vaya pelo! —Serafina se ríe.

Etna se mira en un pequeño espejo colgado en la pared. Intenta bajarse el flequillo, que esa mañana ha decidido desafiar las leyes de la gravedad adoptando una posición perpendicular a la frente. Tiene los ojos hinchados y las arrugas de la almohada se le han quedado marcadas en la piel. Sonríe con timidez y se sirve café. Se sienta a la mesa en silencio y mira a Silván, que le lanza una sonrisa enigmática.

—¿Qué tal has dormido? —pregunta Halley con la cara luminosa y el pelo recogido en una coleta medio deshecha.

—¡Qué recuerdos! —dice Etna reparando en el cruasán y el bizcocho que reposan en el plato de Halley—. Yo a tu edad también podía comer lo que quería. —Se arremanga el jersey.

—Pero si Halley es mayor que tú... —suelta Serafina divertida, alzando la voz.

—¿Cuántos años tienes?

—Treinta y cuatro —contesta Halley.

Etna mira su café y tensa la mandíbula. Da un sorbo que le sabe a vergüenza.

—Es que hago mucho ejercicio —se justifica Halley.

Etna sonríe agradecida.

Tras el desayuno deciden dar un paseo los cuatro alrededor del lago. Etna se queda atrás, a una distancia prudencial. Silván vuelve la cabeza buscándola. Después le dice algo a Serafina, que asiente y se rezaga para esperar a su madre. Etna acaricia su pelo.

—Estás contenta aquí, ¿eh, hija? —Serafina se encoge de hombros. Da saltos de una piedra a otra—. Ven, vamos a descansar un momento —dice Etna, instando a su hija a que se siente a su lado.

El sol calienta el suelo, que desprende un olor a agua dulce y cáscara de nuez. Etna inspira fuerte y sigue con la mirada una araña que se columpia en el aire. Serafina se mueve ligeramente adelante y atrás mientras dibuja con un palo en la tierra.

—Tu padre me dice que te quieres quedar aquí. ¿Es verdad?

Serafina permanece muy quieta, como una lagartija cuando es descubierta. Etna pasa la mano por su nuca.

—Aquí la señora no me molesta —dice la niña.

—¿Qué señora? —Etna siente que una lanza le atraviesa las costillas.

—La señora de los sueños. —Serafina respira cada vez más rápido—. Yo no quiero dibujar esa serpiente. Esa señora da tanto miedo... Le pasa algo en la cara. —Comienza a temblar.

—Chis... No te preocupes. —Etna la abraza con todas sus fuerzas—. Esa señora no te va a molestar más. De eso me encargo yo. Te lo prometo.

17

Al día siguiente temprano, tras despedirse de su hija, Silván y Halley, Etna conduce sin siquiera tomarse un café hasta Senombres. Llega a mediodía, aparca al lado de la furgoneta de reparto, a pesar de que sabe que no debe porque le impide salir, e irrumpe en la panadería gritando a pleno pulmón.

—¡¿Dónde está Teodosia?!

Adela y Elvira la miran sin mostrar mayor sorpresa.

—En la finca. ¿Estás bien? —pregunta Elvira mientras se limpia las manos enharinadas en el mandilón.

—No, no estoy bien. Mi hija está sufriendo. Llevo aquí una eternidad y no he hecho nada más que perder el tiempo con las tareas de la casa y la panadería. ¿Cuándo voy a aprender la magia moura que necesito para encontrar la penamoura? Porque de eso no me habéis dicho ni una palabra.

—Todo a su tiempo —replica Elvira.

—No hay tiempo. Es lo que intento decir —Etna agudiza el tono, exasperada—. Además, ¿cómo voy a encontrar una piedra en concreto? Ni siquiera sé cómo es. ¿Cómo la voy a diferenciar del resto de los trillones de piedras que hay? Puede estar en cualquier lugar... ¿Y si mi bisabuela se la vendió a un turista de..., no sé, Australia? ¿Y si se la comió un cerdo?

—Una pena —dice Justa, que acaba de llegar de la calle con la compra—. Si te estuvieras entrenando para histérica, ya estarías graduada.

—Tú no te metas —le suelta Etna rechinando los dientes.

—¿Que no me meta? ¡Le estás gritando a mi madre!

—¡No estoy gritando! —Se le quiebra la voz con un gallo.

—Bueno, vamos a calmarnos. —Elvira pone una mano en el hombro de Justa y la otra en el de Etna—. Recoger patatas, desplumar gallinas... hasta traer agua, todo es parte de tu entrenamiento.

—¿Qué creías que ibas a hacer? —pregunta Adela más sosegada.

—No sé... —Etna medita cabizbaja—. Mirar en una bola de cristal... ¿Poner alas de murciélago en una olla?

—No necesitamos bola de cristal cuando podemos mirar en la superficie del agua o el fuego. Y las alas de murciélago deben de saber fatal. —Elvira sonríe.

—Ves demasiadas películas americanas. —Justa mueve la cabeza en señal de desaprobación.

—Estás aprendiendo a concentrarte. Solo así serás capaz de viajar al Alén y sacar algo en claro —la interrumpe Elvira.

—Cada día entiendo menos de lo que decís. —Etna se sienta y descansa la cabeza entre las manos.

—Piénsalo de esta manera —añade Adela—. Es como cuando estás soñando y ves una puerta: si esperas que haya un oso al otro lado, lo más seguro es que veas un oso, ¿no? En el Alén ocurre algo parecido.

—Tu mente tiene que estar como el lago cuando recoges agua —explica Elvira.

—Pero en el magosto todo era mágico y brillante y había tal paz...

—Estabas con la abuela. —Justa da una palmada con exasperación—. No esperes que todo sea tan maravilloso cuando vayas tú sola. Además, cuando te vea la Nomeadora, tendrás todavía menos control del poco que tienes.

—Es una responsabilidad que no se puede tomar a la ligera, eso es verdad —confirma Adela.

—Ya ha vuelto a salir la Nomeadora, pero no me explicáis nada más.

—Mamá te explicará todo a su debido tiempo —insiste Elvira.

—Otra vez con esas. Pero ¿cuánto tiempo, Elvira? —Etna se vuelve a poner de pie, alza los brazos y mueve las manos en el aire de manera histriónica—. ¿No ves que no soporto ver a mi hija así? —La voz se le quiebra—. Por lo que ella está pasando pondría a cualquier hombre de rodillas. Y es tan solo una niña... mi pequeña.

—¿Hiciste el ritual de la manzana que te dije? —le pregunta Elvira.

Etna asiente.

—Paso por paso. Primero preparé el té de laurel y ruda, que hirvió durante la puesta del sol, después metí la manzana en el líquido y la dejé macerar toda la noche, tapada con la roca más grande que encontré. Esperé dos días y, antes de irme a ver a Serafina, corté la manzana por la mitad en horizontal con el cuchillo que me diste y me aseguré de que las semillas formaban una estrella de cinco puntas. Clavé los cinco clavos, junté las dos mitades y las sujeté enrollándolas con un cordel. Luego, ya allí, sin que nadie me viese, la puse debajo de la cama de mi hija.

—Mientras la manzana tenga jugo, tu hija estará bien. No te preocupes tanto.

Teodosia asoma la cabeza por el quicio de la puerta sonriendo.

—Necesito ayuda en la finca. —Con la mano pide a Etna que la siga.

Etna obedece.

—Es que no lo entiendo. Me dijiste que me enseñarías todo lo que sabes y lo único que hago es partirme la espalda trabajando.

Teodosia camina en silencio, con el paño bien atado a la mandíbula. Dos pelos largos de la papada bailan con el viento que baja como espuma de las montañas. Etna se ha acostumbrado a que Teodosia no le conteste. O a que le conteste con una historia. Teodosia habla poco. Como si las palabras costaran dinero y tuviera que decidir entre decir algo o pagar la factura de la luz.

Llegan a las huertas donde crecen los cereales y las hortalizas. Teodosia se agacha en la tierra negra, que forma pequeñas dunas. Escarba un poco y saca una semilla del tamaño del ojo de una aguja. Se la muestra a Etna.

—En invierno, las semillas duermen bajo tierra, los animales se retiran a sus madrigueras, el sol apenas se levanta en el cielo. El invierno se acerca y hay que prepararse para no hacer nada. —Vuelve a enterrar la semilla, aprieta la tierra con las manos y señala una valla rota—. Una de las cabras se la llevó por delante. Hay que arreglarla antes de que lo descubran los zorros.

Etna se sorbe el moco líquido que le cae a causa del frío, endereza la estaca, coge un mazo con las dos manos y comienza a golpearla para clavarla en el suelo y reparar el vallado de alambre que cerca el redil.

18

Etna regresa del lago a la mañana siguiente, absorta en sus pensamientos. Camina sin prestar atención a las campanillas y setas que zapatea a cada paso. Va muy concentrada en no derramar el agua del cubo: cada gota que cae le atraviesa el pantalón hasta la piel y duele como un pellizco en un moretón.

Recorre la calle principal de Senombres contando los pasos hasta la puerta de la panadería y saluda de mala gana a los pocos vecinos que se encuentra por el camino.

Entra en la cocina quejándose del frío, pero el calor del horno le devuelve rápidamente el color a los labios. Reconfortada, inspira el vapor de la harina cocida.

—Pensábamos que te habías perdido otra vez. —Justa deja de amasar para lanzarle una mirada de desagrado.

—Es que el agua del lago no se quedaba quieta esta mañana. —Señala a Justa con el dedo, todavía enrojecido—. Habría que verte a ti trayendo este cubo, que pesa como una vaca muerta.

—Antes de que vinieses, yo traía ese mismo cubo todos los días y en la mitad del tiempo.

Etna deja caer el cubo a los pies de Justa, con tanta fuerza que salpica su mandilón.

—Pues toma, todo tuyo.

Justa abre la boca, perpleja.

—¡Abuela! —grita a todo pulmón—. ¡Etna acaba de tirar la mitad del agua del cubo!

—¿Y qué? —Etna se cruza de brazos—. Pues se rellena con agua del grifo, que para algo tenemos unas tuberías preciosas y agua corriente.

Teodosia asoma su cara de perro pachón a través de la cortina de cuentas. Silenciosa, se acerca al cubo. Echa un vistazo.

—Es suficiente. —Sonríe y pone una mano en el brazo de Justa—. No te preocupes. —Luego mira a Etna—. Hoy te voy a enseñar cómo se cuece el pan.

Etna la sigue con desgana y Teodosia se sienta frente al horno, señala una silla e indica a la joven que también se siente junto a ella.

—¿Y cuándo pongo el pan en el horno? —pregunta Etna después de un buen rato.

—El pan ya lo ha metido Adela.

—Y entonces ¿qué hago?

—Mirar al pan.

—Pero me dijiste que me ibas a enseñar a cocerlo...

—Te dije que te iba a enseñar cómo se cuece.

—Y entonces ¿qué hago? —insiste Etna.

—Mirar hasta que esté cocido y me avisas.

—O sea, me tengo que sentar aquí y no hacer nada, otra vez nada. ¡Siempre me toca todo lo aburrido!

Etna se queja sin éxito, porque Teodosia ya se ha ido a la parte delantera de la tienda.

—¡Qué estupidez! ¿No pueden poner una alarma? Están en la Edad de Piedra aquí. Todo lo que no quiere hacer nadie me lo dan a mí.

Etna sigue con su diatriba, mirando alrededor, pensando en qué pasará en el siguiente capítulo de *Juego de Tronos*, preguntándose si volver a teñirse de morena, repasando su discusión con Justa, hasta que un olor a quemado la despierta de su ensoñación.

—El pan se ha quemado —dice Teodosia en su oreja, dándole un susto de muerte.

Lo saca del horno. Etna trata de buscar una explicación,

pero Teodosia ya ha salido de la habitación con el pan rodeado de nubes negras y densas.

Etna dedica las siguientes semanas casi por entero a mirar el pan en el horno. A veces cree que está listo muy pronto. Y el pan sale crudo. Otras, cuando se confía, el pan se chamusca un poco por debajo. En ocasiones es capaz de estar pendiente de cómo sube la masa hasta el último momento, para luego perderla unos segundos de vista, por lo que la corteza queda demasiado crujiente. O la miga muy densa. Hay días que pierde la paciencia y le pega patadas a la base del horno hasta que le duele el pie. Otros suda preocupada, no sea que, con tanto calor, le vayan a salir más arrugas. Algunos días de pronto ve cosas en las brasas y teme estar alucinando. Sin embargo, a veces, cuando se queda muy quieta y no presta atención a sus pensamientos, puede oír el silbido del fuego. Justo cuando el pan está perfecto, ni muy crujiente, ni muy blando, con la densidad adecuada y la humedad precisa, el silbido cambia; es como una pequeña melodía, los acordes finales de una canción.

—¡Teodosia! —grita entonces.

Y la mujer ya está a su lado, sacando el pan del horno con rapidez. A continuación abre un bollo. Al partirse, la corteza suena como el crepitar de la madera ardiendo y deja escapar el aire caliente. Teodosia le da a probar la miga a Etna, que sopla un poco antes de metérsela en la boca. Es suave y un poco ácida.

—Perfecto. —Teodosia sonríe.

Etna sale de la tienda y salta calle arriba.

—¿Te tocó la lotería, inglesa? —le pregunta un día David, el de los piensos.

—No —contesta Etna con una sonrisa de oreja a oreja—. ¡Es que no se me quemó el pan!

19

Llega noviembre a Senombres. El invierno ha arrojado a la tierra su primera manta de escarcha y la acera todavía brilla tras la helada de la noche.

Etna camina con cuidado de no resbalar, pero se apresura cuando pasa ante las pocilgas y oye golpes. El estómago se le retuerce: sabe que son los cerdos que van a ser sacrificados, que están nerviosos y se golpean contra las paredes.

Baja la cabeza al pasar por delante del taller de Roi. Allí, varios hombres del pueblo, incluidos Manolo y Orlando, afilan sus cuchillos y herramientas para la matanza y el despiece. Beben café con aguardiente. Alguien dice un hola tan seco como el licor. Etna saluda con la mano sin mirar.

Entra en la panadería. En silencio, se hace una coleta baja y se lava las manos.

—Llegas tarde. —Justa señala un gran cubo de grelos todavía con tierra—. Cuando termines de limpiarlos, ponte a pelar cebollas para las morcillas.

A lo lejos se pueden oír los gruñidos y los golpes de los cerdos. Etna se tapa los oídos.

—No soporto oírlos. Los pobres saben lo que les espera. Tengo el estómago revuelto —confiesa mientras frota los grelos entre sí bajo el chorro de agua.

—Claro que lo saben —dice Adela—, pero la abuela va a hablar con ellos pronto; eso siempre los calma.

—Es terrible, bárbaro. No me puedo creer que esta gente haga eso y continúe con su vida como si nada.

—Tú comes carne, ¿no? ¿De dónde crees que viene? —le pregunta Justa.

—Por lo menos estos cerdos tuvieron una buena vida —añade Adela.

—Ese argumento me parece hipócrita. Más bien es peor, porque estos cerdos se hacen amigos de quienes después los matan.

—Hipócrita, tú; nadie debería comer lo que no ha matado. Y todas esas cebollas no se van a cortar solas. —Justa señala con un dedo enharinado—. Si quieres ayudar a los pobres cerditos, ponte a picar cebollas. A ver si no podemos preparar las morcillas y habrán muerto para nada.

Etna se sienta en una banqueta y, tras secarse las manos, comienza a pelar cebollas, que después arroja a otro cubo.

—Y vosotras que sois tan «todo tiene alma y bla, bla, bla», ¿cómo es que participáis en la matanza?

—Todo el pueblo participa. Hasta la abuela, que no come carne. No hace mucho, aquí no llegaban las carreteras y estos cerdos nos permitían sobrevivir al invierno. Nosotras no nos inventamos las reglas —explica Adela mientras recoge las cebollas peladas y empieza a picarlas sentada a la mesa de la cocina.

—¿Y qué hace vuestra abuela para calmarlos? —pregunta Etna tras unos segundos.

—No estoy segura. Les susurra cosas. Siempre funciona. Además, ahora a los cerdos los aturden antes de clavarles el cuchillo y casi no se enteran. Deberías haber estado cuando éramos pequeñas —responde Adela.

—¡Qué horror!

Adela asiente.

Al avanzar la mañana, más mujeres se congregan en la cocina de la panadería, atareadas preparando los diferentes ingredientes y utensilios que usarán para aderezar las partes de los cerdos: las que se comerán al día siguiente, las que se destinarán a preparar embutidos; las del cocido; las que se congelarán; la grasa...

Graciela será la encargada de estar en la matanza, removiendo la sangre que caiga del animal para que no coagule; con ella harán las filloas y la morcilla. Conversa animada con Elvira, que prepara los piñones, uvas pasas e higos. Toman una copa de vino. Etna parece ser la única afectada por el acontecimiento. Imágenes de cerdos abiertos en canal desangrándose boca abajo bombardean su cabeza. Mira a Graciela, con su pelo negro y tirante y sus coronas de oro en los dientes, y se la imagina encaramada sobre un caldero, sonriendo maliciosamente mientras remueve sangre grumosa. Recuerda los documentales de granjas industriales que le hizo ver Efimia, por los que se volvió vegana durante tres semanas.

Observa a todas esas mujeres y de repente las ve como brujas malvadas, sedientas de sangre y carne. Siente que se marea. Se pone de pie tambaleándose, sale de la panadería a trompicones y trota por la calle principal de vuelta a su cuarto. Agacha la cabeza cuando se cruza con Mari, que camina hacia el taller de Roi con un cuchillo enorme en la mano. Etna saca su móvil y finge que habla con alguien.

—Sí, ya voy, estoy de camino. No te muevas.

Etna entra en su habitación y se cierra por dentro. Coge su ordenador y se esconde bajo las mantas. Con los auriculares puestos, se traga una comedia romántica tras otra hasta que anochece y el silencio lo invade todo. El sueño le sobreviene de una manera tan dulce que parece una muerte por monóxido de carbono.

20

Se despierta al día siguiente con Teodosia sentada a su lado en la cama. Sus pies apenas rozan el suelo.

—Me dijeron que no ayudaste en la matanza.

—No podía soportar la idea de ver a esos pobres animales sufrir.

—¿Y lo conseguiste?

—¿El qué?

—Escapar del sufrimiento.

Etna se incorpora en la cama y abraza sus rodillas. Fija la mirada en la baldosa del suelo.

—Si ves un insecto en tu camino y la única opción para no pisarlo es pasar por la hierba, ¿qué haces? —pregunta Teodosia.

—Me muevo para no pisarlo.

—Entonces pisas la hierba.

—¿Y qué hay que hacer? ¿Matar al insecto? ¿Cómo saber cuál es la decisión correcta?

—¿Quién te dice que hay una decisión correcta? —Teodosia mira hacia la ropa de Etna, desordenada alrededor. Después la mira a ella y pregunta—: Si te murieras esta noche, Mari tendría que recoger todas tus cosas.

—Pero no me voy a morir esta noche. —Etna traga saliva—. ¿Verdad?

La anciana sonríe y contesta:

—Estate preparada para venir conmigo tras la cena.

Etna asiente y observa a la anciana, que sale de su habitación. Tras un bostezo, abandona la cama y se viste con lo primero que encuentra para ponerse en marcha cuanto antes.

La mañana transcurre rápido, plagada de pequeños contratiempos propios de la vida en el campo: la helada de la noche ha provocado que los radiadores se atasquen a primera hora de la mañana, no queda azúcar en la tienda de Tucho y el reparto no llegará hasta al cabo de dos días; una yegua está de parto y hay que ir a buscar al veterinario a Corvidela porque el de Senombres ha ido a Madrid a visitar a su hija mayor, que estudia para perito judicial.

A la hora de la siesta, Etna hace algunas llamadas: a su hija, a Hortensia, a Efimia... Tras emplear la tarde en preparar bollos de nata para una primera comunión, cena lacón con grelos junto a las panaderas y Justa aprovecha para restregarle lo que ella considera la hipocresía de comer carne de cerdo. Después, como habían acordado, Etna acompaña a Teodosia, que ha tomado el camino de tierra.

—¿Adónde vamos? —pregunta, calándose el gorro hasta las cejas.

—Vamos a casa de Carme —contesta Teodosia.

—¿La costurera? ¿Qué necesitas que te cosa?

—Nada.

—Entonces ¿a qué vamos?

—A ayudar a su padre.

—¿Qué le pasa?

—Se va a morir esta noche.

Etna no pregunta más. Intenta seguir el paso mientras combate el frío y el miedo que, como arañas, le trepa por el estómago.

La puerta de la casa de Carme está abierta y dos hombres fuman en la entrada. Cuando ven a la anciana acercarse, se apartan de la puerta y bajan la cabeza.

Teodosia y Etna entran en el salón, donde una niña juega

con un teléfono móvil sentada en un sofá de escay granate y un niño que debe de ser su hermano mira el fútbol en un televisor de los años ochenta. Una mujer de mediana edad sale de la habitación contigua y saluda a Teodosia con reverencia.

—Gracias por venir, doña Teodosia. —Carme junta las manos sobre el pecho—. El señor cura se acaba de marchar.

Le indica el camino subiendo la escalera. Etna se fija en que los espejos están cubiertos con sábanas. Al final de la escalera hay una habitación entreabierta. Dentro se pueden oír los susurros de los vivos y los estertores del moribundo.

Teodosia cierra los ojos y baja la cabeza unos segundos. Después entra en la estancia, iluminada con velas e invadida por el olor a incienso. Etna la sigue.

En la cama, un hombre anciano muy delgado respira con penas y trabajos. Sus ojos oleosos miran a un punto del fondo de la habitación. Las mujeres que velan salen en cuanto las ven entrar.

Ya a solas, Teodosia sonríe y se acerca al moribundo. Le toca la frente con suavidad y se sienta a su lado. Etna, petrificada, permanece en la esquina, intentando no hacer contacto visual con el hombre que está tendido la cama, casi un cadáver.

Teodosia cierra los ojos y permanece en silencio. Se inclina hasta que su nariz roza la mejilla del viejo.

Etna se sienta en una banqueta junto a la pared y espera. A la media hora, advierte que Teodosia tararea una melodía con la boca cerrada. Otra media hora más tarde, Teodosia abre los ojos. Se yergue y toca el pecho al hombre.

—¿Te quieres despedir? —pregunta en voz alta.

El viejo se incorpora, como si alguien lo empujase por la espalda. Teodosia mira a Etna y esta entiende que tiene que ir a buscar a la familia. Sale de la habitación a toda prisa.

—¡Venid! —grita—. ¡Se quiere despedir!

Se oyen pasos atolondrados y, de pronto, las cuatro generaciones de la familia llenan la habitación. Teodosia agarra a

Etna de la mano y la insta a abandonar el cuarto mientras el viejo dice su último adiós.

Pasan unos minutos en los que Etna puede oír una voz ronca y forzada y susurros y lloros por lo bajo. Después silencio. Uno a uno, todos los familiares salen del cuarto, incluidos los niños, cuyos ojos delatan que no podrán dormir en un mes.

Teodosia y Etna vuelven a entrar. Esta vez se encuentran al hombre otra vez acostado y con los ojos cerrados. La anciana escribe algo invisible en su frente y en su pecho. Después se acerca a su oído y le susurra algo. El moribundo respira despacio una, dos veces. Teodosia se aleja de su oído y le toma la mano. En la tercera respiración, el padre de Carme suelta todo el aire, como una balsa pinchada. De pronto, su cuerpo deja de estar vivo y se convierte en un saco de piel gris con huesos dentro. Etna lo mira con curiosidad. Siente el impulso de tocarlo, pero Teodosia tira de ella y ambas salen la habitación.

Son recibidas con abrazos y muestras de agradecimiento por familiares de ojos rojos y rostros cansados.

De camino a la panadería, Etna pregunta:

—¿Qué le dijiste al padre de Carme?

—Lo mismo que les dije a los cerdos.

Recorren el resto del trayecto en silencio. La noche es cerrada y los búhos cantan escondidos. Etna se alegra de tener un cuerpo con el que pasar frío. Y miedo.

21

Con una renovada apreciación por la vida, pasan varias semanas en las que Etna se ocupa de sus tareas lo mejor que puede. Solo descansa los fines de semana, que aprovecha para ir a visitar a su hija y, a veces, a Efimia.

Con la nieve fresca de diciembre le viene el período por primera vez desde que se mudó a Senombres. Está acostumbrada a un ciclo muy irregular. Que ella recuerde, siempre ha sido así. Los médicos nunca encontraron nada extraño y, como se quedó embarazada de Serafina a los diecinueve años de manera natural, Etna jamás le había dado mayor importancia a este inconveniente. Tanto es así que incluso se olvida de la menstruación y a veces, como ahora, la pilla por sorpresa. Como no le queda ni una compresa, se coloca un trozo de papel doblado en las bragas y va a buscar a Adela, que está zurciendo unos guantes de lana.

—¿La regla en luna menguante? —Adela deja la costura en la mesa y mira a Etna con preocupación.

—¿Eso es malo? Pues ya es bastante con que me haya venido, porque pueden pasar meses y meses.

Adela se queda con la boca abierta pero se la cubre enseguida con la mano. Tras unos segundos que emplea en recomponerse, coge a Etna del brazo.

—Ven conmigo.

—Espera, ¿y la compresa?

—No usamos.

—¿Tampones?

—Tampoco.

—¿Y qué usáis? —Etna camina a trompicones detrás de Adela, que la guía hasta su habitación.

—Antes no se usaba nada, pero Justa y yo tenemos esto. —Le da una caja rosa con un recipiente de plástico parecido a un embudo.

—Ah, la copa. —Etna inspecciona el pequeño cuenco transparente—. Nunca la he usado.

—Te la metes así. —Le muestra cómo doblar la copa entre los dedos—. Y cuando esté llena, te la sacas y echas la sangre en la tierra. No pongas esa cara de asco. Siempre lo mismo. Las películas están llenas de asesinatos, peleas... y venga litros de sangre, y nadie pone mala cara. Y en cambio, una sola gota de sangre de la regla y a la gente le entran arcadas, cuando es una conexión tan fuerte con el cosmos y sus misterios.

—¿Qué quieres? Yo crecí escondiendo el tampón en la manga.

—Ya, en casi todas las religiones nos tachan de impuras, locas, enfermas. Que si es nuestro castigo y demás pamplinas. —Adela arquea las cejas y sonríe—. Eso es porque temen el poder de la menstruación.

—El poder de la menstruación: la premisa de la secuela feminista de *La Guerra de las Galaxias.* —Etna muestra un cartel invisible entre las manos.

—Sonará cursi, pero es así. Ya te darás cuenta.

—¿Sabes de qué me acabo de dar cuenta? De que mi amiga Efimia y tú os llevaríais genial. Ella es tal cual, con todo eso de la divinidad femenina y demás. Especialmente ahora que está embarazada. Pero lo de tirar la sangre a la tierra nunca lo había oído, ni siquiera a Efimia, que ya es decir.

—Hay que ofrecer la sangre a la tierra porque es a ella a quien pertenece. Así cierras el ciclo. Aunque el tuyo esté patas arriba.

—¿Te refieres a lo de la luna menguante?

Adela asiente.

—Las mujeres deberíamos menstruar juntas con la luna nueva y ovular con la luna llena. Lo que pasa es que ahora, con las ciudades y la luz eléctrica, todo está desacompasado. Y nuestros cuerpos ya no siguen los ciclos de la luna. Yo creo que por eso hay tantos problemas de endometriosis, síndrome premenstrual, quistes...

—¿No estás exagerando un poco?

Adela niega con la cabeza y cierra los ojos con gesto beatífico.

—Y lo mejor de todo —continúa—: cuando tu período se sincronice, podrás usar la sangre para hacer el pan de la fortuna con nosotras, que es mucho más entretenido de hacer que el pan que vendemos en la panadería.

—Espera, a ver si he oído bien. ¿Hacéis pan con la sangre de la regla? —Etna forma un cuenco juntando las manos y se tapa la boca con ellas—. ¡Vomito! Eso es peor que el canibalismo.

—¡No es para comer, tonta! Aunque sé de mujeres que sí se lo comen.

—Y entonces ¿para qué es? —Etna siente que está superando su umbral de asco.

—Se podría decir que es un pan mágico. Solo lo cocemos cuando nuestra energía está más receptiva y es más pura, es decir, durante la regla. Mira, no te quiero soltar el rollo, pero piensa que nuestro ciclo menstrual es un poco como las cuatro estaciones del año. Y que, durante la regla, el poder transformador de la muerte y nacimiento se concentran en la sangre. Purgamos lo que ya no nos sirve de nuestro cuerpo y mente, así como de nuestra familia y nuestra comunidad. Nos volvemos depuradoras humanas, por decirlo de alguna manera.

—Y, entonces ¿la gente que no menstrúa no tiene esa capacidad?

—Para nada, la energía de la regla no solo tiene que ver con el proceso biológico. Digamos que, a nivel energético, todos podemos ser partícipes del ciclo, si así lo deseamos.

—Demasiado esotérico para mí.

—Es que es difícil de explicar.

—Y tanto. —Etna medita unos segundos frotándose el mentón—. ¿Por qué se le llama «pan de la fortuna»?

—Porque es un pan que ayuda en la fortuna de las mujeres, y hombres, aunque es raro que los hombres vengan a pedirlo, la verdad. El proceso no te lo puedo explicar hasta que te sincronices con la luna, pero te puedo decir que lo más importante es la intención con la que se cuece. Como siempre dice la abuela, atención e intención. Esa es la clave de la fortuna. Bueno, eso y que se le dan formas específicas. La abuela tiene un libro muy viejo y gordo con todas ellas. Por ejemplo: se daría forma de liebre a un pan para una madre cuyo bebé no creciera con la debida rapidez; con forma de luna para que la menstruación vuelva cuando no se desea un embarazo; de abeja para acallar las malas lenguas; de yugo para poner en el bolsillo de los maridos que van a los prostíbulos; de hierba de enamorar para las chicas que quieren novio...

—Ya veo... ¿Y esto también es parte del regalo de la moura?

—Qué va. Es gracias a la fuerza del ciclo. Eso sí, el regalo de la moura nos ayuda a estar en nuestro centro energético para poder hacerlos con la atención e intención que requieren, pero cualquier persona con el entrenamiento adecuado podría hacer pan de la fortuna. Siempre y cuando su regla esté sincronizada. Y tenga el libro con las recetas, claro.

—Demasiados peros.

—Todo a su tiempo, prima. —Adela sonríe. Después se lleva el dedo índice a los labios—. Oye, de esto no digas nada, ¿eh? Las mujeres que vienen a vernos requieren anonimato absoluto. Durante siglos, este pan las ponía en peligro de arder en el infierno para toda la eternidad; se decía que eran esposas del demonio y demás tonterías. Todavía hoy, nadie quiere hablar de eso.

—Tranquila, yo no digo nada. Ahora déjame ir a ponerme esto antes de que me desangre en la alfombra.

—No has entendido nada. —Adela suspira.

Tras un par de intentonas, Etna consigue introducirse la copa. Cuando se lava las manos y ve desaparecer el líquido rojo y espeso por el agujero del lavabo, se pregunta cuántas otras particularidades de ser mujer le avergüenzan sin siquiera saberlo. Y cómo se hará el pan de la fortuna.

A la hora de la comida, Etna se sienta a la mesa y comprueba que su plato es diferente al del resto de las mujeres. Mientras que las demás tienen potaje de callos, sobre su plato hay un bol con una crema blanca y algo grumosa.

—Adela me ha dicho que estás menstruando —dice Elvira—. Así que hoy vas a comer este requesón de cabra.

—Es que te vemos gorda —bromea Justa con una sonrisa irritante, mientras se zampa una cucharada desmedida.

—No le hagas caso a la graciosilla de mi hija. Vamos a intentar sincronizarte con la luna y, ya de paso, aprovechar la energía de la regla para que conozcas a tu animal sombra. Pero has de hacer ayuno y no te puede dar la luz artificial. El desayuno de mañana será tu última comida hasta que vuelvas del bosque. Después de comer, irás a la pensión y te prepararás. Luego la abuela irá a por ti.

—¿Cómo que hasta que vuelva del bosque?

—Necesitas soledad para la transformación.

—¿Cuánto tiempo?

—El que se requiera para que tu animal sombra se dé a conocer. Normalmente no haríamos una preparación al ayuno tan corta, y menos durante la regla, pero como vamos justas de tiempo...

—¿Y qué es el animal sombra? —la interrumpe Etna.

—El animal que te acompaña siempre. Dormida y despierta. Viva o muerta. Tu hermano y tu gran ayuda. Todas tenemos uno.

—¿Ah, sí? ¿Cuál es el tuyo, Elvira?

—La lechuza.

—¿Y el de Teodosia?

Elvira mira a la aludida, que sonríe y vuelve a concentrarse en el bol de comida.

—El de mamá es el jabalí.

—¿Y el tuyo, Adela?

—El zorro.

—¿Y el de Justa?

—El gato.

—Ay, ese es el que quería yo —protesta Etna medio en broma.

—No se pueden elegir. Que esto no es un centro comercial, bonita. —Justa la mira con una sonrisa sardónica.

Etna baja la cabeza, algo sonrojada por el corte, y empieza a comer el requesón en silencio, mientras el resto de la familia se toma el potaje. Piensa, no sin cierto orgullo herido, cómo le gustaría que su animal fuese alguno noble y poderoso, como un lobo, un caballo, un águila, o mejor, un oso; eso acallaría a Justa de una vez por todas.

22

Teodosia irrumpe en su habitación a media tarde anunciando
que se vaya a preparar, que la esperan en la entrada del bosque
en media hora. Etna llama a Serafina para despedirse, por si
acaso. Se da una ducha, en previsión de la carencia higiénica,
se viste con varias capas de ropa, ya que no se le está permitido
llevar más que lo puesto, se persigna y se encamina hacia el
punto de encuentro.

Cuando llega al sitio acordado, ve que han encendido un
fuego y que alrededor se halla toda la familia. Teodosia le dice
que la hoguera arderá durante el tiempo que dure su retiro,
para dar calor a su espíritu. Etna respira aliviada al deducir
que el lugar de la acampada no debe de estar lejos. Se despide
con la mano y sigue a Teodosia, que lleva un hatillo colgado
del hombro. Se adentran cada vez más en el bosque, pasando
por senderos irregulares y estrechos. Todo se vuelve más oscuro.

Llegan a un claro. En el centro hay unas piedras que forman una especie de cueva, recubierta con ramas, hojarasca y
barro prensado con paja: parece un nido vertical.

—¿Hicisteis vosotras esta casita?

Teodosia niega con la cabeza y apunta hacia la cabaña.

—Siempre ha estado aquí. Las mujeres de nuestro linaje la
usaban cuando tenían preguntas que nadie podía contestar
por ellas. Y para sangrar al resguardo de los hombres.

—¿Te refieres a la regla? ¿Por qué al resguardo de los hombres?

—Sangramos durante días y no morimos —dice sonriendo—. Donde cae la sangre, las plantas crecen más vigorosas. Nuestros sueños cuentan verdades los días del sangrado. Y podemos crear vida en nuestro vientre. Estas cosas dan miedo y el miedo engendra odio.

Etna se acerca a la cueva y pasa la mano por el rugoso tejado. «Está húmedo y es blando, como un útero», piensa.

—Cuando tu animal sombra se presente —continúa Teodosia—, sopla a través de esto y te vendremos a buscar. —Le ofrece una caracola gigante que saca del hatillo.

Etna la toma con sus manos.

—¿Cómo sabré con seguridad cuál es mi animal sombra?

Teodosia se ríe ante la ocurrencia.

—¿Ves esa fuente? —pregunta la anciana dejando en el aire la respuesta. Etna asiente mirando hacia una pequeña estructura de piedra cubierta de musgo, de donde sale un chorro de agua que se pierde en un riachuelo—. Ahí es de donde beberás. Pero no te alejes mucho de la cabaña; necesitas toda tu energía.

—Si necesito energía, ¿por qué no puedo comer algo?

—Porque has de hacer espacio. Cuando tu estómago se vacía, tus intestinos se vacían, tu mente se vacía. Solo así serás capaz de conocer a tu animal sombra. —Sonríe, deja el hatillo, y emprende el camino de vuelta.

Etna se despide temblando y con la espalda empapada en sudor. Tiene que plantar los pies en el suelo con fuerza, dado que siente la necesidad casi instintiva de correr tras la anciana, que ya se ha perdido entre la maleza.

Da zancadas alrededor de la cabaña. Los nervios le producen arcadas, pero no vomita, consciente de que no habrá más comida. Se seca el sudor de la frente con la camiseta y se sienta en el suelo tras asegurarse de que no hay bichos. Respira hondo. «Tranquila, Etna, tranquila.» Sin embargo, cuanto más lo dice, más nerviosa se pone. Cuenta su respiración para calmarse. Al cabo de unos minutos, consigue ahuyentar los pensamientos catastrofistas y sus pulsaciones se ralentizan.

Desoyendo los consejos de Teodosia, emplea las horas siguientes en limpiar el interior de la cabaña, en la que solo hay un par de colchones y mantas viejas, el cerco de una hoguera y una figura de piedra de rasgos femeninos con el símbolo de la moura en el vientre.

Después de sacudir el polvo de los colchones y barrer con unas ramas unidas a modo de escoba, sale de la cabaña para preparar la hoguera que tendrá que encender más tarde. Finalmente, se sienta algo mareada.

La temperatura es fría pero agradable y la luz del sol desciende como savia entre las ramas de los árboles. Sería un anochecer casi perfecto si no fuera por el estómago vacío, que ya comienza a retorcerse. Decide echarse una siesta para engañar al hambre. Para su sorpresa, el zumbido de la tierra y la brisa entre los árboles hacen que se duerma con rapidez. Cuando se despierta, ya ha anochecido y el miedo se agarra a su pecho ante la inminente perspectiva de pasar la noche en medio del bosque. Hace mucho frío.

—¿Qué voy a hacer? Por favor, dios, diosa, o lo que seas, no me dejes morir aquí esta noche —suplica.

Las horas pasan lentas y pegajosas. Al instante, Etna entiende por qué la humanidad tiene miedo de la oscuridad. Oye pasos, ramas rompiéndose alrededor, gruñidos de lobos, siseos de serpientes, chasquidos de insectos gigantes, zumbidos de naves extraterrestres. Cierra los ojos y comienza a susurrar:

—Es mi imaginación, es mi imaginación, es mi imaginación, es mi imaginación, es mi imaginación...

Tiembla aturdida, no consigue pensar con claridad, se da por muerta. La encontrarán allí, carcomida por las alimañas. «¿Para qué vine?», se pregunta. Es una estúpida. Decide encender el fuego. Observar cómo las llamas se estremecen la reconforta.

—Por lo menos, no soy la única que tiembla —comenta.

Entonces recuerda qué hacía para combatir el miedo cuando era pequeña en la mansión de la abuela, en Escravitude. Se acuesta en el colchón bajo las dos mantas. Las sombras del fuego se alargan en las paredes de ramas. Etna sigue sus movimientos con los ojos mientras dice en alto:

—Había una vez...

Con cada historia, la cabaña se llena de más calor y más luz. Es como si hubiese otras presencias allí con ella, alrededor de la hoguera, escuchando sus historias. Se pregunta cuántas veces habrá habido allí mujeres menstruando, solas o acompañadas de otras. Contando historias para pasar las horas. Se queda dormida.

Abre los ojos bajo la luz azulada de la mañana. Sonríe.

—¡Estoy viva! —grita, y sale de la cama para vaciar la copa y beber agua.

En el momento en que se pone de pie, siente un dolor de cabeza en la parte derecha del cráneo, agudo como nunca y con palpitaciones constantes, como si alguien le estuviese aplicando electricidad cada tres segundos. Se pone de cuclillas y se sujeta la cabeza. Convencida de que está sufriendo un aneurisma, se arrastra hacia la caracola y sopla, pero el instrumento no emite sonido alguno.

—Necesito una ambulancia. ¡Ayuda! —Da algunos pasos alrededor desorientada—. ¿Cuál es el camino? ¿Por dónde vinimos?

No lo recuerda. Comienza a llorar. Piensa que, si se muere, Serafina estará bien. Probablemente ni la eche en falta.

El día se oscurece de pronto. La temperatura cae y comienza a llover como si alguien estuviese tirando cubos de agua, un agua helada y gruesa. Etna regresa a la cabaña a cuatro patas. Se mete en la cama, empapada en sudor y agua de lluvia, temblando de frío. Cierra los ojos. El constante golpeteo del agua parece aliviar el pálpito del dolor hasta que es tan débil como la lluvia.

Se vuelve a quedar dormida, y tal vez hubiera dormido todo el día si no fuera por un dolor en la parte baja de la espalda, que la despierta.

—¿Ahora qué?

Da vueltas en el colchón y no consigue encontrar una postura cómoda. Está demasiado débil para encender la hoguera, así que decide quedarse muy quieta y prestar atención a la lluvia. Las gotas crean una melodía tranquilizadora al impactar en la tierra. Las ramas crujen, se oye el chasquido de las bellotas y las hojas. El aire huele a moho y óxido.

—¿Por qué me duele todo?

Apenas formula la pregunta en su cabeza, aparece un pensamiento: «Porque tu cuerpo está curando antiguas heridas, ahora que no tiene que emplear energía en otras cosas».

—Qué extraño, ese pensamiento suena como si no fuese mío —murmura, y se vuelve a quedar dormida con el canto de las ranas.

Pasa otro día y Etna ya está harta de su retiro. Harta de tener frío, de estar mojada. Se pregunta cómo va a aguantar en medio del monte, sola y sin comida, hasta que un animal decida acercarse. Pero ¿en qué estarían pensando esas mujeres? Ella no es como Adela, con su robustez, ni como Justa, con su obstinación. Ella es de constitución débil, todo el mundo lo sabe. En la facultad no fue de viaje de fin de curso a Marruecos con sus amigos por si enfermaba y no había un hospital en condiciones. Nunca ha probado el sushi, por miedo al anisakis. Se lava las manos cada vez que toca el pomo de una puerta... ¿Cómo se les ocurre pensar que será capaz de pasar días y noches en medio del bosque? Con lobos, linces, asesinos, la Santa Compaña y quién sabe qué más, y eso si no sufre hipotermia o una bajada de glucosa a causa del ayuno.

No está segura, pero cree que han pasado cinco días y cuatro noches. No está segura porque ha dormido casi todo el tiempo, a excepción de los momentos en que ha ido a por agua, a vaciar la copa o a hacer sus necesidades.

Tampoco le importa, porque la comida ha dejado de atormentar a su mente; de hecho, no siente deseos de comer. Los miedos también han desistido. Hasta el aburrimiento es un concepto extraño ahora. Es como si su cerebro hubiese entrado en una especie de coma consciente.

Es madrugada y la lluvia parece haber cesado. Etna descansa con los ojos cerrados, prestando atención al sonido de la tierra, que drena el agua. De pronto nota algo húmedo y resbaladizo en la punta de la nariz. Abre los ojos y ve una especie de culebra de ojos saltones y patitas cortas, que permanece inmóvil a una distancia muy corta, con sus ojos negros y pulidos fijos en ella. Etna sonríe con curiosidad.

—¿Qué haces por aquí? ¿No deberías estar en un río o algo así?

Se incorpora y, fascinada, ve que todo el terreno de delante de la cabaña está lleno de esas criaturas. Son pequeñas y delgadas, con líneas doradas en el dorso y cola larga. Sin embargo, Etna no siente miedo hacia esos extraños animalillos.

—Un momento —dice sorprendida—. ¿Eres mi animal sombra?

Al decir esto en alto, los anfibios levantan la cabeza y se la quedan mirando unos segundos, para después dispersarse y desaparecer como si nunca hubiesen existido.

Etna se deja caer en el colchón.

—Aunque no tengo ni idea de qué sois... —reconoce mientras busca alrededor—. ¿Y ahora cómo me van a venir a rescatar, si este cacharro no funciona?

Alcanza la caracola y vuelve a soplar. Para su sorpresa, un sonido ensordecedor llena el aire.

Teodosia y las demás aparecen al cabo de un rato.

Etna cojea con dolor. Al parecer, sus piernas se han olvidado de andar. Cada vez que intenta decir algo, las mujeres le indican con un gesto que guarde silencio. Al llegar a la pensión, la acompañan a la habitación, le dan un poco de compota de manzana y agua y la ayudan a acostarse. Etna duerme el resto del día y de la noche.

A la mañana siguiente se reúne con todas en la panadería a la hora del desayuno.

—¿Ya puedo hablar? —Etna observa su desalentador plato de almuerzo—. ¿Y ahora cuántos días voy a estar comiendo puré de frutas?

—No muchos. Solo hasta que tu cuerpo se acostumbre a procesar comida otra vez —contesta Elvira.

—Bueno, dinos, ¿qué animal te eligió? Más que nada, para hacerle un monumento —comenta Justa sonriendo.

—No estoy muy segura. —Etna deja la cuchara en el bol y arruga la frente—. Creo que la lagartija —responde casi en un susurro.

—La salamandra —corrige Teodosia

—Ah, ¿era eso?

—¿Vas a buscar a tu animal sombra y ni siquiera sabes qué es? —Justa suelta una carcajada.

Etna nota que hierve de cólera. Sin darse cuenta, se levanta y da un puñetazo en la mesa que sobresalta a las mujeres. Justa, sin embargo, esboza una pequeña sonrisa.

—¿Por qué eres tan odiosa? ¿Qué te he hecho yo? Ni siquiera me conoces. —A Etna se le saltan las lágrimas.

Para no dar a Justa la satisfacción de verla llorar, sale corriendo de la cocina y se va a sentar a uno de los bancos de piedra de la parte de atrás de la casa. El horizonte se emborrona en su mirada.

—¿Por qué me ha tenido que tocar una salamandra? Quería un animal grande y fuerte, no uno enclenque como yo —se lamenta Etna junto a Teodosia, que se acaba de sentar a su lado.

—No dejes que te engañe su apariencia. La rabilarga es una salamandra muy especial. No quedan muchas y es muy difícil de ver. Pueden vivir en el agua y en la tierra. Y son muy buenas en anticipar sucesos y peligros, como tú. Sienten las vibraciones del suelo. Crecen de una pequeñísima larva y, cuando están en peligro, se desprenden de la cola para despistar. Como la salamandra, a veces hay que saber soltar las cosas. —Unos niños pasan por delante de ellas con pan robado de la panadería. Teodosia coge una escoba apoyada contra la pared y agrega—: Y a veces hay que enfadarse. —Dicho esto, comienza a perseguir a los niños blandiendo la escoba y lanzando todo tipo de amenazas.

Los pequeños, al ver a la anciana, galopan. Etna se ríe hasta que el estómago le duele, lo que le recuerda que debe volver para terminar el puré de frutas si quiere recuperarse.

25

Etna tarda varios días en reponerse del ayuno, lo que afecta a sus tareas y dificulta su sueño. La primera noche que por fin consigue dormir del tirón, su teléfono suena muy temprano. Maldice que la cobertura solo funcione en ese lugar cuando intenta dormir. Etna lo coge con un ojo todavía cerrado.

—Hola, amiga.

—¿Efimia? ¿Qué haces llamando tan pronto? ¿Te has puesto de parto ya?

—¡Qué va! Te llamo porque no puedo dormir.

—¡Qué honor! —Etna da un gran bostezo y se estira—. No tengo mucho tiempo: he de ir a por el agua y a sacar la vaca. Pero cuéntame rápido... ¿Qué tal estás?

—Bien, pero con ganas de ver a la niña ya.

—O sea, hartita de estar embarazada. Lo puedes decir, que no pasa nada.

—No, si me gusta estar embarazada. Solo que el ardor de estómago no me deja dormir.

—Y los pies hinchados, y la piel, que parece que se va a romper, y el sudor en las ingles... Pero, oye, el ardor de estómago también molesta lo suyo.

Efimia ríe.

—Bueno, todo eso también. Yo ya paso de vestirme. Voy alternando tres túnicas y punto.

Etna pone el manos libres mientras sale de la cama y comienza a vestirse.

—Quedarás muy estilosa en tus vídeos de YouTube con las túnicas tipo Rappel.

—¡Ja, ja! Muy graciosa.

—Bueno, te dejo, que se me hace tarde. ¿Te llamo esta noche?

—Vale. Una cosa que te quería preguntar: ¿es normal ir al baño y echar una especie de moco con sangre?

—¿Cómo de grande?

—Grande. Y bastante asquerosito.

—Es normal —afirma Etna, cogiendo el teléfono y poniéndoselo en la oreja—. Significa que te vas a poner de parto pronto.

Etna termina de arreglarse y sale disparada hacia la panadería. La mañana se desliza tranquila, y cuando Etna mira el móvil a la hora de comer, se encuentra con dos mensajes de Efimia:

Las contracciones han empezado. ¡Qué nervios!!
Por cierto. Cambio de planes en cuanto a la localización.
Te mando la dirección nueva.

Tras acabar sus tareas de la tarde, y sin decir nada a nadie, Etna prepara una pequeña bolsa, se monta en el coche y parte rumbo a la dirección que Efimia le ha enviado. Le había prometido estar en su parto y no piensa fallarle. Conduce siguiendo el mapa. Poco a poco se da cuenta, con horror, que el camino de piedras que recorre no va a llevarla a ningún lugar bien comunicado con hospitales. Sus sospechas se materializan cuando se detiene al final del sendero: allí solo hay una cabaña. Baja del coche y llama a la puerta. Le abre una mujer de mediana edad, con rastas rubias y ropa colorida. Antes de que pueda decir hola, oye a Efimia chillar e, ignorando a la mujer, la aparta para entrar.

Su amiga está tumbada en una especie de jergón, congestionada y con los ojos cerrados. A un lado, Niko, pálido, intenta cogerle la mano. Al otro, Itxel, una de las mejores amigas de Efimia, que saluda con una sonrisa. La mujer que abrió la puerta se acerca para presentarse. Es la dueña de la cabaña y matrona en el parto; su nombre es Roser.

En la estancia reina el silencio, solo roto por los quejidos esporádicos de Efimia y por el agua que hierve a borbotones. Algunas burbujas saltan del caldero y caen sobre las ascuas con un chasquido. Itxel ase la olla con guantes de cocina y la vacía en un barreño, que queda medio lleno. Se seca las manos en su vestido de lino bordado y aparta de sus ojos almendrados dos mechones de pelo oscuro. Rellena la olla con agua del grifo y la vuelve a poner al fuego. Después coge la guitarra y empieza a tocar una canción quechua. Sus labios, del color de las pavías, brillan a la luz de las velas.

Etna la mira con cierto recelo. Itxel siempre parece exudar una calma empalagosa. Aparte de que Efimia la trata como si fuese Gandhi reencarnada, piensa Etna poniendo los ojos en blanco disimuladamente.

Roser añade más troncos a la hoguera y se recuesta al lado en el suelo sobre unos cojines. La luz de la luna ilumina sus rastas y la madera a su alrededor.

Etna mira por la ventana hacia el bosque helado. A pesar de la calma, siente un nudo en el estómago que le empezó a molestar nada más entrar en la cabaña y que no consigue deshacer. Sabía que Efimia quería tener a su hija en casa, hasta ahí todo bien. Pero lo de decidir en el último momento irse al medio del monte, a una choza sin luz ni agua corriente, y sin cobertura en el móvil... Eso ya es pasarse de natural. Aunque, claro, nadie puede hacer cambiar de opinión a Efimia, piensa Etna. Sus supuestos poderes psíquicos vienen acompañados de una soberbia incomprensible, envuelta en su pose de paz y amor, sin embargo, eso sí, Efimia está convencida de que nunca se equivoca.

—¿Cómo conociste a Efimia? —pregunta Etna a Roser para mantener su mente ocupada.

Roser inspira hondo y coloca sus manos sobre las costillas.

—Vino a una de mis clases de hipnoparto.

—¿Y eso qué es, si me permites que pregunte?

—Claro. Hipnosis para dar a luz.

—¿La vas a hipnotizar?

—Sí, pero no como en la tele.

Etna suelta una carcajada.

—Menos mal. Ya me la imaginaba cacareando.

Roser también ríe, pero con menos ganas, probablemente cansada de ese chiste.

—Es más una técnica relajante para eliminar el miedo al parto. Cuanta menos ansiedad, menos dolor.

—Supongo que tiene sentido.

—¿Y tú de qué la conoces?

—Somos amigas desde que éramos niñas. —Etna asiente reflexiva—. Nos pasamos meses sin vernos y épocas en que nos vemos a diario. Por ejemplo, cuando yo vivía en Londres nos perdimos un poco la pista. Pero después otra vez como si nada.

—¿Viviste en Londres?

—Casi trece años.

—¡Uau! ¿Y no lo echas de menos?

—A veces. —Su mirada se pierde más allá de la ventana, recordando paseos con Max por Primrose Hill en las tardes de otoño, cuando llovían hojas en todos los tonos de ocre que existen. Etna se apoya en la pared—. ¿Y tú? ¿No echas de menos la civilización? Viviendo aquí sin luz eléctrica, calefacción, cafeterías...

—Te acostumbras. Y poder ver las estrellas lo pone todo en perspectiva. En las ciudades te olvidas de que hay un universo a nuestro alrededor. Entonces, un día te vas al medio de la nada y miras hacia arriba y es como ¡uau, somos parte de algo bestial! Pero si no lo ves, te olvidas de que estamos flotando en el infinito, ¿sabes lo que te digo?

Etna asiente.

—Recuerdo que, en Londres, desde la ventana de mi habitación se veía una farola de la calle. Perdí la cuenta de las veces que la veía por el rabillo del ojo y, por un segundo, pensaba: «¡Cuánto brilla la luna hoy», hasta que la miraba emocionada y me daba cuenta de que era la dichosa farola, en medio de esa atmósfera congestionada que lo cubre todo allí. —Etna suspira despacio y añade—: Es gracioso. Me pasé la juventud queriendo dejar atrás mi vida en un pueblo perdido del norte, pensando que estaba destinada a hacer grandes cosas. Siempre había querido irme a vivir a una gran ciudad. Y en cambio, una vez allí, apenas me movía de mi casa. Todo era tan grande, tan rápido, que me daba la impresión de que los edificios se me echaban encima. No sé... —Se incorpora—. Oye, perdona que te dé la chapa.

—No, para nada. —Roser también se incorpora—. Siempre queremos lo que no tenemos.

—Será eso. —Etna se atusa el pelo, algo avergonzada de su indiscreción.

En ese momento, Efimia tiene otra contracción, esta vez tan fuerte que tira al suelo la manta que la cubría.

—¿Tienes calor? ¿No la quieres? —pregunta Niko mostrándole la manta.

Efimia no contesta y bambolea la espalda en movimientos concéntricos.

—¿Qué tal va? —dice Roser acercándose a la parturienta, que se ha sentado en una pelota de pilates y parece más tranquila.

—Sin grandes cambios, aunque parece que le duele más —responde Niko.

—El baño está casi listo —anuncia Itxel, probando la temperatura del agua con la mano.

Efimia resopla y gime, con una voz gutural que suena

como un didyeridú. Al cabo de unos segundos, se calla y vuelve a su trance, moviendo las caderas de un lado a otro. Su barriga cuelga como un péndulo sobre la alfombra.

—Y no ha roto aguas aún. No me extrañaría que esta niña naciera en zurrón —dice Roser animada.

—¿Nacer con turrón? ¿Qué fue del pan bajo el brazo de toda la vida? ¡Cómo vienen de preparados los niños hoy! —bromea Etna.

Efimia esboza una sonrisa.

—Nacer en zurrón —puntualiza Roser—. Significa hacerlo dentro del saco amniótico sin que este se rompa. Es un signo. Indica que es un niño con poderes psíquicos.

—Ah —responde Etna desganada, y siente un gran nudo en el estómago al que se le une la falta de aire.

«Ahora no», piensa mientras se disculpa y se apresura a salir al exterior. No le puede estar dando un ataque de ansiedad. Cuando abre la puerta, se da cuenta de que ya es de noche.

—No tenía que haber hablado de Londres —murmura una vez fuera—. Por eso me he puesto nerviosa. —Inspira con fuerza.

El aire es fresco, con cierto olor mentolado de los eucaliptos. Parece que nada está despierto: el silencio es tan grande como la propia noche.

—Tranquila. Estás bien —se dice en voz alta.

Sin embargo, su cabeza piensa: «Lo que me faltaba... Aquí, en medio de la nada, ¿y me va a dar un ataque de ansiedad? ¿Después de tanto tiempo sin tener uno? ¿Aquí? ¡Venga, hombre!». Se abanica, incómoda. «Estaríamos de broma... ¡Y a una hora del hospital más cercano! Venga, tranquilízate —se anima a sí misma—. Vamos a beber agua, un vaso de agua fría.»

Vuelve a entrar en la cabaña para ir a por agua. Pasa al lado del caldero, que hierve; las llamas bailan en el aquelarre del fuego. Entonces algo sucede y Etna se para en seco: el silbido del fuego se vuelve ensordecedor, un silbido que conoce muy bien de mirar cómo se cuece el pan un día tras otro. Se pone de cuclillas y, como hipnotizada ella también, se queda quieta mirando las llamas, escuchando ese silbido.

A los pocos segundos se hace el silencio. Siente el calor del fuego en su cara, dentro de su cara, abriéndose paso entre tejidos, músculos y huesos, ardiendo dentro de su cabeza. Y en medio del fuego le viene una palabra a la mente, fuerte y viva: «hospital».

La opresión en el pecho aumenta. Siente que le falta el aire y entiende, sin lugar a dudas intelectuales, que no es un ataque de ansiedad, sino que se trata de la hija de Efimia, a quien le falta oxígeno.

Se pone de pie y grita:

—¡Hay que ir al hospital! —Niko y las mujeres la miran confundidos—. ¡Ahora mismo! —Mira al padre.

—Es normal tener miedo, pero las mujeres han parido durante miles de años sin la ayuda de los hombres. Mi abuela tuvo a sus siete hijos en las montañas ella sola. Esta sociedad paternalista nos inculca el miedo de...

—¡Cállate, Roser! —ordena Etna.

—No —musita Efimia con voz ronca. Gira la cara y mira a Etna con odio.

—Algo va mal, Efimia, nos tenemos que ir ya.

En ese preciso momento comienza otra contracción. Esta vez Efimia chilla. Etna aprovecha para dirigirse a Niko de nuevo:

—Algo va mal. —Aprieta su brazo—. Tienes que creerme.

El joven duda unos segundos, tratando de procesar la información. Después agarra a Efimia por las axilas y la levanta. Ella llora y grita que no va a ningún sitio. Las otras mujeres se alborotan ante la escena: que si no tienen derecho, que si todo va bien... Niko se para y, desde lo más hondo de sus pulmones, declara:

—Es mi hija también. Y nos vamos.

Etna sale de la cabaña, entra en el coche, pone el motor en marcha y espera.

Itxel y Roser observan en silencio desde el porche. Entonces Efimia abandona también la cabaña. Solloza y, ayudada por Niko, camina hasta el coche, envuelta en una manta.

26

Etna se despierta sobresaltada: alguien la zarandea. Se ha quedado dormida en un sofá de la sala de espera del hospital. Alza los párpados y ve a Niko, que tiene los ojos rojos y la piel cérea. Etna se lleva la mano al pecho y se prepara para la terrible noticia, pero él sonríe.

—Todo ha salido bien.

Etna deja salir todo el aire.

—¿Puedo verlas?

—Ahora están descansando. A la niña la han metido en una incubadora, pero... Etna...

—Dime.

—Efimia me ha pedido que te diga que no te quiere ver —dice visiblemente incómodo por ser el portador de la noticia.

El corazón de Etna se para un momento. Siente que el rencor de su mejor amiga le recorre la columna vertebral y sabe que lo dice en serio.

—Ya verás que se le pasa pronto —continúa Niko.

Etna asiente y mira al suelo.

—Quizá si vuelves en un par de días, cuando ya haya descansado...

Etna asiente de nuevo, se levanta y se aleja despacio, con la espalda encorvada.

—Etna...

—Dime.

Niko se le acerca y le da un abrazo tan fuerte que las costillas de ambos se rozan.

—No sé qué decir. No entiendo cómo pudiste saberlo, pero... —El joven se echa a llorar—. Nunca te lo podré agradecer lo suficiente.

Ella nota la incomodidad de Niko ante los sentimientos a flor de piel. Se deshace del torniquete humano con delicadeza.

—Volveré en un par de días, ¿vale? Y enhorabuena. Por cierto, ¿cómo se llama?

—Loto.

—¿Loto?

—Como la flor.

—O como la Bonoloto. La van a poner fina en la escuela. —Etna esboza media sonrisa y se despide con la mano.

Cuando sale del hospital, ya ha amanecido. Mira hacia el cielo, cubierto por nubes tan compactas como tierra cuarteada a causa de la sequía.

—El cielo está enladrillado, quién lo desenladrillará —suelta antes de entrar en el gélido coche.

De pronto siente una pena profunda. «Esa pobre bebé —piensa—, tan pequeña e indefensa, gelatinosa y violácea como una liebre desollada. Tan protegida que estaba en la barriga de su madre y ahora se encuentra en una incubadora de este frío y cruel, cruel mundo.»

Arranca y parte en busca de un café calentito y un bollo; no va a ser todo sufrimiento.

Cuando llega a la pensión en Senombres es media mañana, pero no puede evitar meterse en la cama y quedarse dormida. La despierta Teodosia.

—Te vine a buscar por la mañana —dice la anciana.

Etna se incorpora. Fija la mirada en su regazo.

—Lo siento, mi mejor amiga se puso de parto. —Se calla un momento para recobrar la voz, que suena entrecortada—. Dice que no quiere verme. Sin embargo, yo sabía que algo no iba bien, que su bebé estaba en peligro. ¿Cómo? Es como si el fuego me lo hubiese dicho, aunque eso es imposible. Al menos si no estás en el Alén, ¿no? En este mundo real, eso es imposible.

Teodosia señala hacia fuera con su dedo pequeño y retorcido.

—En las montañas de detrás de ese bosque vivió una vez una mujer que nunca había visto a otro ser humano. Sus padres habían muerto cuando ella era un bebé y unas urracas la habían criado como a una más de la familia. Entre las ramas de los árboles, la niña aprendió a hablar con los pájaros y los árboles, a oír las lombrices bajo tierra y a volar. Un día, un pastor que buscaba una oveja descarriada miró hacia arriba y la vio, volando de rama en rama. En el momento que ella vio al hombre, blanco por el susto de ver a otro ser humano volar, cayó en picado. Y nunca más fue capaz de levantar el vuelo.

—¿Y qué le pasó?

—Se casó con ese pastor y tuvieron cinco hijos y quince nietos.

—¿Eso es todo?

Teodosia sonríe.

—Tras su muerte encontraron una caja llena de objetos brillantes bajo su cama.

27

Y ese buey terco, que es el tiempo, arrastra su yugo hasta marzo casi sin que Etna se dé cuenta. Los días son más largos, hay más sonidos en el bosque y ella descubre que aprecia su vida en Senombres más de lo que nunca se hubiera imaginado.

Un día, mientras está limpiando el gallinero, Teodosia le toca la espalda. A estas alturas, Etna ya sabe que tiene que seguirla.

Caminan a través de las huertas rectangulares, delimitadas por alambradas bajas. Pasan manzanos y ciruelos en flor, una parra desnuda y, al fondo, justo al lado de la puerta que lleva al camino del lago, una higuera con forma de mano. Continúan hasta más allá de las casas de los vecinos, esquivando menta, dientes de león y anís con flores de un blanco sucio como colmillos de lobo. En silencio, llegan a los campos de grano. Teodosia roza con los dedos unos tallos verdes, finos como hierba nueva.

—La primavera ya está aquí. Ha llegado el momento de que vayas a ver a la Nomeadora. —Mira a Etna con seriedad—. Es hora de que te dé tu nombre.

—Ya sé que Etna es un poco cursi, pero después de tantos años, una le coge cariño.

La expresión de Teodosia no cambia. Etna empieza a pensar que la ironía nunca llegó a esas tierras.

—El nombre con el que te conocen en el Alén —puntualiza al fin la anciana—. Solo tú y la Nomeadora sabréis cuál es.

—¿Para qué necesito un nombre en el Alén?

—No puedes entrar en él sin tu nombre. Y necesitas ir para encontrar la penamoura.

—¿Quieres decir que la penamoura está en otro mundo?

—No.

—Pues no entiendo nada.

—En el Alén puedes verlo todo como un pájaro y como una hormiga al mismo tiempo. ¿Cómo, si no, ibas a buscar la penamoura en cada rincón de la Tierra?

—Eso llevo diciendo yo todos estos meses. —Etna extiende los brazos.

Se levanta una brisa que mece los tallos del trigo

—El tren sale mañana por la mañana —anuncia Teodosia.

—Pues genial, oye, porque hace tiempo que habláis de la Nomeadora y el Alén. Ya estaba empezando a dudar de que hubiera algún tipo de aprendizaje relacionado con la magia y me estaba convenciendo de que me pasaría el resto del año viendo cocer pan y recogiendo agua.

Teodosia la mira sorprendida. Después, como el lago, su gesto se vuelve silencioso. Se restriega la nariz con el dorso de la mano.

—Mi abuela me contó que una vez, en tiempos de mi tatarabuela, pasó por aquí un mendigo vestido con una túnica, con los ojos pintados como una mujer y la barba puntiaguda. Dijo que venía en penitencia de tierras lejanas y mi tatarabuela le dio pan, leche cocida y un sitio en el suelo para dormir. En agradecimiento, el extranjero le contó su historia. Le dijo que una vez había sido secretario de un hombre muy poderoso, de unas tierras al sur del océano. Un día, paseando por un mercado lleno de gente, un viejo vestido con harapos señaló a su señor y con un gesto le pidió que se acercase. Entonces le susurró algo en la oreja que cambió su vida para siempre.

—¿Qué le dijo? ¿La hora de su muerte? ¿El número ganador de la lotería? —pregunta Etna para bromear.

—Le dijo —prosigue Teodosia—: «Las flores de la primavera florecen antes que el otoño». Desde ese momento, su señor no hizo otra cosa que intentar descifrar el mensaje del sabio mendigo. Gastó toda su fortuna, perdió su salud y a su familia, consumido por el acertijo.

»El día de su muerte solo él, su fiel secretario, lo acompañaba. Y justo antes de morir, su señor abrió los ojos y, llorando desconsolado, le reveló: "No era un acertijo".

Esa noche a Etna le cuesta conciliar el sueño pensando en qué acertijo esconde el no acertijo de la historia de Teodosia.

—Cada día sus historias son más raras —susurra antes de quedarse dormida. Y ya no recuerda nada más.

A la mañana siguiente, Elvira la lleva a la estación, le da un bocadillo envuelto en papel de aluminio y la abraza.

—Buena suerte. —Se despide con la mano mientras Etna se aleja—. Disfruta —le desea justo antes de que Etna entre en el vagón.

Al poco de ponerse el tren en marcha, Etna abre el envoltorio de su bocadillo con cuidado. Da un gran bocado, se limpia las migas del jersey y mira por la ventana de su vagón. Las montañas infestadas de árboles dan paso a colinas agrestes, surcadas de caminos que parecen no llevar a ninguna parte. Y el río verde grisáceo abajo, reflejando el exceso y la falta del paisaje. En algún momento entre el Sil y el Miño, cuando el estridente ruido de la máquina comienza a sonar como una canción de Queen, Etna se queda dormida.

Se despierta en algún lugar a medio camino. Montañas de aristas geométricas y rocas tan grandes como edificios dejan espacio a paisajes más sosegados, donde pueblos ceñudos de tres o cuatro casas observan cómo los vagones perturban sus suelos. Un movimiento brusco del tren levanta a Etna del asiento y casi la tira al suelo; se agarra a un reposacabezas y tensa los labios.

—Hay que ir con cuidado —le dice al adolescente que está

sentado enfrente, que la mira con ojos abúlicos en medio de un mar de granos.

Esa mirada de desinterés de pronto le recuerda la mirada de Silván, con su gesto de estar por encima de todo. «¿Cómo se puede ser tan indiferente?» Cada vez que va a ver a Serafina, Silván se encarga de que se sienta como una neurótica histérica. «Pero ¿qué voy a esperar de él —piensa Etna—, si ni le cambió la expresión cuando le dije que Serafina podía estar en peligro. De eso hace ya casi medio año».

—Cómo pasa el tiempo —susurra mientras entra en el vagón cafetería.

A trompicones, se acerca a la barra y pide un café con leche. Paga, se da la vuelta y se apoya en la barandilla de la ventana panorámica. A su lado, un señor trajeado que come patatas fritas de bolsa se aleja un poco, incomodado por la intromisión.

«Además, no necesito la aprobación de Silván —se dice—. Una vez tenga mi nombre y encuentre la penamoura, no necesitaré la aprobación de nadie.» Sorbe el café. El tren pasa por un túnel. El ruido es molesto y Etna se tapa los oídos. Al otro lado del túnel, el mar.

Exhala complacida: nunca se da cuenta de cuánto lo echa de menos hasta que se lo vuelve a encontrar. A pesar de su furia. O gracias a ella. Aunque este no es el mar de Escravitude, este es un mar manso. Las dornas duermen en la orilla y los pinares arrullan a gaviotas torpes, saciadas de peces. El tren cruza un puente donde el agua turquesa cambia hasta adquirir un tono añil. Y en la otra orilla, como si se tratase de un río, hay más costa, con lomas entre la bruma lila, donde casitas de colores claros se rifan el espacio con los edificios vacacionales de estética setentera. El tren bordea una playa rodeada de árboles. La arena es blanca y, en la orilla, unas mujeres recogen berberechos y navajas. «¡Qué bonito! Tengo que traer a Serafina aquí», decide. Saca el móvil para escribir a su hija, pero el anuncio de que el tren está llegando a su parada la distrae.

Etna y unos cuantos pasajeros más se apean y salen a un pueblo costero que bulle de gente. Es día de mercado.

Etna saca el croquis que Adela le ha dibujado; bajo el mapa ha escrito: «¡Buena suerte!» y ha decorado las letras con estrellas. Camina entre los puestos del mercadillo, donde zapatillas Nikie y Adidaz comparten espacio con patatas, manzanas y quesos sin curar, envueltos en telas como momias de leche. Compra una bolsa de manzanas y se come una. Mientras la termina, se para enfrente de un grupo de músicos que versionan las canciones del verano con un sintetizador y una quena. Una niña, vestida con ropa de domingo, baila y los padres la graban con el móvil. Etna sonríe y continúa su camino siguiendo la flecha marcada en el mapa, dejando a un lado el mercado de pescado. Peces de ojos aguados, mejillones y bueyes de mar que se ahogan poco a poco emanan un olor agrio y sulfuroso. «Gira a la izquierda en el estanco», le ha apuntado Adela al lado de la siguiente flecha.

Etna recuerda que uno de sus juegos favoritos de pequeña en Escravitude consistía en arrancar raíces de la hierba que crecía en las playas y seguir su surco como si fuesen flechas. Imaginaba que era un camino mágico, trazado solo para ella: su sino. A veces acababa en el mar, a veces en un contenedor de basura.

Cruza «el puente sin río», atraviesa un parque donde yonquis y niños aprovechan las horas de sol.

En la última flecha, Adela ha escrito: «Después a la derecha. Toma la calle del Doctor Romero hasta el ayuntamiento, ese edificio que parece un mirador. La casa está detrás. Es la primera del puerto. La que está cubierta con pizarra en forma de escamas de pez. Llama a la puerta. La Nomeadora te estará esperando».

28

Etna atraviesa el portal de la entrada que da paso a una casa señorial. La planta baja es de piedra; la segunda está recubierta con las losas de pizarra en forma de escamas de pez que describió Adela en el mapa. En su extenso jardín, palmeras, magnolios y mandarinos se intercalan con rosales, hortensias y diferentes estatuas de mármol.

—No parece un mal trabajo este de Nomeadora —dice Etna con media sonrisa mientras observa la belleza de la propiedad.

Llega a la entrada y llama con un picaporte en forma de serpiente marina. La puerta se abre. Del otro lado, una chica saluda por encima de la música trap que suena en su teléfono móvil.

Etna da un paso atrás y mira la casa y luego el mapa.

—¿Eres Etna? —pregunta la chica señalándola con una de sus uñas, largas y afiladas.

Etna asiente y, casi sin disimulo, le lanza una mirada de arriba abajo: mallas ceñidas de estampado animal, un top minúsculo de vinilo, tatuajes en los laterales de la cintura. Grandes aros en las orejas y un piercing pequeño y grueso en la nariz.

—¿Está tu abuela? —pregunta Etna.

La chica niega con la cabeza. Su corto flequillo *pin-up* apenas se mueve.

—Murió hace dos años.

—¿Tu madre?

—En la feria.

—Bueno, pues esperaré.

—¿A qué? —replica la chica mientras teclea en la pantalla de su teléfono a la velocidad del rayo.

—A que vuelva tu madre.

—¿Para qué?

—Pues para que... —Titubea—. Son cosas de mayores. —Se sienta en el banco de piedra, en la entrada. Un gato merodea entre sus piernas.

—Si quieres, puedes esperar a mi madre, pero yo solo te puedo ver hoy. Mañana tengo otro compromiso —advierte distraída.

Etna se recoloca en el banco, aparta al gato con una patada suave. Frunce el ceño. La chica levanta la mirada y la mira directamente por primera vez. Sus gruesas pestañas postizas tocan la parte alta de los párpados. Se echa la melena hacia la espalda por encima de los hombros con palpable irritación.

—A ver. ¿No vienes a ver a la Nomeadora?

Etna asiente al tiempo que observa a la joven: el acné de la frente, oculto por la gruesa capa de maquillaje; las facciones todavía a medio formar, un poco más maduras gracias al experto contorneado cosmético; el centro de la boca ligeramente levantado, como una ardilla, denotando impaciencia.

—Sí —contesta Etna. Nota cómo sus mejillas se acaloran.

—Yo soy la Nomeadora. —Agita la mano delante de la cara y arquea las cejas engrosadas con lápiz.

—Pero si eres una niña... —se le escapa a Etna.

—Tengo veintiún años —replica la chica subiendo el tono. Después tira del cuello del top y revela un colgante muy parecido al símbolo de la moura, aunque la serpiente enroscada es una serpiente marina como la de la puerta.

—Tú también tienes colgante. ¿Eres familia de Teodosia?

—¿Crees que la familia de Teodosia es la única que ha ayudado a una moura? ¿Por qué te crees que soy Nomeadora?

—¿Una moura os dio ese don a ti y a tu familia?

—Mira. No tengo tiempo para explicaciones. —La chica arruga la nariz, se da la vuelta y se dirige al interior dejando la puerta abierta—. Si quieres tu nombre, acompáñame. Si no, chao.

Etna se apresura a levantarse.

—¡Espera!

Sigue a la joven a través de un recibidor y una biblioteca con alfombras persas y techos de *boiserie*. Bajan la escalera de una galería pintada en azul y caminan hacia el fondo del jardín. La Nomeadora esquiva madrigueras de topo con sus plataformas del tamaño de un portaaviones y se para frente a un palomar de piedra. Se da la vuelta e invita a Etna a acercarse con el brazo. Sus muchas pulseras tintinean. Después se agacha y desaparece tras la pequeña entrada del palomar. Etna va tras ella.

Dentro, la Nomeadora se sienta en el centro, en un pequeño cojín, rodeada de celdillas de piedra. Cierra los ojos.

—Siéntate ahí y no hables.

Sobre sus cabezas, las palomas entran y salen de los huecos superiores.

Etna se sienta donde la Nomeadora le indica. Encorva la espalda por miedo a que una paloma la ataque o se le cague encima. Quiere preguntar a la chica si la paloma es su animal sombra, pero la ve tan seria que se echa para atrás.

La Nomeadora alarga el brazo hacia una de las celdillas. Saca un huevo, un bol y un vaso ancho. Golpea el huevo contra el borde del vaso y, una vez partida la cáscara, separa la clara de la yema. Deja caer la clara en el vaso; pone la yema y la cáscara en el bol. Pasa el vaso con la clara a Etna.

—Escupe —le ordena con solemnidad.

Etna la mira para asegurarse de que ha oído bien. La cara aniñada de la chica ha desaparecido.

Etna escupe y devuelve el vaso a la Nomeadora, que lo coge con las dos manos y examina su contenido bizqueando los ojos. A continuación la Nomeadora emite un sonido extraño y muy grave. De pronto se calla.

—Ahora cierra los ojos y no los abras hasta que yo te diga.

Etna obedece y espera. Sin embargo, al cabo de un rato, casi sin querer, los párpados ceden y se entreabren. Lo que ve le hace cerrar los ojos con fuerza y resollar: la chica no tiene ojos bajo los párpados, sino dos agujeros con algo así como constelaciones en el interior. No sabe muy bien cómo explicarlo.

—Ya puedes abrirlos —indica la Nomeadora, transcurridos unos minutos.

Estira el brazo hacia otra celdilla y coge una especie de horquilla de metal. Le da un golpe seco en el vaso con la clara y el sonido reverbera a través del cuerpo de Etna.

—Tu nombre —anuncia.

—¿Cómo? —suelta Etna con un tono agudo.

«¿Qué demonios quiere decir esta niña? ¿Cómo va a ser mi nombre ese sonido?», se dice contrariada.

La chica no contesta. Ha sacado el móvil y desliza el dedo hacia abajo en la pantalla. Una paloma se le posa en el hombro arrullando.

—Ahora necesito estar sola. ¿Sabes cómo salir?

—¿Y para pagarte? —pregunta Etna, confundida ante la precipitación de la chica, que vuelve a aparentar los años que tiene.

Esta la mira extrañada, como si le hubiese preguntado dónde revelar un carrete de fotos. Después vuelve a bajar la mirada, sonríe y escribe en la pantalla. Etna deduce que ahí acaba la despedida. Se agacha y sale a través de la puertecita.

Una vez fuera, Etna descubre, sorprendida, que está anocheciendo.

—Pero ¿cuánto tiempo he estado ahí dentro? —se pregunta en voz alta frotándose la frente.

Vuelve sobre sus pasos hasta la estación y consulta la pantalla con los horarios de tren. El siguiente no sale hasta las seis de la mañana.

—¡Ay, no! —exclama mientras se sienta en un banco de la estación y sopesa sus opciones. Puede volver a la casa de la No-meadora y pedir asilo por una noche, pero la sola idea le dibu-ja un mohín de disgusto—. Antes prefiero poner un filtro pasa-do de moda en el Snapchat —confiesa en alto, y se ríe de su propio chiste.

Mira hacia las calles estrechas del pueblo somnoliento y callado y echa a andar hacia ellas. «Tiene que haber algún hos-tal», piensa.

La media luna asoma entre las casas, recubiertas con azu-lejos de combinaciones sorprendentes. El ruido de sus pasos rebota en las paredes esmaltadas.

Entra en un pequeño supermercado y compra agua y algo de cenar. Aprovecha para preguntar por un hotel.

—A estas horas, lo único es un camping —le informa la cajera.

Y ella que soñaba con una casita rural, colchas de lino y desayuno en la cama... «Por lo menos no voy a dormir deba-jo de un puente», se consuela.

El camping no está lejos y llega a los pocos minutos an-dando. La recepción es una especie de choza donde algunos parroquianos beben cerveza.

Un chico de Burgos le muestra dónde están los baños, las duchas y su tienda de campaña.

—Y aquí está tu jardín privado. —Señala al paisaje y ríe, dejando escapar un pequeño gruñido que hace que Etna ría también.

—¡Qué pasada! —exclama Etna admirando el pinar que llega al océano, que centellea bajo el blanco lácteo del cielo.

—No me canso de mirarlo —confiesa el chico—. En Bur-gos no tenemos esto.

—Bueno, pero vuestra morcilla no desmerece.

—Soy vegetariano.

—¡Vaya!

El chico le da un golpe en la espalda que casi la tira al suelo. Suelta otro gruñido al reírse.

—¡Que estoy de broma! ¡Vegetariano, dice!

—¡Ah! ¡Ja, ja, ja! ¡Me has pillado! —contesta Etna, recuperando el equilibrio y deseando que esa conversación termine de una vez.

—Bueno. Te dejo para que te pongas cómoda en tus aposentos. —Guiña un ojo con exageración para que ella lo vea en la oscuridad de la noche.

Le devuelve una sonrisa forzada y se despide. Asoma la cabeza en su tienda. Un colchón hinchable, un edredón y, para su alivio, una pequeña bolsa con cepillo de dientes, pasta y una pastilla de jabón. Con su cena se encamina hacia su «jardín privado».

El aire es suave, huele a una mezcla de yodo y corteza de pino. Etna camina sobre una capa crujiente de ramas y pinaza siguiendo la estela movediza de la luna. Llega a una roca plana a la orilla del mar y se sienta con las piernas cruzadas. Siente el frescor de la superficie en los muslos.

Se come una de las manzanas del mercado, después ataca la empanadilla de mejillones que ha comprado en el súper y remata la cena con un yogur de limón. Aún tiene algo de hambre, pero solo le quedan manzanas.

Se reclina en la piedra, descansando la cabeza sobre el brazo. Suena una radio a lo lejos y oye a unos niños reírse. Bajo sus pies, las olas mojan los pequeños moluscos de las rocas, que producen un sonido parecido a los cereales de arroz al contacto con la leche.

Ahora nota un perfume en el aire, probablemente del champú de las duchas. Cierra los ojos. Se imagina en una balsa, a la deriva en un mar del Caribe, y el perfume es el olor de las flores exóticas y las empalagosas frutas maduras que crecen salvajes en esas tierras. Le parece que la roca se mueve. Se relaja todavía más. Siente que su cuerpo es tan pesado como la roca; intenta moverlo, pero le resulta imposible. Entonces, como de la nada, recuerda el sonido que produjo la Nomeadora con esa extraña horquilla metálica. Lo recuerda con tanta claridad que incluso lo oye. Primero es casi un arrullo, como un coro de voces bajo el agua, como una melodía inacabada. Poco a poco el sonido crece, hasta que emite una vibración. Al principio el movimiento es apenas un zumbido y Etna se siente como si se hundiera en la piedra. Sin embargo, la vibración va ganando intensidad hasta que toma el control de su cuerpo. El sonido es tan fuerte que ya no oye nada más. Todo su cuerpo vibra. Se imagina convertida en un teléfono móvil gigante. Siente miedo y se incorpora para levantarse con sorprendente facilidad. Como si no pesara. Abre los ojos.

«¡Qué extraño —piensa—, cuánto se ha oscurecido la noche!». Mira la luna: sigue alta y brillante, pero tiene como un velo alrededor. Mira el mar, los árboles, la costa en la distancia... Una fina capa como de tela de araña lo cubre todo. Se mira las manos. «Están raras —se dice—. No parecen mis manos. ¿Y quién es esa chica?»

A su lado se ha tendido otra mujer. Se diría que está profundamente dormida. Tiene el pelo rubio y lleva un jersey y vaqueros.

—Se parece a mí... Un momento... —comenta en voz alta.

Etna se ve transportada a una distancia de un centímetro de la chica durmiente. Se lleva la mano a la boca.

—Soy yo —afirma, y en ese preciso momento se eleva un par de metros del suelo. Su cuerpo sigue inmóvil en el suelo—. ¿Me he muerto?

De inmediato nota un calor en la parte posterior de la cabeza. Mira hacia atrás y ve un haz de luz brillante que se extiende como un cordón umbilical hasta su cuerpo.

—Una de dos: o estoy dormida o estoy en el Alén.

Se queda muy quieta, tratando de discernir si es un sueño o si está fuera de su cuerpo. Le da la sensación de que todo es más real y al mismo tiempo más borroso.

Reina un silencio absoluto. Por un instante duda si no estará bajo el mar, pero enseguida mira hacia abajo y ve el océano, aunque con esa pátina pastosa.

Extiende los brazos hacia arriba y su cuerpo se propulsa, como si alguien lo estuviese empujando.

—¡Vuelo! —exclama con entusiasmo.

Intenta nadar en el aire con un aleteo torpe, pero apenas se mueve del sitio.

—¿Cómo voy a encontrar la penamoura si ni siquiera me puedo mover del sitio? —se lamenta contrariada.

Entonces, por el rabillo del ojo le parece ver a alguien apoyado en una roca, observándola. Por alguna razón piensa en un chuchasangues, una especie de vampiro del imaginario gallego con el que las empleadas más jóvenes de su abuela la solían asustar cuando era pequeña. Entonces comienza a oír los gruñidos, el rechinar de sus colmillos y sus pasos acercándose con sigilo. Toda ella empieza a temblar. Abre los ojos en su cuerpo.

La noche vuelve a ser clara y la radio suena otra vez a lo lejos. Se levanta despacio, se frota las rodillas para darse calor y camina hacia la tienda de campaña. Apenas consigue dormir esa noche, por miedo a que el chuchasangues regrese.

29

El sol calienta la lona de la tienda de campaña lo suficiente para que Etna, a pesar del cansancio, decida salir a por aire fresco. Abre la cremallera y asoma la cabeza. Se frota la cara.

—¡Qué mal he dormido! —se lamenta.

Da un bostezo tan largo que el vaho le nubla la vista. Mira la hora en el teléfono y se espabila de inmediato. Apenas faltan cuarenta y cinco minutos para el siguiente tren. Se apresura a recoger sus cosas y a pagar en la precaria recepción, donde un chico, con camiseta de Ziggy Marley y ojos de fumata, procede al cobro con ofuscada parsimonia.

Etna llega al tren sudando y sin aire. Para compensar el esfuerzo, antes de ir a su asiento, decide desayunar en la cafetería. Ya con el estómago lleno, ocupa su sitio y se reclina en la butaca. Enfoca la mirada hacia un cielo que se está cargando de nubes esponjosas como buñuelos de viento. Dos águilas entrelazan trayectorias en el aire rodeando esferas invisibles. Etna escribe un mensaje a Adela para avisar de la hora de llegada. Después apoya la cabeza en el cristal y se queda dormida.

Cuando llega a la estación, Justa y Adela la están esperando. Etna las ve primero. Desde la ventanilla del tren, las examina durante unos segundos sin ser descubierta.

«¿Cómo pueden ser tan diferentes?», se pregunta al verlas allí paradas, la una al lado de la otra.

Adela le saca varios centímetros de altura a Justa. Su cuerpo es tierno y curvo. En comparación con la cara, redonda y blanca como un requesón, sus rasgos faciales se ven menudos: una naricilla algo respingona, boca encarnada y de labios gruesos pero estrecha, ojos pequeños y azules.

Justa, en cambio, es angulosa y muy delgada. La frente ancha y la nariz aguileña acentúan la separación de sus grandes ojos saltones. La piel de su cara está salpicada por cientos de pecas, hasta en la boca, fina y pálida, con un perfil apenas definido.

«Son como el gordo y el flaco», piensa Etna, y se le escapa una sonrisa socarrona. Se apea del tren y las saluda. Tras unos segundos de cortesía, las tres caminan hacia el aparcamiento con paso rápido.

—¿Qué tal? —se interesa Adela nada más entrar en el coche.

—Bien, supongo.

Etna les relata su encuentro con la Nomeadora, lo mucho que le sorprendió su juventud y su mal gusto para vestir. Después les cuenta dónde durmió, qué cenó y, finalmente, con respiración nerviosa, les relata su pequeña incursión en el Alén y el susto que se llevó con el chuchasangues.

—Te dijimos lo importante que era que entrenases tu concentración para que eso no pasara —le recrimina Justa.

—Ya... pero ¿el chuchasangues era real o no?

—Es difícil de saber —responde Adela meditabunda—. A lo mejor fue una proyección de tu miedo. De todos modos, que te lo hayas inventado no quiere decir que no exista.

—No sé si te estoy entendiendo. —Etna siente un escalofrío en la columna al imaginarse criaturas malvadas, sedientas de sangre, en otras dimensiones, pero tan cerca de ella.

—La Biblia dice que Dios nos ha creado a su imagen y semejanza, por lo que lo lógico sería pensar que, por extensión, nosotros también podemos crear, ¿no? Si no, sería como decir que tienes un hijo pero ese hijo no tiene la capacidad de reproducirse. No tendría mucho sentido —expone Adela.

—Y como lo que dice la Biblia es pura ciencia... —la interrumpe Etna.

—Por otra parte —prosigue Adela, que al parecer no ha oído el comentario irónico—, tampoco tiene mucho sentido que un dios eterno, infinito y perfecto haya creado un mundo tan imperfecto, donde, por ejemplo, los animales tienen que matarse unos a otros para sobrevivir.

—A ver si lo entiendo —recapitula Etna—: por un lado, te parece lógico que podamos crear ya que hemos sido creados a imagen y semejanza de nuestro creador, pero, por otro, no te parece lógico que un dios perfecto haya podido crear algo tan imperfecto. ¿En qué quedamos? ¿Nos ha creado Dios o no?

—Sí y no —contesta Adela enigmática—. La abuela dice que hay muchos dioses, a lo mejor tantos como universos, a lo mejor tantos como personas. No sé. —Se encoge de hombros y medita unos segundos—. Yo me lo imagino como un dios que crea a otro dios y este crea a otro y el otro crea al siguiente... ¡Como una matrioska! —exclama satisfecha—. Así hasta llegar a las piedras, plantas, animales, planetas y a nosotros, que también creamos a los dioses que nos han creado. —Hace una pausa mientras adelanta a un camión. Después continúa—: Chuchasangues, cielo, infierno, dioses, mouras, demonios, planetas... ¿Y si todo fuese fruto de nuestra mente? Igual que cuando soñamos, pero a lo grande. O, a lo mejor, todo es el sueño de un dios que sueña con nosotros soñando. A lo mejor estamos todos dormidos.

—No te sabía tan filosófica, hermana. —Justa la mira con expresión divertida.

—A veces pienso en estas cosas —confiesa Adela, complacida.

—Entonces ¿qué quieres decir? —interviene Etna—. ¿Que no somos más reales que un sueño o que Caperucita Roja, por ejemplo? ¿O incluso que el chuchasangues que sentí a mi lado?

—Depende. ¿Qué es la realidad al fin y al cabo? ¿Esto

—tamborilea con los dedos en el volante— o a donde vamos en el Alén? Yo prefiero pensar que Caperucita y yo compartimos los márgenes del mismo libro.

—La abuela dice que, en todo caso, eso no es importante —señala Justa.

—Pero ¿vosotras no deberíais tenerlo más claro? —pregunta Etna—, con todos los espíritus, criaturas fantásticas y hasta mouras con los que tratáis?

—Yo solo sé que los veo, y que a veces me puedo comunicar con ellos, pero no sé ni lo que son, ni de dónde vienen, ni si son más o menos reales que yo... Y no te creas que me tomo al pie de la letra lo que dicen; a veces engañan. Como todo, los hay buenos, malos y regulares. Ni siquiera te puedes fiar de todas las mouras: no todas son tan dadivosas como la moura Mae y su hija la moura del Lago. Además, en los lugares del Alén más cercanos a este mundo, la mayoría de los seres con los que te cruzas no parecen saber mucho de nada, la verdad.

—Entonces la concentración no es tanto para que no me encuentre con esos entes, sino para que no me muera de miedo y vuelva a mi cuerpo, como me pasó.

Adela asiente, atenta a la carretera.

—Por lo general, a tu ánima no le puede pasar nada, nada físico. ¿Recuerdas esa especie de cordón brillante que conectaba tu ánima con tu cuerpo cuando saliste de él?

—Sí —responde Etna expectante—. ¿Qué era eso?

—Eso es tu conexión con tu cuerpo físico. Es irrompible, ilimitada. Pase lo que pase, siempre te hará regresar a tu cuerpo tarde o temprano, por mucho que te hayas alejado. De todos modos, no te voy a engañar: hay cosas bastante feas en algunos lugares del Alén. El nombre que te dio la Nomeadora es tu mejor protección.

—No me dio un nombre. Era solo... —Etna frota los dedos entre sí buscando las palabras— un sonido. Como una nota musical.

Justa se vuelve desde el asiento del copiloto.

—En el Alén no nos llamamos Manuela o Tomasa —le suelta airada.

—Nuestro nombre es lo que somos, y ese sonido es lo que eres tú —añade Adela conciliadora.

—¿Somos música?

—Más bien, vibración —la corrige Adela.

Etna piensa un momento. Trata de recordar el sonido, pero, por alguna razón, le es imposible.

—La próxima vez lo haré mejor —murmura—. Ahora solo tengo que recordar mi nombre.

—Tu corazón lo recuerda, no te preocupes.

—Sí, pero no te creas que te va a ser tan fácil la próxima vez —le advierte Justa—. Tuviste la suerte del principiante; siempre pasa cuando se te da el nombre. Es como cuando tomas una medicación por primera vez y notas sus efectos de inmediato. Pero es mucho más difícil de lo que crees viajar al Alén sin el entrenamiento y la concentración adecuados.

—Y has de tener cuidado las próximas semanas con tu intención.

—¿A qué te refieres, Adela?

—Que te apliques en el trabajo y que practiques con el ánima —contesta Justa—. Ahora que puedes viajar al Alén, la búsqueda de la penamoura empieza en serio. Así que, venga, al molino a por centeno —dice señalando al exterior.

Adela se detiene junto a la panadería y apaga el motor del coche.

30

Durante las siguientes semanas, Etna se convierte en una especie de robot labriego. Entre otras cosas, para demostrar a Justa que se equivoca con lo de que no le será fácil viajar al Alén, pero, sobre todo, porque ahora comprende por qué tiene que hacerlo. Concentración, poder de abstracción y determinación es lo que han intentado enseñarle las panaderas desde el primer día. Así que apenas habla. Solo lo hace si es necesario para algo relacionado con las tareas, con lo que fortalece su concentración día a día.

Cada noche se mete en la cama e invoca su nombre para propiciar la salida del cuerpo. Pasan las noches y no nota nada, salvo una pequeña vibración en la base del cráneo. A veces su cuerpo parece quedarse paralizado, y oye sonidos alrededor o siente que alguien la toca. Eso la aterroriza, a pesar de que Elvira le ha asegurado que es completamente normal e inocuo. Otras veces siente que desciende sobre la cama como si cayera de un rascacielos, y se despierta.

Noche tras noche, su invocación del nombre del Alén se vuelve tan fuerte que lo consigue oír en su cabeza, y con él llega la vibración que le permite dejar su cuerpo atrás por unos segundos, para ser arrojada de vuelta a él con dolor de cráneo. Aun así, Etna no desiste; la penamoura está cerca, casi puede sentirla. Así, poco a poco, las salidas del cuerpo se alargan. Una noche, consigue flotar en su habitación; otra, sale a la calle. Con cada luna, los viajes son cada vez más largos y elaborados, aunque nunca consigue alejarse mucho de su cuerpo. Las salidas son todavía demasiado cortas para iniciar la búsqueda de la piedra. Odia darle la razón a Justa, pero es verdad que cuando viaja en el Alén le es muy difícil concentrarse en una sola cosa. Siempre hay algo interesante que la desvía de su exploración.

Hasta que, por primera vez, consigue dejar atrás el pueblo. Flota muy despacio, mirando al suelo en busca de algo que se parezca a una penamoura. Una especie de viento fuerte le hace perder el sentido de la orientación. Cada vez que intenta emprender la marcha, es arrojada de nuevo a esa especie de ola de aire y termina dando volteretas que le producen mareos. Decide que es mejor dejarse llevar.

Entonces todo se calma y el aire la lleva a un lugar extrañamente familiar. Mira a su alrededor. La luz es densa y aceitosa. La luna, con su sombra de aleación de aluminio, convierte en joyas mal talladas las piedras del suelo. Un murmullo de aire mezclado con agua zumba en sus oídos. Etna aterriza en el suelo. Pequeños remolinos de viento se enredan en las hojas caídas y en las patas de los grillos. Toca la tierra con las palmas abiertas. Los surcos de sus dedos forman huecos oscuros y pequeños como bocas de pez.

Etna se recuesta bajo el tronco de un árbol, siente la respiración de la madera y mira hacia la copa entrecerrando los ojos. La luz de las luciérnagas se posa en las hojas, que parecen reír cada vez que las tocan. Afina la mirada. Ese árbol le suena. Entonces cae en la cuenta de que es el chopo del lago Lembrei donde ella ata la cuerda para recoger agua. Como por arte de magia, todo el lago se ilumina delante de sus ojos.

—¿Qué hago aquí? ¿Está aquí la penamoura?

Como respuesta, el viento regresa. Y agita las hojas con furia. Comienzan a caer hojas, decenas, cientos de ellas.

Etna emite un grito ahogado al sentir, sin ningún tipo de duda, que hay alguien al otro lado del lago. ¿O es ella? No.

Casi puede oír otra respiración. Otra piel. Emplea toda su fuerza en evitar pensar en el chuchasangues. De pronto, el viento la lanza a la otra orilla y, como una mano gigante, la arroja al agua.

Antes de que pueda siquiera tranquilizarse recordando que no necesita respirar bajo el agua, el dolor más intenso se apodera de ella. Como si se hubiera quedado atrapada en un agujero negro en el que tuviera que experimentar, una y otra vez, el rechazo de cada persona que ha conocido en esta vida y en otras.

Del dolor nace un brote oscuro y ponzoñoso. Su tallo gelatinoso y supurante se vuelve tan grande como el lago, lo cubre y después se expande en el cielo.

Es la culpa. Una culpa tan gigantesca que Etna teme que no baste todo el universo para contenerla. Etna se retuerce en el limo del fondo del lago. Cierra los ojos para protegerse del horror, pero bajo sus párpados ve una figura que va tomando forma. Desperezándose, como despertando de un sueño.

Etna aprieta los dientes.

—¡Quiero volver!

En ese momento abre los ojos, de nuevo en su cuerpo. En el charco de su propio sudor.

—¿Qué demonios ha sido eso? —se pregunta entre jadeos.

Alarga el brazo para encender la luz y se queda muy quieta, en posición fetal. Tiritando.

31

La lluvia cae sin descanso durante todo el día siguiente. Etna y su familia de Senombres aprovechan chaparrones como esos para hacer trabajos dentro de la casa: tratar la carcoma de los muebles con lavanda y vinagre, pintar los marcos de las ventanas que acusan la humedad, reorganizar la alacena.

Durante las horas de trabajo en la panadería, hay una ley tácita que estipula que no se debe hablar más de lo necesario. Así que Etna se traga la bola de miedo que le ha dejado la noche anterior y hace su trabajo sin decir nada.

El día avanza lento, como un carro a través del barro. Pero al caer la noche, justo antes de irse al hostal, Etna le pide un momento a Elvira, que se ha quedado rezagada preparando una bolsa de agua caliente para su madre.

Etna dibuja un arco en el suelo con el pie.

—Ayer me pasó algo muy raro mientras estaba en el Alén.

El agua de la olla hierve. Elvira la saca del fuego y se vuelve hacia Etna.

—¿Cómo de raro?

—Estaba en el lago Lembrei. De pronto, noté una presencia y miré al otro lado del lago, y sentí que allí había alguien. Alguien que no estaba contento. No sé. Y, de repente, un viento lanzó mi ánima a ese lado, bajo el agua. —Etna mira hacia el agua hervida—. No sé, es como que había un dolor, como una culpa gigantesca y oscura... ¿Qué crees que puede ser?

—A veces creemos que estamos en el Alén pero estamos aquí.

—¿Puede haber sido solo un sueño, entonces?

—No necesariamente. Es solo que... ¿Cómo explicarlo? Digamos que en ocasiones se crean interferencias. Tal vez ese dolor o culpa sea lo que llevas a cuestas por las tragedias de tus padres, de las que, de alguna manera, te culpas a ti.

La mente de Etna es atacada por tres imágenes al mismo tiempo: una de la policía en la puerta de su casa, hablando con su madre, que cae al suelo entre sollozos; otra de los pies de su madre colgando al lado de una silla volcada, y una tercera de sus dibujos de la serpiente enroscada. Las lágrimas le inundan los ojos. Elvira la abraza.

—Llora. Es bueno que llores. Las lágrimas son la lluvia que usa nuestra mente para limpiar sus calles.

—Espero que con la penamoura se termine esta sensación de que cada tragedia comienza con el símbolo de la serpiente. Serafina se merece una oportunidad.

—¿Has empezado a buscar?

—Más o menos. Voy por ahí, miro por el suelo. Lo intento cada noche.

—¿Sabes que puedes dar órdenes a tu ánima? Las suele seguir.

Etna la mira confundida.

—¿No te lo dijeron mis hijas?

—Si me lo dijeron, no me enteré.

—Cuando te encuentres en el Alén, prueba a decir: «Buscar la penamoura». Así, alto y claro.

—No sabía que era tan fácil.

—No lo es. —Elvira sonríe—. En el Alén nada lo es. Tiene sus propios códigos y nunca acabas de saber del todo cuáles son. Pero este truco suele funcionar.

—Bueno. Pues me voy a dormir, a ver si esta noche es la noche en que la encuentro.

—Buena suerte. Y ánimo.

Esa noche la orden de buscar la penamoura no le da resultado, pero, tras la conversación con Elvira, Etna se vuelca en poner en práctica esa técnica para conseguir que funcione. Así que, las noches siguientes, da pequeñas órdenes, sencillas y directas, a su ánima. A los pocos días, comienza a ver los frutos de su esfuerzo. Una noche, bajo su decreto, consigue dejar atrás el hostal. A la siguiente, visita un pueblo cercano. Se da cuenta de que sus pensamientos se dirigen todos juntos, como una flecha, al mismo lugar, y con ellos, el movimiento del ánima.

A medida que pasan los días, sus órdenes se vuelven más precisas, hasta el punto de que puede ir a ver cómo duerme su hija cada vez que lo desea. En ocasiones es capaz de llegar a la estratosfera y en otras solo se acerca a la carretera para comprobar si, al día siguiente, se acuerda de las matrículas de los coches aparcados, tarea mucho más difícil de lo que pensó en un primer momento. También ha descubierto que Adela tenía razón: puede crear cosas en ese mundo, objetos pequeños y fáciles de imaginar. Un día, hasta se hizo una armadura con luz dorada para protegerse de seres indeseables. Pero ya casi nunca la usa.

Una mañana se levanta con un extraño hormigueo en la nuca. Sospecha que significa algo importante. La sensación continúa a lo largo del día. Así que, nada más terminar la cena, se apresura a meterse en la cama.

Está tan nerviosa que tarda bastante tiempo en calmar sus pensamientos. Se concentra en observar su respiración hasta que entra en ese estado entre el sueño y la vigilia. Entonces entona su nombre del Alén. Ha descubierto que si acompasa su nombre con la cadencia de su respiración, el efecto es mucho más tangible.

Cierra los ojos y ralentiza su respiración. Se imagina cómo el aire llena su cuerpo, accionando un pequeño molinillo de viento en su pecho. Cuanto más hondo respira, más rápido se mueve el molinillo; sus aspas rotan más y más veloces, haciendo vibrar su caja torácica. Etna reconoce esa sensación de vibración y cierra los ojos. Inhala y exhala profundamente. Su nombre reverbera ahora en todo su cuerpo. En poco tiempo vibra con tanta violencia que teme que se le rompa una costilla.

Se impulsa hacia arriba y, de manera instantánea, su cara está pegada al techo, al lado de la lámpara. Percibe cada veta, muesca y rugosidad de la superficie. Siente que ese día está mucho más anclada en ese mundo que otras veces. El estómago le baila de excitación. Quiere gritar, pero teme regresar a su cuerpo si se mueve bruscamente.

—Volar —susurra.

En ese momento su cuerpo es lanzado al exterior de la casa y vuela por el cielo oscuro a una velocidad que le impide respirar.

Sube cada vez más alto, a través de nubes pequeñas como piedras y después tan grandes como montañas. Las nubes se convierten en suelo bajo sus pies. Sigue subiendo y ya no sabe si está en el cielo o en el fondo del mar ni si las nubes son nubes o espuma en la superficie. Hasta que todo se vuelve negro y se detiene. Etna permanece unos segundos suspendida en el espacio. Por extraño que parezca, el vacío es relajante, como flotar en brea muy fría. La Tierra la mira desde abajo. Entonces, con la máxima convicción posible, ordena:

—Buscar la penamoura en cada rincón de la Tierra.

Algo le tira de las entrañas y su cuerpo inicia el descenso. Baja a tal velocidad que Etna teme estar cayendo. Todos los órganos se le amontonan en el pecho. Desorientada, comienza a girar. Día y noche se turnan, como un símbolo del yin y el yang rodando cuesta abajo. Después tierra y cielo, tierra y cielo, tierra y cielo... El vértigo le oprime el cráneo produciéndole arcadas, los oídos le zumban. Cuando cree que ya no puede más, a punto de abrir los ojos en su cuerpo dormido, todo se calma. Ahora sobrevuela diferentes paisajes de montañas y abetos nevados. Desiertos, ríos, lagos y mares. Unas veces se mueve como una hoja seca. Otras se propulsa a gran velocidad. Recorre praderas con pequeñas aldeas y gente atareada en diferentes quehaceres. Recorre grandes ciudades, algunas reconocibles, otras futuristas y extrañas. Algunas de día, otras de noche. Atraviesa océanos y ríos. Pasa por el fondo del agua, por encima de las montañas. Bajo camas y en bolsillos. Cuando está convencida de que ha mirado en todo el mundo, vuelve al cuerpo.

La madrugada se escurre entre los huecos que dejan las cortinas de la ventana. Etna se pone un abrigo sobre el pijama y corre a la panadería.

Entra en la habitación de Teodosia sin llamar.

—No está —dice con agitación—. He mirado en cada rincón del mundo, hasta juraría que en otros mundos..., y no está.

Teodosia se incorpora en la cama. Su pelo blanco, trenzado como un fino cordel, cae sobre su pecho.

—Pensábamos que serías capaz de encontrarla por ser su bisnieta.

Etna la mira confundida.

—¿Vosotras también la habéis buscado?

Teodosia cierra los ojos a modo de respuesta.

—Si ninguna de vosotras la ha encontrado y yo tampoco, ¿quiere decir que ya no existe?

—No necesariamente. Todavía hay un sitio en el que no hemos mirado.

—¿Dónde?

—Todas las preguntas deben saber esperar sus respuestas. Por el momento sabes lo que sabes. Y ahora vete para que pueda vestirme, que hay mucho que hacer.

Etna abandona su habitación con veinte kilos de más sobre sus espaldas.

32

Pasan las semanas y Teodosia no ha dicho ni una palabra de su plan para encontrar la penamoura. Etna sabe que es mejor no preguntar. En cualquier caso, se alegra de no tener que salir del cuerpo cada noche: estaba empezando a acusar la falta de sueño en su quehacer diario. Decide tomárselo como un descanso para recobrar fuerzas. Además, confía en que la anciana sepa qué hacer cuando llegue el momento.

Una mañana Etna se despierta antes de que suene la alarma. Abre las contraventanas de la habitación del hostal y se apoya en el alféizar. La bruma lechosa vaticina un día de sol. Sonríe y trota hacia la ducha llena de energía. Cuando termina de asearse y sale del baño, se encuentra a Adela sentada en la cama, con un libro en las manos que ha cogido de la mesilla.

—¿Está bien esta novela? —pregunta mientras hojea las primeras páginas.

—No te he oído llamar —contesta Etna, mientras asegura el nudo de la bata e ignora la pregunta.

—Ya, es que no he llamado. No quería despertarte.

Etna frunce las cejas, confusa.

—Eso no tiene ningún sentido. Mira, da igual. —Se frota el pelo con una toalla—. Tú dirás qué quieres.

—Ah, sí. Tienes que ir a este pueblo. —Le muestra un mapa marcado con bolígrafo—. Iba a ir Justa, pero tiene la gripe.

—Vaya —exclama Etna, consciente de que una parte de ella se alegra—. ¿Y qué hay en ese lugar?

—Una boda. Una nieta del dueño del pazo se casa hoy y tú prepararás fillloas a los invitados. Ya he cargado el coche con la piedra de cocinar y los ingredientes. —Señala la cama, donde ha dejado una falda con enagua, una camisa de lino, un chaleco y un paño bordado. En el suelo hay unos zuecos de madera—. En estas bodas de ricos siempre nos mandan algún uniforme de este estilo. Para que se vea más auténtico.

Etna sonríe con incredulidad. Después junta las palmas y añade:

—Bueno, pues me voy a vestir. —Adela permanece inmóvil. Etna señala hacia la puerta—. ¿Te importa, por favor?

—Ah, claro. —Adela abandona el cuarto.

A los pocos minutos, Etna se arrepiente de haberla echado. Ponerse esa ropa resulta más difícil de lo que había supuesto. Cuando por fin termina, se mira al espejo, roja tras el esfuerzo.

—¡Menudas pintas! —suelta con un gruñido.

Sale del hostal y se mete en la furgoneta. Coloca el mapa en el asiento del copiloto, ajusta los espejos, enciende la calefacción y arranca.

Al llegar al lugar de la ceremonia, ya está harta del uniforme. Conducir con zuecos no solo es incómodo, sino también peligroso. Se siente pegajosa bajo tantas capas de ropa, y los calcetines de lana hasta la pantorrilla le producen urticaria.

Aparca. Al lado de su coche la espera una mujer pálida y delgada con una carpeta bajo el brazo y un pinganillo en la oreja. Se presenta como Sandra, la organizadora de eventos. Sandra da instrucciones con rapidez mientras inspecciona su uniforme. Aprieta los cordones del chaleco hasta duplicar el tamaño de su escote. «Solo me falta una jarra de cerveza en la mano», piensa Etna, sonrojada ante el atrevimiento de la mujer.

Sandra comunica a alguien que está al otro lado de la línea

que la chica de las filloas ha llegado. Le preguntan algo y mira a Etna de reojo.

—Rubia —responde. Después recibe instrucciones, asintiendo con la cabeza de vez en cuando. Vuelve a mirar a Etna—. Sígueme, te enseñaré tu puesto. Tus cosas te las traen estos chicos. —Señala a unos jóvenes vestidos de la misma guisa.

Los chicos cargan la nevera portátil con los ingredientes de las filloas, la lasca de piedra para cocinar y el resto del menaje en unas carretillas industriales. El grupo camina rápido a través de los jardines del pazo hasta que llega a una zona amueblada con canapés estilo Luis XVI, mesas de madera decapada y candelabros colgados de los árboles. Una banda de jazz toca melodías dulzonas. Al otro lado del jardín se extiende una plataforma cubierta por cientos de bombillas y una gran bola de discoteca.

—Necesito preparar el fuego —comenta Etna algo preocupada—. Me dijeron que me proporcionaríais la madera.

—El fuego ya está en marcha. —Sandra señala su puesto, un poco alejado de la zona principal, donde unas llamas humean conspicuas. Después mira el reloj y anuncia—: Los invitados llegarán en veintisiete minutos. ¿Es suficiente tiempo?

—Creo que sí —responde Etna con una sonrisa, a la que Sandra corresponde con una especie de mueca de aprobación.

—Aquí te dejo —indica tras acompañarla hasta su sitio, entre un carrito de churros y un puesto de rosquillas—. Estos dos te ayudarán en lo que necesites. —Apunta a los chicos que le han llevado el material.

Etna da las gracias y se afana en preparar lo necesario. Cuando todo está listo, aparecen los primeros invitados. Etna engrasa la piedra con el tocino y vierte el líquido ambarino de las filloas que, una vez hechas, pasa a uno de sus asistentes para que añada los condimentos a gusto de los invitados: nata, crema, miel o frutas.

Al poco tiempo, se forma una cola ante su puesto. Entre

medio están los novios. La novia resplandece, retocada con bótox y rellenos faciales, lo justo para quitarse diez años sin que ningún hombre se dé cuenta. El cuerpo del vestido es de seda transparente con flores bordadas y la falda abullonada está formada por varias capas de tul. La seda baila en sus escuálidos hombros. El novio lleva un moñito engominado y barba larga, un traje de chaqueta de terciopelo granate y Converse All Stars.

Piden una filloa para compartir, que Etna prepara con esmero. El corazón le duele un poco cuando ve que la abandonan en una esquina sin siquiera probarla, para acercarse a saludar a alguien.

Al rato, la gente parece haberse aburrido de las filloas y pasea sin molestarla. Sus dos asistentes aprovechan para tomarse un descanso y ella para sentarse por primera vez desde que llegó. Se pasa la mano por la frente y, mordisqueando una filloa fría mientras observa a los invitados, ve a la madrina: lleva un vestido de encaje esmeralda y mantilla y camina como un pavo real asustado. Se cruza con una pareja de mediana edad, bronceada en exceso y muy conjuntada con su indumentaria de sedas vaporosas, que bebe champán como si fuera agua. Una chica muy joven vestida de terciopelo negro y con maquillaje gótico está sentada sola junto a una mesa. Una mujer con una falda de plumas le dice algo al oído a un hombre con un traje de chaqueta de cuadros vichy; este sonríe complacido. Es la primera vez que Etna observa a ese estrato de la sociedad sin formar parte de él y se da cuenta de que nadie la ha mirado a la cara en todo el día.

Justo entonces una chica clava los ojos en ella. Una vez, después otra. Luego susurra algo al oído de una amiga y las dos la miran.

La cara de Etna pierde el color cuando las reconoce: son Patricia y Bárbara, amigas de un grupo de españoles con los que quedaba en Londres en el club de tenis.

—¡No puede ser! —Se agacha abochornada.

Sus asistentes todavía no han vuelto, así que le dice al encargado de los churros:

—Oye, ¿me puedes vigilar el puesto un momento? Tengo que ir al baño.

El churrero acepta. Etna se escabulle por detrás de los puestos y, casi a cuatro patas, se mete por una puerta que da al baño, se encierra en uno de los aseos y se sienta en la tapa del váter sin saber muy bien qué hacer. Oye que la puerta se abre.

—Pero ¿estás segura de que era ella? —alguien pregunta.

—Reconocería ese tinte en cualquier sitio.

—Ay, pobre. Pensaba que tenía dinero, al margen de Max...

—Yo también.

—Encima de que tu marido te deje por la *nanny*, que tengas que ponerte a trabajar... ¡Y haciendo churros!

Se echan a reír a carcajadas.

—Ay, Barbie, por favor, no te rías, que me da pena; de verdad te lo digo.

—Ya, tía, Patri, a mí también. ¿Le dejamos una propina?

—Ay, tía, no, que le sentará mal, fijo. ¿No ves que se escondió?

—Ya, tía.

—Ya... Y el peso que ha ganado, pobre. Me da mucha pena, la verdad. Con lo que ella fue.

A Etna le cuesta respirar. Hunde la cara en las manos.

—La culpa es de este vestido ridículo, que me hace gorda —susurra apretando los dientes.

Espera un rato para salir y vuelve a su puesto.

A los pocos minutos, el DJ que pincha la música, para en seco.

«¡Señoras y señores! Demos la bienvenida a los recién casados», se oye por unos altavoces. Suenan los primeros acordes de *Get lucky* de Daft Punk y los novios hacen la entrada triunfal en la pista. La novia se ha cambiado. Lleva un top y falda de encaje con silueta de los años cincuenta y flequillo postizo. La gente se pone de pie y los jalea. En medio de la algarabía, un grupo de chicos se acerca en manada al puesto de Etna.

—Venga, Juanca, pídele algo a la pastorcilla, que está bien buena —dice uno a voz en cuello.

Etna respira hondo y los mira amenazante.

El tal Juanca se pasa la mano por los rizos, dominados con gomina, sonríe de medio lado y se acerca haciendo eses.

—Hola, me gustaría comerme tus filloas —afirma pausado.

Los otros chavales se ríen con sonidos parecidos a los que emiten las focas de los documentales. Etna tensa la mandíbula y comienza a preparar una filloa. El chico se le acerca. El aliento etílico le irrita los ojos.

—No me refiero a esas filloas.

En ese preciso instante nota cómo su mano le agarra una nalga. Etna le da un codazo sin mirarlo y Juanca se queja. Los otros chicos se doblan de la risa.

—Bah, de cerca eres fea —suelta antes de alejarse con los demás.

Etna se queda inmóvil varios segundos.

Ve a los novios bailar en la pista. A sus examigas cotillear en una mesa. A Juanca a lo lejos, con sus amigos, riendo a carcajadas. Siente un calor afilado que le recorre el cuerpo desde la espalda hasta las extremidades y el cuello. Se sienta. Intenta calmar la rabia con respiraciones controladas. Inspira. Espira. Inspira. Espira. Con cada inhalación sus alvéolos se dilatan. Nota que la capacidad de sus pulmones aumenta cada vez más. Inspira. Espira. Tras cada exhalación, más aire llega a su interior. Inspira. Espira. Una brisa mueve su pelo. Inspira. Espira. La brisa se expande entre las mesas. Hace parpadear las bombillas de la pista de baile. Inspira. Espira. La brisa se vuelve un viento ligero. Inspira. Poco a poco el viento arrecia. Espira. Algunas señoras tienen que sujetar sus tocados. Inspira. Los árboles comienzan a brear. Espira. Unas cuantas bombillas se apagan. Inspira. El cielo se cubre de nubes oscuras. Espira. El día desaparece. Inspira. Entona su nombre. Espira. Su nombre vibra en el aire, tan fuerte que Etna cree que todo el mundo lo puede oír.

Inspira.

Espira.

Un viento envenenado, rabioso, levanta manteles, tira platos, vasos y cubiertos. Los arreglos florales se escapan de sus alambres. Las copas se desparraman por el suelo. Las sombrillas se vuelven dagas. La gente grita. Ve el tupé de un señor levantar el vuelo. Una chica corre con las pestañas postizas pegadas a la frente.

Y entonces llega la lluvia y los invitados corren despavoridos hacia el interior del pazo. Etna también corre. Riendo. La enagua se le agarra a las piernas. Pierde un zueco. Vuelve a entonar su nombre embriagada con el caos. De repente, el cielo se ilumina como si el propio Dios se estuviera asomando. Y silencioso, como una serpiente a punto de atacar, un rayo cae sobre una de las mesas. Juanca, que corría hacia el interior, es propulsado hacia atrás con la fuerza del impacto. La gente forma un corro a su alrededor. Etna se para en seco. Su corazón también se para. El chico se levanta y, con ayuda, corre a cobijarse. Etna reemprende la carrera hacia el aparcamiento, entra en el coche y grita enloquecida. Varias veces.

Suena un mensaje en su teléfono: es Justa.

Justa
La abuela dice que no te molestes en volver esta noche.

El estómago de Etna da un salto. Escribe:

Etna
¿Por qué?

Justa

No te hagas la tonta.

Sabes muy bien por qué.

Etna

¿Y cuándo puedo volver?

Justa

Por mí no vuelvas nunca.

Con el corazón palpitando a mil por hora, Etna llama a Adela.

—¿Etna? —susurra esta al otro lado de la línea.

—¿Qué ha pasado? Justa me acaba de decir que vuestra abuela me ha echado.

—No te ha echado.

Etna respira hondo.

—Ya decía yo. No me parecía propio de ella...

—Sí es cierto que por ahora no puedes volver —la interrumpe Adela—, a menos que sea para dejar la furgoneta y las cosas de las fillloas, aunque no hay prisa.

—Pero ¿por qué?

—A mí no me han dicho nada, parece ser por algo que hiciste en la boda. Oí a mi madre hablar con ella.

—Entonces ¿es verdad que la tormenta fui yo, con mi nombre? ¿Puede ser?

—Mira, Etna, no sé qué hiciste y prefiero no saberlo. Tú espera una semana y vuelve a llamar, a ver si me entero de algo más. Tengo que dejarte. —Cuelga.

—¿Y ahora qué hago? —murmura.

Etna mira alrededor: los invitados de la boda entran en sus coches, empapados y furiosos o en medio de risas excitadas. Los ojos se le llenan de lágrimas, que seca con la manga de la camisa, y fija la vista en el cielo mientras exhala, con la boca temblorosa por el llanto.

—¿Qué hago?

33

«¿Es posible que haya sido yo?», se dice nada más abrir los ojos al día siguiente en su cama del hostal. Según la historia de la moura, las mujeres ungidas con la penamoura son capaces de cambiar el tiempo. Y a esas alturas ya ha visto bastante como para creerse que las cosas más raras son posibles, pero de ahí a que ella pueda mover nubes... Se le escapa una sonrisa al recordar la cara del baboso ese de la boda cuando casi le impacta un rayo encima.

—Eso le enseñará —susurra.

Aun así, para enfadar a Teodosia debe de haberla hecho gorda. ¿Acaso aún no podía usar sus poderes? ¿Qué hizo mal?, se pregunta. Al fin y al cabo, al chico no le pasó nada.

De una patada tira las mantas al suelo y se incorpora en la cama pensando qué feliz se veía a Justa cuando, la noche anterior, se había citado con ella para devolverle la furgoneta y lo demás. Se le había pasado hasta la gripe solo para poder ser ella la que la viera llegar, condenada al ostracismo. Expulsada.

Se lleva una mano a la clavícula. El mentón le tiembla.

—Te has quedado sola otra vez. Idiota —se recrimina en voz alta.

Se levanta con brusquedad y camina hacia el baño. Abre el grifo de la ducha y deja caer el chorro hasta que la temperatura se atempera.

186

«Son unas hipócritas —piensa—. Me largan a la mínima de cambio. ¿No figuraba que era todo paz y amor?».

Se mete en la bañera. Siente el agua en las sienes. Se frota la cara y empapa la melena. «¿Y cómo se supone que voy a arreglarlo si no sé lo que tengo que arreglar?», se pregunta. Se enjabona las axilas y la barriga con vigor. Tras aclararse, permanece bajo el agua durante varios minutos. Absorta, busca una lógica a la colocación de las baldosas: unas cuadradas y verdes, otras rectangulares y blancas.

Sale de la ducha algo mareada por el esfuerzo visual, se viste y baja a desayunar. Tras el café, decide ir al único sitio al que acude cuando no sabe qué hacer.

Llega a casa de Efimia pasado el mediodía. Duda si dar media vuelta e irse; aún le duele que su amiga dijera que no quería verla en un tiempo. Pero no tiene muchos sitios adonde ir, así que se arma de valor y llama a la puerta despacio, por si acaso el bebé está durmiendo. Espera unos momentos. Llama otra vez.

—No puede ser que no haya nadie. —Arquea una ceja y observa el humo de la chimenea.

Vuelve a llamar a la puerta, esta vez con el puño cerrado.

—¡Efimia! —llama alzando la voz. Intenta ver el interior a través de la ventana—. ¡Niko!

La puerta se abre y una mujer alta y elegante saluda. Lleva un turbante y un vestido color aceituna.

—Pasa, por favor. —Sonríe con serenidad. Sus ojos oscuros se estrechan.

—¿Y tú eres...? —pregunta Etna sorprendida.

—Adaku.

—Hola, Adaku. ¿Y Efimia y Niko?

—Están en el jardín. Me temo que llegas tarde para la ceremonia.

—¿Ceremonia? ¿Qué ceremonia?

Adaku no contesta y se encamina hacia el jardín. Sus pies descalzos pisan el suelo con delicadeza. Etna la sigue, confundida.

—Perdona, ¿qué ceremonia? —insiste.

Adaku se da la vuelta despacio. Pone su dedo índice delante de sus labios color tofe y susurra:

—Loto está durmiendo.

Etna se disculpa avergonzada. La elegancia que emana de esa mujer la hace sentirse como un primate nervioso.

Llegan al jardín y Etna abre la boca de la sorpresa.

—¡Es una fiesta! —exclama.

—La ceremonia del nombramiento —informa Adaku.

Se ve gente reunida alrededor de mesitas con infusiones, viandas, frutas y flores. En el suelo hay un mantel azul con bordados en oro, y encima hay dispuestos varios boles de delicada porcelana con extraños ingredientes y ungüentos.

—Tiene que ser una broma —masculla Etna.

—¡Hombre, Etna! —Niko aparece por detrás y la saluda con un abrazo torpe—. ¿Conocías a Adaku? —acierta a preguntar finalmente.

—No, nos acabamos de conocer.

—Adaku ha sido la encargada de darle el nombre a Loto mediante el ritual de su tribu en Nigeria.

—Ah, qué interesante —comenta Etna, demasiado absorta en su vergüenza y enfado para tratar de sonar genuina.

Efimia se acerca con un monitor de bebé.

—¿Qué haces aquí?

Adaku y Niko se escabullen de la escena.

—¿Que qué hago aquí? O sea, que organizas un bautizo zulú y no me invitas.

—Es yoruba. Sabes que África es todo un continente, ¿no?

—Perdone usted. No sabía de sus fuertes lazos con la tierra madre. Ya me avisarás si necesitas ayuda con las trenzas del pelo.

—Nunca haría eso; es apropiación cultural.

—¿Y esto no?

—Adaku es una buena amiga que se ofreció a oficiar la ceremonia, y fue preciosa, para que lo sepas. Con cantos y rezos a sus ancestros, y después untando los labios de Loto con aceites, especias, agua, miel..., cada uno con su significado.

—¿Miel? Le va a dar botulismo.

—No se la comió, tonta.

Etna se cruza de brazos.

—No me puedo creer que no me hayas invitado.

—Pensé que con tus nuevos poderes sabrías de la ceremonia sin que yo tuviese que decirte nada.

—¿Todavía estás con eso? —Etna entorna los ojos.

—¿Con eso? ¡Arruinaste el día más importante de mi vida!

—O sea, que todavía crees que fue innecesaria la intervención médica.

—Si no me hubieseis llevado al hospital, no habría necesitado cesárea. Mi cuerpo intuyó el peligro y frenó el parto. Les ocurre a todos los mamíferos. Mira —Efimia se tensa—, te he pasado muchas histerias, pero esta vez no.

—Ya estamos a vueltas con las histerias. —Etna levanta un dedo—. Le salvé la vida a tu hija. Si te da rabia que yo tenga dotes de vidente, eso es otra cosa.

—¿Qué estás insinuando?

—Solo digo que yo sentí lo que sentí.

—Y yo, como no sentí tu supuesta información del más allá, ¿soy un fracaso?

—¿Qué dices? Nadie te está llamando fracasada.

—¡Tú eres la fracasada! —la interrumpe Efimia—. No has hecho una cosa por ti misma en toda tu vida. Pero como eres rica, nadie se da cuenta —grita tanto que los invitados se giran hacia ellas.

Etna abre la boca como un polluelo hambriento. Resopla con incredulidad.

—Después de todos estos años, por fin salen las verdades.

—Hola, Etna —saluda Veva con cara de no tener ni idea de lo que está pasando—. Efimia, tenías razón, no se le nota nada el aguacate al relleno de la tarta. Ya me darás la receta.

—¿Invitaste a Veva también? —gruñe Etna.

—Nos hemos hecho muy amigas desde que te fuiste a las montañas de Senombres. No somos parte de tu colección personal, Etna. Tenemos vida al margen de ti.

—¿Sabes qué? Yo también.

Etna se da la vuelta y camina hacia la puerta muy erguida. Regresa al coche pensando que se empieza a parecer demasiado a una bolsa de plástico arrojada a las vías del metro. De pronto, Veva golpea el cristal del coche con los nudillos. Etna baja la ventanilla.

—¿Querías algo? —Etna eleva la nariz, orgullosa.

—No te enfades, mujer.

—¿Que no me enfade yo? ¿Y tú? Bien calladito lo tenías, aquí las dos confabulando contra mí. Además, para tanto altar y tanto yoruba, bien que se las guarda Efimia. Y, para variar, yo quedo otra vez como la mala. Todo es culpa mía, siempre.

—Sí claro, todo te pasa a ti. El mundo contra Etna. Y lo peor es que no lo ves.

—¿Ver el qué?

—Lo veo yo y no soy madre.

—¿El qué? —repite con tono llorica.

—Lo importante que era para Efimia su parto natural. Lo mucho que quería que todo saliese perfecto. ¿Sabes que después del nacimiento de Loto tuvo depresión posparto porque la leche no le subía y hubo que darle de la artificial?

—Bueno, tampoco pasa nada.

—En tu opinión. Pero ya sabes cómo es ella. Si se hace su propio jabón porque no se fía de los industriales...

Etna esboza una pequeña sonrisa.

—Efimia piensa que la anestesia le cortó la leche y, para cuando le subió, Loto ya estaba acostumbrada a la otra y la rechazaba.

—Pero yo vi lo que vi.

—Y esa es otra: para ella la puñalada fue doble. La hiciste quedar como una mala madre y como una mala médium, ¿no lo ves?

—No soy capaz de hacer nada a derechas.

—No es eso. Solo que a veces estás tan centrada en ti misma que no te das cuenta de lo que pasa a tu alrededor.

Etna se suena y abre la puerta del coche.

—Voy a hablar con ella.

—No, déjala. Hoy es el día de su hija. No es el momento. ¿Ves? No tienes en cuenta a los demás.

—Pero mis intenciones son buenas...

—No digo que no. —Veva coge el teléfono distraída y lee un mensaje que le acaba de llegar—. Oye, ¿quieres ir a una cata de vinos esta noche? Nos calzamos unos taconazos y a pasarlo bien, como en los viejos tiempos.

—La verdad es que me apetecen unas copas —sonríe—, pero solo llevo lo puesto.

—¿No tienes la llave de tu apartamento de la ciudad?

—Déjame mirar. —Etna rebusca en el bolso—. Creo que metí una copia en el bolsillo interior la última vez que estuve en Escravitude. ¡Bingo! —Rescata un llavero de cuero con una copia de la llave.

—Perfecto. Te recojo allí a las ocho.

—Vale. —Se mira al espejo—. Aunque tengo que teñirme estas raíces.

—Haz lo que quieras, pero no me hagas esperar, tardona —le advierte Veva con una sonrisa que la hace sentirse mejor.

—Que ya no... —susurra Etna mientras se mira las nuevas arrugas alrededor de los ojos.

34

Boca arriba en la cama, Etna mete barriga hasta que siente un pinchazo en las costillas, pero consigue subir la cremallera del pantalón. Lo abotona con rapidez, antes de que las costuras cambien de opinión. Se incorpora como si llevara un corsé y se mira al espejo. Casi no reconoce a la mujer que le devuelve la mirada, embutida en terciopelo negro. Los hombros más carnosos, las costillas más anchas... Pasa su mano por la barriga arrugada y blanca. Se acerca al espejo. Decenas de surcos se amontonan sobre sus pómulos, unas líneas gruesas atraviesan su frente. «¿Cuándo pasó todo esto?» Le da la impresión de que ha sucedido de golpe. Chasquea la lengua mientras se mira de perfil, mete barriga y la saca del todo.

—Menos mal que va a hacer frío y me puedo dejar la chaqueta puesta.

Acompaña su *look* setentero con un maquillaje de ojos ahumado y labios en tono teja. Se mancha de rímel el cuello del top *vintage* que había comprado en una tiendecita en París, pero no tiene tiempo de cambiarse porque Veva ya está acribillando el telefonillo. Se pone la chaqueta y los botines de charol. Opta por la escalera con la esperanza de quemar algunas calorías. Sale del portal con la terrible sensación de que va vestida como en carnavales. La cara de Veva ratifica sus sospechas.

—¿Vamos a Estudio 64?

—Ya no sé ni cómo vestirme. —Etna se mete en el coche con un quejido.

—¿Y ese olor? —Veva olisquea alrededor de Etna.

—¿Qué olor? Yo no huelo nada.

Veva acerca la cara al pelo de su amiga.

—¡Es el tinte!

—¡Qué va!

—Que va que viene, apesta a lejía.

—Y dale, que no llevan lejía.

—Bueno, así no podemos ir a la cata.

—¿Por qué? Si me lo dejaron muy bien. Además, fueron supermonas en el salón: me hicieron un hueco en el último momento. —Etna se toca el pelo.

—¿Por qué crees que a los sumilleres se les dice que tienen buena nariz?

—No se me había ocurrido.

—Pues no es por ser descendientes de los griegos.

—Ya. —Se enrolla un mechón en el dedo—. Y entonces ¿qué quieres hacer? Con lo que me ha costado entrar en estos pantalones...

Veva piensa unos segundos.

—Vamos a un pub nuevo que han abierto cerca del puerto. —Arranca y pone la radio a todo volumen.

Nada más entrar en el club, buscan mesa. El suelo zumba como el interior de una colmena. Huele a ambientador de limón y un tema house empalagoso suena de fondo. A cada paso que dan, se tienen que parar para que Veva salude a alguien, la mayoría mujeres con labios como orugas y aliento mentolado o bien hombres engominados y con grandes relojes, que no miran a los ojos. Por fin encuentran una mesa. Etna toma la carta entre las manos.

—No sé qué pedir. —Se pone un dedo en la boca mientras repasa la lista de bebidas—. No sé si me apetece un gin-tonic de toda la vida o probar uno de estos cócteles. Igual pido un gin-tonic, que los cócteles tienen mucho azúcar. También puedo pedir ron con cola light, ¿no? Mira, pediré un cóctel, un día es un día. —Deja la carta en la mesa, satisfecha. Al segundo la vuelve a coger—. Ay, pero mañana me dolerá la cabeza, mejor me tomo un vino. ¿Tú qué vas a tomar? Ay, no sé si me apetece un vino, así sin comer nada. Le voy a preguntar al camarero qué me recomienda. ¿Tú que vas a pedir?

Veva la mira irritada por encima de su carta.

—Siempre te pasa igual. Acabarás pidiendo lo que yo pida. Eres incapaz de decidirte.

—No es verdad.

—Ni siquiera fuiste capaz de decidirte por una carrera.

—Eso no es justo, es una decisión muy importante.

—¿Cuántas carreras empezaste? ¿Cuatro?

—Tres. —Frunce el ceño—. No tuve la culpa de quedarme embarazada. Magisterio me gustaba y la hubiera acabado; siempre me gustó la docencia y los niños.

—Hasta que tuviste uno.

—Qué graciosita. Pero sí. Después tuve que dedicarme a criar a una niña a los veinte y no pude seguir estudiando. ¿Qué significa esa risita?

—Nada.

—¿Cómo que nada? Ahora habla.

—Criar a una hija, sí... Con la ayuda de una niñera, una asistenta y un masaje semanal para el estrés.

—¿Qué vas a saber tú? No tienes idea de lo que es tener hijos.

Veva mira hacia otro lado con la mandíbula tensa.

—Perdona, no quería ofenderte. —Etna extiende la mano.

—No, yo también me he pasado.

Etna sonríe y mira de nuevo la carta de bebidas.

—¿Sabes qué? A la eme, me voy a pedir este: cosmopolitan de moras y emulsión de jengibre o lo que sea eso.

—¿A la eme?

—Ya sabes que no me gusta decir palabrotas.

—No creo que «mierda» sea una palabrota.

Llega el camarero y piden sus bebidas. Cuando se va, Veva cruza las manos sobre la mesa y anuncia:

—Hace tiempo que quiero decirte algo.

—¿Te han hecho socia del bufete?

—Qué va, hicieron al zopenco de López. Es la tercera vez que un hombre me pasa por delante, pero no me quiero enfadar. —Inspira hondo—. No, lo que te quiero decir es que Orlando me ha pedido que me case con él.

Etna se lleva la mano al pecho y sonríe boquiabierta.

—¿En serio? Espera, ¿y Diego?

—Hace un montón que lo dejé, y te lo dije. ¿No te acuerdas?

—Perdona, perdona. —Etna hace el mismo gesto de cuando algo le da grima. Después se recompone—. Pues ¡enhorabuena! ¿No? A ver el anillo... —Aplaude con las yemas de los dedos.

—Me lo está haciendo.

—¿Te lo está haciendo él?

—Con madera.

—¡Qué romántico! —Etna oculta su desagrado.

—Ya sabes que su carpintería está bastante parada, con toda la gente joven que está dejando Senombres. Ahora mismo no se puede permitir un anillo de verdad. —Se frota los ojos, contrariada—. Me refiero a una joya. Además, si quiero un pedrusco en el dedo, me lo puedo comprar yo.

—Es verdad.

Etna piensa que Orlando es muy joven y algo lelo, pero quizá lo que necesita Veva es eso: alguien que haga lo que ella quiera. Porque mira que es mandona.

Llegan las bebidas. Etna levanta la copa.

—Pues por muchos años.

Brindan y beben. Después de cuatro cócteles, Veva está bailando en medio de la pista. No lleva sujetador y la camiseta se bambolea sin control, lo que convoca a un buen corro de hombres a su alrededor.

Etna sigue sentada en el mismo sitio. Alguien pasa por su

lado y la empuja. La bebida le cae en la ropa, pero no se limpia y continúa mirando el vídeo que proyectan en la pared: un búho se convierte en salamandra, y la salamandra se come una mosca y le crecen alas y vuela hasta un árbol para volver a ser un búho.

«Por eso nadie me respeta —piensa absorta en las imágenes—. No me puedo decidir porque no confío en mis decisiones. Porque temo las consecuencias.»

Veva interrumpe sus cavilaciones al regresar con dos chicos con lamparones de sudor en sus camisas en tonos pastel.

—Ven, vamos afuera a fumar.

Veva la coge por una mano y la lleva al exterior moviendo el cuello al son de la música. Se abren paso entre la gente a empujones, hasta llegar a la puerta trasera. Al cerrar, la música se vuelve murmullo.

—Este es un buen sitio para esconderse de un ataque nuclear —dice Etna señalando el club.

—¿Qué? —pregunta Veva.

—El local, que parece un búnker.

Uno de los chicos se enciende un cigarrillo mientras el otro da caladas a uno electrónico.

—¡Qué moderno! —comenta Veva.

El chico se lo ofrece y Veva da una calada. Después le toca el turno a Etna, que dice que no con la mano.

Rápidamente, la conversación se centra en coches o motos, o quizá son barcos. Etna no presta mucha atención y, cuando se quiere dar cuenta, Veva desaparece con uno.

—¡Veva, que estás prometida!

Veva se agarra a la mano del chico que cuelga de su hombro.

—Esto es mi despedida de soltera.

—¿Y yo qué hago? ¿Cómo vuelvo a casa?

—Seguro que Jorge te puede llevar —dice ya a lo lejos.

Etna mira al otro chico, que sonríe entrecerrando sus pestañas rubias.

Deciden volver dentro y tomar otra copa. Después en su mente todo se vuelve borroso. Recuerda estar tiritando en diferentes exteriores de locales de copas. Gente con la que entabló conversaciones irreproducibles. A Jorge frotándole la espalda. También recuerda, no sin una buena dosis de vergüenza, haberle dicho que parecía un vikingo, mientras pasaba la mano por su mandíbula cortada a cincel. Después, unos besos torpes. Y un ático elegante, con vistas privilegiadas del paseo marítimo. Poco más.

La despiertan las arcadas. Se pone de pie y tambaleándose busca el baño. Se suena. Se lava la cara evitando mirarse al espejo. De vuelta a la cama, repara en que hay una nota en la mesilla.

Me he ido al gimnasio. Hay tostadas y café.
¡Gracias por una gran noche!

Etna se deja caer en el colchón. La caída libre mueve el cabecero de cuero en capitoné. Mira absorta el papel de la pared, de cuadrados negros sobre un fondo azul eléctrico. Quiere levantarse y arrancarlo a tiras, pero está demasiado mareada para moverse. Teme resbalar sobre la alfombra de piel de cebra. Empieza a temblar. Coge el teléfono y escribe a Veva:

Etna
¿Dónde estás? Necesito un
Espidifén y una Coca-Cola.

Veva
Y yo un blanqueamiento dental y
aumentar dos tallas de sujetador.

Etna
Lo digo en serio. Es lo mínimo por haberme dejado tirada.

Veva
OK, te voy a buscar, mándame la dirección.

Después de mandar su localización a Veva, Etna se vuelve a meter bajo las mantas y cierra los ojos. Le duele la cabeza y no sabe muy bien cómo se siente. Más bien no siente nada. Rebusca bien, en el fondo del estómago, tras las costillas. Nada. Debe de ser que la resaca todavía no ha conectado su sistema límbico. Al poco rato llega Veva, que la lleva de vuelta a su apartamento, donde se ducha y se prepara para ir a ver a su hija a casa de su padre.

35

Etna llega a la casa de Silván cuando el sol acusa el cansancio del día. Aparca. Saluda con un movimiento extraño de la mano y sale del coche. Halley y Silván están sentados en el porche contemplando la puesta de sol y la ven aproximarse. Etna se para delante del sol y pregunta:

—¿Y Serafina?

—En casa del vecino. Se han hecho íntimos —contesta Silván con una sonrisa enigmática.

—¿Qué quieres decir con «íntimos»? —Pone las manos en jarras.

—Nada en particular, que se han hecho muy amigos.

—Y entonces ¿por qué lo dices con esa risita?

—No sé. Sonrío porque estoy contento.

—Ya.

—No empieces.

—No empiezo.

—Voy a la cocina a por una gaseosa —anuncia Halley—. ¿Quieres algo de beber?

—No, gracias.

Halley se pierde en el interior de la casa. Etna se sienta.

—¿Quién bebe gaseosa sola?

—¡Cómo venimos hoy! —le recrimina Silván.

Etna suspira y se reclina en el asiento. Una emisora de blues suena de fondo, el aroma de un guiso se filtra a través de la ventana abierta. La brisa agita las copas de los árboles, dejando pasar rayos de luz que la ciegan por momentos. La belleza y la culpa forman un nudo en su garganta y siente que no puede respirar. Cuando se da cuenta está llorando.

—¿Seguro que no quieres una cerveza? —Etna niega con la cabeza y se sorbe los mocos—. Eh... —Silván se acerca y le toca la espalda. Ella siente un escalofrío—. ¿Estás bien?

Etna lo ve desdibujarse a través de sus lágrimas.

—¿La verdad?

—Claro, la verdad.

Entonces ella, con voz quebrada, le relata su vida de los últimos meses. La visita a la Nomeadora, sus viajes al Alén, el nacimiento de Loto, la tormenta que convocó en la boda a la que fue a trabajar y la consecuente expulsión del clan... hasta su borrachera de la noche anterior. Se deja fuera a Jorge.

El silencio reposa en el hueco que los separa.

—Ahora sí que crees que estoy loca.

—No más que antes.

—¡Qué gracioso!

Halley regresa al porche con bebidas y algo de picar.

—Y ahora no sé qué hacer.

—Pues no hagas nada —contesta Silván tras coger un botellín de cerveza de la bandeja y darle las gracias a Halley con ternura.

—¿Que no haga nada? —pregunta Etna con un tono de voz chillón—. Tú viste los dibujos y sabes que en mi familia solo quedamos Sera y yo. No puedes pensar que es una coincidencia.

—Es que no pienso nada —la interrumpe Silván molesto—. Prefiero no gastar mi tiempo pensando sobre aquello que no puedo comprender. Ya es difícil comprender esta vida, como para intentar entender nada de lo que pasa después.

Etna busca una aliada en Halley preguntándole qué opina ella. La chica se encoge de hombros y sonríe.

—No sé. —Da un pequeño sorbo a su gaseosa—. Yo creo que debes hacer lo que sientes que es correcto como madre.

—El padre tendrá algo que decir también, digo yo —interviene Silván un poco fanfarrón—. Mira, te voy a contar lo que les pasó a unos vecinos de los padres de Halley. ¿Te acuerdas, *babe*? Esa pareja, ya mayor. Vivían en la casa de enfrente y eran encantadores. Me acuerdo de que nos trajeron galletas cuando llegamos.

—Tenían unos rosales preciosos —añade Halley, y Silván asiente, visiblemente impaciente por continuar con el relato.

—Pues el tema es que... ¿Mary? No estoy seguro de que ese sea su nombre. A lo mejor era Rose... Ay, no, espera, eso es por lo que Halley mencionó de los rosales.

—Da igual, a ver, sigue. —Etna menea la mano abierta, todavía un tanto crispada porque no le gusta que Silván haya llamado *babe* a Halley.

—Los padres de Halley nos habían contado que Mary tenía tanto miedo a que su marido tuviese un accidente de coche que estaba obsesionada. Cada día lo esperaba en el porche. Y no se movía de allí hasta que su marido había aparcado. Un día su marido tuvo un accidente de coche y murió. Pero ¿sabes lo increíble de la historia? Que la causa del accidente fue que contestó al teléfono mientras conducía: su mujer lo estaba llamando porque estaba preocupada y quería saber si había tenido un accidente.

—Puede que ella siempre hubiera sabido lo que iba a suceder, de ahí su miedo irracional —dice Etna tras ponderar la historia por unos momentos.

—El caso es que nunca lo sabremos. Y ¿sabes qué? Es mejor así —añade Silván.

A los pocos minutos Serafina vuelve de casa de los vecinos. Se saludan, pasean, cenan y juegan al parchís. Después se van a acostar.

Etna se sienta en el sofá de su cabaña y pone la radio. El locutor está dedicando el programa a Dave Brubeck.

«¿Y si Silván tiene razón y estoy buscando significado a cosas que no lo tienen? —piensa—. Puede que los dibujos de Serafina no signifiquen nada; al fin y al cabo, no ha hecho ninguno en mucho tiempo. Quizá las tragedias de mi familia solo sean una desafortunada coincidencia. *Confirmation bias*, como lo había llamado Halley durante la cena, chuleándose claramente de sus estudios de psicoterapia.»

Inspira hondo y susurra:

—Y si lo único que importa es este momento, aquí.

Después de todo, en su vida hay infinidad de cosas positivas. Y ahora mismo, con *Laura* sonando de fondo en una noche de cielo cuajado de estrellas, todo parece completo. Puede que se muera mañana, y ¿qué habrá conseguido? Tarde o temprano, deberá volver a la normalidad, encontrar un trabajo, buscar un lugar para vivir con Serafina. Comprar cortinas para el baño. Esas son las cosas en las que debería estar empleando su tiempo. ¿Y si el magosto fue una alucinación también? A lo mejor le pusieron algo en la bebida. Y el Alén y la Nomeadora..., parte de la sugestión. Todo un burdo bulo. ¿Y si eso es lo único que hay? Sale al exterior. El aire fresco y afilado de la noche calma el calor de sus mejillas. Mira hacia la oscuridad del bosque y piensa: «Sin embargo, todo parece tan vivo a mi alrededor. Es como si pudiera sentir el pálpito. La tozudez de la pura existencia. Más allá de la carne. Más allá».

A la mañana siguiente, Serafina entra en la cabaña en bañador y se tira en la cama sobre su madre. Mojada y resbaladiza, grita en su oído:

—¡Despiértate! Estamos haciendo las olimpiadas. Papá nos pone nota en nuestros saltos al agua.

—¿Ah sí? ¡Qué bien! Pero ¿qué hora es? —pregunta llevándose la mano a la frente.

—No sé... Las doce o así.

—¿Las doce? ¿Cómo he dormido tanto? —Se frota los ojos y mira alrededor. El sol de mayo inunda la habitación.

Serafina tira de su mano.

—Ven, ven —suplica en un tono más infantil.

—Ya voy, hija. Dame unos minutos para vestirme. —Serafina sale corriendo—. Pero sécate, que te va a dar una pulmonía —vocifera Etna hacia la puerta, que Serafina ha dejado abierta.

Tras vestirse y lavarse la cara, Etna sigue las voces y risas hasta el lago. Su hija y otros chicos del pueblo se turnan para lanzarse al agua con una cuerda atada a un árbol. Silván, sentado bajo un gran abedul, puntúa con unos papeles con números pintados.

—¿No es un poco temprano para estar bebiendo? —pregunta fastidiosa.

—¿No es un poco temprano para juzgar lo que hacen los demás? —Silván da otro sorbo a su cerveza.

—Yo no soy la que está poniendo nota a los saltos.

Silván suelta una carcajada tan sonora que una bandada de pájaros se echa a volar entre las ramas del árbol.

Serafina ve a su madre, saluda con la mano y procede a hacer un «más difícil todavía» que obtiene muy buena puntuación de su padre. Etna aplaude y la felicita.

—¿Y Halley? —pregunta, tratando de sonar despreocupada sentándose al lado de él.

—Fue al pueblo a por carne para hamburguesas. Hemos invitado a algunos amigos a comer. Espero que no te importe. Pensamos que te haría bien una distracción.

—¿La quieres?

Silván da un largo trago a su cerveza y aspira a través de los dientes.

—Es difícil no quererla.

—No como yo, que soy tan insoportable.

—No sé de qué estamos hablando, Etna. Estás casada.

—En proceso de divorcio. —Comienza a desenredarse el pelo de la parte de atrás—. Además, si estoy casada es en parte por tu culpa. Prácticamente me arrojaste a los brazos de Max.

—¡Claro! La culpa es mía.

—Yo solo digo que yo no planeé esto —susurra con dureza señalando a Serafina, que se ha sentado en la orilla y charla con sus amigos envuelta en una toalla—. La realidad es que no estuviste a la altura.

Silván, que juega con un palo en la tierra, se queda quieto, vuelve la cara muy despacio y clava su mirada en la de Etna. Sus ojos se entrecierran.

—Lo hice lo mejor que supe... Eso es algo con lo que los dos deberemos vivir.

—Quién sabe qué hubiera pasado si no me hubiera quedado embarazada.

Silván suelta una carcajada.

—Ni que estuviéramos hechos el uno para el otro.

Etna se gira hacia él bruscamente con un dedo levantado

—No sabré montar en monopatín y el rubio de mi pelo es de tinte. No voy a conciertos en garitos clandestinos y no puedo ni fumar un cigarrillo sin tener que llamar a urgencias. Pero te quise —hace una pausa para calmar el temblor de su barbilla— como nunca creí que se pudiera querer. Y jamás me habría ido, si me hubieses dado la opción. ¿Sabes qué? —Se levanta y se sacude la ropa con fuerza—. Me voy a dar un paseo.

Etna toma el camino que bordea el lago a paso rápido. La luna raquítica de la noche anterior está a punto de desaparecer en el cielo de un azul monocromo. Hace un calor inusual para la época del año y las ramas secas crujen bajo sus pies. Oye unos pasos agitados detrás.

—¡Espera! —La voz de Silván la alcanza entrecortada.

Etna se da la vuelta y se para, con el gesto fruncido.

—¿Qué quieres?

Silván se lleva la mano a la nuca.

—Lo siento. No he debido decirte esas cosas.

—No pasa nada —miente ella.

Silván extiende la mano.

—Déjame hablar, por favor.

Etna baja la mirada.

—Es verdad que el papel de padre me vino grande al principio, y que cuando me sentí preparado ya era demasiado tarde. Soy yo el que ha de vivir con las consecuencias el resto de mi vida.

Silván se aproxima unos pasos. Su piel brilla con el reflejo del sol, casi como si fuese parte de él. Su mano se alza despacio. El dorso de sus dedos roza la mejilla de Etna, dilatando sus pupilas. Silván se acerca todavía más, haciendo de cada centímetro que separa sus labios y los de ella un páramo inescrutable. Etna cierra los ojos y, cuando sus bocas se encuentran, emite un pequeño gemido. Silván sujeta su mandíbula, con cuidado al principio, después con ansia. Baja las manos hasta su cuello y más allá de sus clavículas. Sus cuerpos se adhieren. Etna mete sus manos bajo la camiseta de Silván: el calor de su cuerpo es dulce y suave, como hundir la mano en aceite tibio. Siente sus dorsales en tensión y clava las uñas en su piel, como queriendo anclarse a ese lugar para siempre. Entonces la punzada de la culpa le atraviesa el pecho. Etna se aparta, con la respiración entrecortada.

—No podemos.

—Lo siento, es culpa mía. —Silván se disculpa casi sin aliento.

Etna niega con la cabeza vehementemente.

—No, es culpa mía. No debí haber dicho nada. No debí haber venido.

Sus miradas se encuentran. Silván levanta un dedo, suplicante.

—Solo me lo tienes que pedir una vez. Solo una.

Etna lo mira confusa, después descompuesta. Solo una palabra y Silván y ella y Serafina estarán juntos.

—¿Y Halley?

Silván la sigue mirando, impertérrito.

Etna rompe el contacto visual y posa su mirada en el horizonte de montañas.

—¿Cuántas veces habré soñado con oírte decir eso? —Agita la cabeza.

—Piénsalo, es todo lo que te pido —le dice él.

Etna se pasa la mano por el cuello, asiente y regresa a donde está su hija.

36

Etna evita a Silván el resto de la mañana, tratando de deshacerse del pálpito en su pecho y ordenar sus pensamientos. Cuando llega la hora de la comida, amigos y vecinos se congregan cerca de la barbacoa, donde la orientación al sur atesora un sol dadivoso. Al lado, hay una larga mesa de madera cubierta con un mantel de lino bordado y llena de platos de diferentes vajillas. En el centro, latas de tomate frito hacen de jarrón para el jazmín y las rosas silvestres.

Etna inspira hondo y, con la garganta contraída, se acerca a Halley, que está dando los últimos retoques a las bandejas de comida.

—¡Está todo precioso! —exclama Etna, y la joven responde con una sonrisa humilde.

«Sería más fácil si no fuese tan encantadora», piensa Etna devolviéndole la sonrisa.

Mientras Silván se encarga de cocinar las hamburguesas, los comensales charlan animados. Etna entabla una conversación muy entretenida con Marta, una vecina que tiene una granja de quesos de cabra ecológicos. Marta le cuenta que solía trabajar en finanzas, pero se cansó del estrés y se fue al campo con su marido y sus cuatro hijos. Etna se pregunta en voz alta si podría hacer eso, en la propiedad de su abuela en Escravitude. Y Marta contesta alentadora:

—Si yo pude, tú también.

Comen y alargan la sobremesa con un sol que pica y ablanda el queso hasta convertirlo en crema. Las moscas se están dando un festín con las sobras. El mediodía y la tarde se diluyen como el licor en el café que calienta las barrigas de los invitados. Alguien coge una guitarra y se sacan más licores. Se lían cigarrillos y se aplaude y se jalea. Y antes de que Etna se pueda decidir por una granja de cabras o de ovejas, se hace noche y la gente se retira a descansar.

Etna se va a acostar de las primeras. Está tan cansada que le tambalean las piernas. Se mete en la cama sin siquiera lavarse la cara. Cierra los ojos y se queda dormida casi al instante, con la cara de Silván en su cabeza. Después sueña.

Es una niña pequeña otra vez y camina por el largo pasillo de la mansión de Escravitude hasta la habitación de su abuela. Ella está sentada frente a su tocador, tarareando «La Zarzamora» con su voz quebrada mientras se aplica maquillaje: «¿Qué tiene la Zarzamora que a todas horas llora que llora por los rincones?».

—Abuela —dice Etna a través de la puerta—, te echo de menos.

La abuela se vuelve despacio. Está llorando.

Etna se despierta sobresaltada con el estruendo de lo que parece una explosión. Se levanta desorientada. Salta de la cama y sale al exterior. Una lámina incandescente de luz se arroja sobre su cara. Se tapa con los brazos para protegerse del calor que le cuece la piel y espía por debajo de los codos. Su pulso se detiene al ver que la casa principal está envuelta en llamas.

—¡Serafina! —consigue gritar desde lo más hondo de sus pulmones al tiempo que corre hacia el fuego.

Intenta abrir la puerta trasera que lleva a la cocina, pero se quema la mano al tocar el pomo. En ese preciso instante, el cristal explota por la acción del calor y las llamas salen hacia el exterior.

Vuelve a la cabaña y, lo más rápido que puede, empapa una toalla bajo el grifo. Corre hacia la parte delantera. Sus pies descalzos pisan cristal y ascuas. Abre la puerta principal con la toalla y después se la enrolla en la cabeza. Entra en la casa y mira alrededor horrorizada. El aire oscuro y rabioso le da latigazos hirvientes y envenena sus pulmones. De las paredes supura espuma negra y las llamas se alzan hasta el techo. Casi al instante, su garganta se inflama tanto que apenas puede respirar. Un calor ardiente le abrasa los pulmones, su corazón galopa desbocado. Siente que pierde fuerza a cada paso y la oscuridad se cierne sobre sus ojos. Desorientada, busca el cuarto de su hija. Con un último esfuerzo vuelve a gritar el nombre de Serafina.

En ese momento, la niña aparece tambaleándose por una puerta. El perro de la familia la sigue. La fuerza regresa a su cuerpo y con un impulso la coge en brazos.

La mente actúa de manera extraña en situaciones de peligro ya que, antes de huir al exterior, Etna no puede evitar recordar cuando su hija nació. Recuerda perfectamente cómo olía, el tacto de su piel. Cómo había clavado sus ojos, oscuros y brillantes, en los de ella y las dos se habían echado a llorar al mismo tiempo.

Etna vuelve a la realidad, que se consume por momentos a su alrededor, cubre a Serafina con la toalla mojada y la saca en brazos al exterior hasta que el fuego no les quema la espalda. Entonces se dejan caer al suelo, tosiendo con violencia.

—¡Papá! —se oye el grito desgarrador de Serafina, al ver que la puerta de entrada colapsa tras ellas.

La niña intenta correr hacia la casa entre chillidos agudos, pero Etna la retiene en el suelo.

—Tu vida es más importante.

Madre e hija se miran a los ojos y, como aquel día lluvioso en un hospital de Londres cuando Serafina nació, lloran juntas otra vez.

Otro estruendo y Etna alza la vista. Su estómago se agarra a su esternón al ver que otra parte del edificio se derrumba. Los vecinos se presentan con cubos de agua y arena. Sus movimientos son torpes e ineficaces contra las llamas, que se extienden ahora hasta las copas de los árboles.

«Todo está perdido», piensa Etna mientras aferra a su hija entre sus brazos. Suenan sirenas en la distancia, pero Etna deja de escuchar. Solo oye el silbido de cuando se cuece el pan, aunque ahora es tan poderoso como las llamas que destruyen la casa.

Vuelve a sentir el calor atravesando tejidos hacia su interior. Y un pensamiento: «Todavía tienes el don de moura».

Mira hacia el cielo, ahora cubierto por el humo y la ceniza del incendio. Suelta a Serafina, que se acurruca en el suelo. Apoya los puños en la tierra y se propulsa para erguirse. Cierra los ojos.

Inspira.

Espira.

Inspira.

Espira.

Acompasa sus pulmones con el viento abrasador hasta que crea una armonía. Cada bocanada de aire parece agostar sangre, hueso y tejidos a su paso. Pero Etna no desiste. Abre los ojos hacia el cielo y extiende los brazos a los lados. Se concentra en escuchar la música que crea su aliento con el aire y el fuego. Cuando alcanza la armonía necesaria, entona su nombre del Alén, creando una canción extraña.

El cielo se cubre de nubes, tan gruesas que parecen rozar sus cabezas. Se puede sentir crecer la furia de la tormenta. La pesada carga de los electrones en el aire. El pelo se le eriza.

Entonces el cielo se abre por la mitad para arrojar la lluvia más torrencial que jamás hayan visto esas tierras. El fuego se apaga en segundos. Antes incluso de que los bomberos descarguen sus mangueras. Etna se desploma en el suelo y se desvanece, al tiempo que oye la sirena de las ambulancias y a su hija llamándola mamá.

37

Acostada en una cama de hospital delimitada por cortinas, Etna trata de escuchar lo que le dice el médico, pero las lámparas halógenas emiten un pitido molesto que la distrae.

—¿Etna? ¿Me has entendido? —Etna mira aturdida—. ¿Sabes dónde estás?

—En el hospital.

—¿Sabes qué ha pasado?

—Un incendio. —Vuelve a perder la conciencia.

Cuando se despierta, Hortensia, el ama de llaves de su abuela, la está observando con cara de preocupación. Ya no está en la habitación de las cortinas, sino en un cuarto grande, con ventanas a la calle.

—Despertaste, bella durmiente.

—¿Cómo llegué hasta aquí?

Etna se incorpora, nerviosa.

—Tuviste una reacción alérgica al humo.

Etna mira a Hortensia confundida.

—Eso han dicho los médicos. Eres especialita hasta para eso, *miñafilla*.

—¡¿Dónde está mi hija?!

Hortensia la manda callar con sequedad y señala la cama de al lado, donde Serafina duerme serena.

—Está bien, *cansadiña*, la pobre. Pero muy recuperada ya.

—¿Y Silván? ¿Y Halley? —pregunta Etna angustiada.

—Yo no los he visto.

—Pero ¿están bien?

—Sí, *miñafilla*, los sacaron vivos. —Etna se deja caer en la cama, una lágrima le recorre la sien—. La chica americana estaba en la bañera. A Silván lo encontraron al otro lado de la puerta del baño; creen que había salido a buscar a Serafina y se desmayó por el humo. Un milagro.

En ese momento alguien llama a la puerta.

—Buenos días, ¿qué tal te encuentras? —pregunta una doctora con sonrisa distraída. Los bolsillos de su bata blanca están llenos de cosas.

—Bien. Me duele el pecho —contesta Etna con voz rasposa, mirando la gasa que cubre una quemadura en la mano.

—Es de esperar. Si te sientes muy incómoda, podemos aumentar la dosis de analgésicos. ¿Y los pies? ¿Te molestan?

Etna se mira las vendas de los pies al tiempo que recuerda los cristales en el suelo. Mueve los pies, con reflexión. Después niega con la cabeza y clava los ojos en Serafina.

—¿Mi hija qué tal está?

—Mucho mejor. Ya pidió videojuegos y patatas fritas —contesta la médica sonriendo.

—¿Y mi exmarido? —El aliento se le anuda en la garganta.

La mujer se aclara la voz y mira sus papeles.

—Es pronto para saber el alcance del daño. Las intoxicaciones por monóxido de carbono severas a menudo son impredecibles y dependen mucho del paciente. Por ahora lo tenemos en coma inducido para valorar posibles secuelas.

—¿Y Halley?

—Algunas quemaduras. Fue una suerte que tu exmarido tuviese la pericia de sellar la puerta del baño con toallas y llenar la bañera. Seguramente gracias a eso el embarazo sigue adelante.

—¿Embarazo?

La sangre se le hiela.

—Sí. —La médica revisa sus papeles una vez más—. De

nueve o diez semanas. A lo mejor ni siquiera lo sabe ella. —Sonríe mirando a Etna por encima de la montura de las gafas—. Normalmente estas informaciones son confidenciales, pero dado lo prodigioso de la situación... —Se recoloca las gafas, nerviosa, al ver la cara estupefacta de Etna. Carraspea—. Me refiero a que es un milagro que estéis todos vivos.

—Claro —acierta a decir Etna con un hilo de voz.

La doctora se mira el reloj y da un leve toque al brazo de Etna.

—Bueno, yo voy a seguir con mi ronda. Volveré mañana. Si necesitas algo, toca ese botón. —Señala a su cabecero—. Pediré que te traigan la comida. Dieta blanda, por ahora.

Etna asiente y da las gracias. La mujer deja la habitación. En el momento en que entorna la puerta, Etna se incorpora y trata de ponerse de pie.

—¿Adónde crees que vas, fandanguera? —le pregunta Hortensia agarrándola por el brazo.

—Déjame. Estoy bien. Quiero ver a mi hija.

Hortensia afloja el brazo y Etna se acerca a la cama de Serafina, tratando de caminar con el costado de los pies. Acaricia su cara dormida.

—Dicen que fue un milagro ese chaparrón. Si no, se hubieran quedado fritos. —Hortensia fija la mirada en la cara de la niña.

—Era como si el infierno se hubiese abierto —murmura Etna con voz ronca.

—Creen que un rayo hizo explotar la caldera.

—¿Un rayo? —Se gira hacia el ama de llaves.

—De la nada. Estaba de Dios, *miñafilla*.

—Voy a ver a Silván —le dice a Hortensia entre susurros.

—*Non podes, nena.* ¿No oíste a la doctora?

—No oí una palabra de no poder moverme. Me encuentro bien y quiero ver cómo está.

Se pone derecha. Los oídos le comienzan a pitar y la vista se tiñe de negro. Se sujeta al cabecero.

—Pasa para la cama, te he dicho —la riñe Hortensia.

—No, es solo que me levanté muy rápido. —Etna comienza a caminar despacio hacia el pasillo del hospital.

—Por lo menos, ponte esto, mujer, que vas enseñándolo todo. —Hortensia la ayuda a ponerse un albornoz y unas zapatillas que saca de una maleta pequeña.

—Qué preparada vienes.

—Ya sabía yo que harías de las tuyas.

Etna le sonríe y abandona la habitación.

Avanza por el pasillo, pregunta a una enfermera que no le dice nada y entra en las habitaciones que tienen la puerta entreabierta. Los pies le comienzan a doler cuando por fin encuentra la de Silván. Se tiene que parar para tomar aire cuando lo ve.

La persiana está bajada y la pared está llena de círculos de luz, que también salpican la cama, su cuerpo inmóvil y los tubos que salen de él. Etna se sienta a su lado y agarra su mano. Siente el tubo del suero bajo su palma, como un gusano de agua.

—¿Te acuerdas de la noche en que nos conocimos? —dice entre lágrimas—. Era diciembre y habían dicho en los telediarios que iba a ser la noche más fría del año. Yo acababa de volver de mi aventura en Berlín como camarera. Antes de empezar Magisterio. Te metías mucho conmigo porque solo había durado un mes en Alemania. Recuerdo que Veva había aparecido en mi puerta con una botella de tequila. No sé cómo, pero terminamos en casa de aquel tipo con el tic raro. Todos acurrucados con mantas en su patio de atrás. Entonces te vi. Con el pelo más largo que yo. Parecías salido de una película del Oeste, con esa camisa bordada de colores y los aros en las orejas, lleno de collares de cuentas y un bolso bandolera de cuero. Pensé: «¡Qué cara más exótica!». Y le dije a Veva: «¡Mira qué guapo aunque lleve esas pintas!». —Se ríe—. A pesar de toda tu parafernalia, parecías tan niño... con apenas una sombra de bigote. Desde luego, eras lo más insólito que había visto nunca —le acaricia la frente—; todavía lo eres. Me miraste y son-reíste. No sé si fue el tequila, pero en ese instante me sentí arder. Y, sin darme cuenta, comencé a caminar hacia ti. Y creo que me presenté, no lo recuerdo.

»Lo que sí recuerdo es que tu piel brillaba como una estatua de bronce. Nunca te lo confesé, pero en ese momento me dije: "Esto es lo que cuentan en las películas. Esto es lo que se siente cuando deseas a alguien con cada célula de tu ser". A la mañana siguiente recuerdo que te toqué con el dedo para asegurarme de que no eras una estatua. Pasé mi mano por tu estómago, suave y moreno como el aceite de sésamo. Tú te despertaste y pensaste que estaba escribiendo algo en tu piel. "¿Me estás echando un conjuro?", preguntaste.

Etna trata de seguir hablando, pero un llanto agudo le impide emitir sonidos. Tras varios intentos, consigue decir su nombre:

—Silván, tienes que ponerte bien. —Exhala un gemido y murmura—: Por tus hijos.

Se despide, se seca la cara y abandona la habitación con la idea de ir a visitar a Halley, que le han dicho está en Ginecología.

Al llegar a la planta, no le permiten la entrada porque la familia de Halley está con ella y ya no se admite más gente. Etna regresa a su cuarto algo aliviada.

—Ya estás aquí —dice Hortensia revolviendo en una bolsa de plástico—. Vino su abuela cuando estabas de parranda por el hospital.

—¿La abuela?

—La abuela no, *muller*, su abuela, la madre de Silván.

—Ah... —dice Etna distraída.

—Traía la ropa de la niña. Se la había dado una enfermera. Dijo que si quería se la lavaba ella, pero yo dije: «¡Ca! De ninguna manera. Lo hago yo, que para eso estoy». —Le pasa la bolsa con un ademán.

Etna mira el contenido sin mayor atención. Saca unos calcetines, un pantalón y la camisa del pijama, todos ennegrecidos.

—Espera. —Etna aguza la mirada cuando ve que del bolsillo de la camisa sobresale un papel—. ¿Qué es eso? —Lo toma entre sus manos y lo abre—. No. No, no, no. Otra vez no.

—¿Qué pasa? ¿Qué es eso?

Etna ignora la pregunta de Hortensia y mira el papel con la serpiente enroscada. Cierra los ojos con fuerza. Forma una bola apretando el puño hasta que se clava las uñas.

—Me tengo que ir —anuncia de pronto.

Rebusca en la maleta que había traído Hortensia y, cuando encuentra una muda, se viste con prisas.

—Pero ¿cómo te vas a ir? ¿Estás loca?

—Por favor, cuida de Serafina mientras no estoy. No te puedo explicar más.

—¿Cómo vas a dejar a la niña aquí?

—Estás tú. Y la madre de Silván. Y voy a mandar un mensaje a Veva ahora mismo.

—Pero si ya le quieren dar el alta...

—Aquí no se le da el alta a nadie mientras yo siga pagando la habitación. Para eso es un hospital privado con el nombre de mi bisabuelo en una de las placas de la entrada.

—Bueno, no te pongas así de gata, que yo no tengo la culpa.

—Lo siento, pero es que prefiero que esté en observación aquí en el hospital. Si alguien te dice algo, que me llamen a mí, ¿vale?

Le da un beso en la mejilla y se acerca a su hija, a la que acaricia con preocupación.

—Te había prometido que todo esto se había terminado —le susurra—. Lo siento. —Se seca los ojos y aprieta la mandíbula—. Pero lo pienso arreglar. Voy a cumplir mi promesa aunque sea lo último que haga.

—Ay, que me da a mí que a ti te empieza a faltar el mismo tornillo que a tu abuela. —Hortensia junta las manos en el aire.

—Adiós, Hortensia. Por favor, no te muevas de su lado.

—Llama cuando llegues. —Le da una magdalena—. Y cómete esto, que te va a dar un vahído.

Etna coge la magdalena y sale de la habitación. Firma el alta voluntaria con toda la rapidez que le permite el temblor de manos. Sale del hospital cojeando ligeramente y se mete en el coche.

Antes de arrancar, se lía a golpes con el volante llorando desconsolada. Después se recompone, acciona el contacto y acelera tratando de pisar los pedales solo con la punta de los pies. Conduce por encima de la velocidad permitida todo el camino hasta Senombres.

38

Tiene los nudillos rojos de tanto golpear la puerta de la panadería. La niebla se ha volcado a su alrededor y el frío roe.

—¡Abridme! —Etna grita con voz afónica y pinchazos en el pecho y se deja caer al suelo—. Por favor.

—¿Orlando? —Etna se levanta al ver al prometido de Veva—. ¿Dónde están tus tías?

—No están aquí. Y tú tampoco puedes estar aquí, ya lo sabes. —Se rasca la parte de atrás del hombro, incómodo.

—Pero ¿no puedo pasar y esperar? Hace mucho frío, vengo del hospital.

Orlando niega con la cabeza.

—Lo siento, Etna —se disculpa a media voz.

Etna lucha por no llorar.

—¿Qué tengo que hacer para que me dejen volver?

Orlando se encoge de hombros.

—Lo siento. Yo no sé nada.

—Necesito ayuda. Por favor. Mi hija y su padre están en el hospital. Ella hizo otro dibujo y la tormenta... —Las lágrimas vidrian la silueta de Orlando alejándose—. ¡Espera! —Como en un embalse roto, el llanto se precipita.

Al cabo de un rato, cuando está convencida de que no va a aparecer nadie, vuelve al coche llorando en silencio, lamiendo el llanto salado que se agarra a las comisuras de su boca. Entonces le llega un mensaje de Adela:

Ven al lago cuando se ponga el sol. Ya sabes dónde.

39

Llueve con furia. Etna espera en la cuneta de la carretera más cercana al lago escuchando las gotas, que parecen magullar el techo del vehículo. Cuando la luz del día languidece, sale al exterior.

Cojea sorteando charcos de camino al lugar de reunión, con la columna de humo perforada por el chaparrón como guía.

Alrededor del fuego, bajo la marquesina vegetal, la esperan Teodosia y el resto de las mujeres.

Etna se acerca al calor y, antes de que pueda abrir la boca, Elvira dice con seriedad:

—Estamos aquí para hablar de lo que pasó en la boda. Has hecho un mal uso del regalo de la moura.

—Lo siento. No lo hice a propósito, creo... —Etna mira al suelo.

—Nuestros pensamientos y emociones son como nuestros perros. No los puedes pasear sin correa y después no hacerte responsable si muerden a alguien —la interrumpe Elvira.

—¿Y qué se suponía que debía hacer? ¿Contar hasta diez? —Se rasca la nariz, donde las gotas de agua le hacen cosquillas.

—Por ejemplo —interviene Justa desde su asiento.

Etna busca a Adela, que esconde su mirada bajo la casulla de paja.

—Etna, no estamos aquí para juzgarte —señala Elvira con mesura—, sino para asegurarnos de que entiendes tus acciones.

Etna siente el calor de la impaciencia estallar en la garganta.

—Mi hija está en el hospital. Su padre, entre la vida y la muerte, ¿y vosotras queréis aseguraros de que entiendo mis acciones? ¿No podemos hablar de eso en otro momento? —Mira a su alrededor y es recibida con un silencio expectante. Apoya los brazos en la cadera, inspira hondo y continúa—: Lo que pasó es que tenían que haber puesto una carpa o algo así, que nunca se sabe con el tiempo que hace en Galicia. Pero, claro, una lona les estropearía la foto.

—No es una broma, imbécil. —Justa se pone en pie, desafiante.

—¿Qué queréis que os diga? —Etna hace aspavientos con los brazos—. No lo hice a propósito, no conscientemente. —Se encoge de hombros—. ¿Yo qué sabía que iba a pasar eso? Lo siento de veras, ¿vale? —Muestra las palmas de las manos vendadas—. Ha vuelto a pasar. El dibujo de la serpiente enroscada. —Trata de hablar entre la lluvia y el llanto—. Ha pasado algo horrible y necesito vuestra ayuda.

Todas se levantan y se alejan caminando.

—¿Os vais? —pregunta incrédula—. No podéis iros. ¡Un momento! ¡Eh! ¡Esperad! —Las sigue unos pasos, con dificultad, y grita con todas sus fuerzas—: ¡Ayuda! —Las mujeres se paran y se vuelven. Etna les muestra de nuevo las palmas, esta vez suplicando—. Decidme lo que tengo que hacer. Lo que tengo que decir, y lo diré, por favor. Han sido dos días terribles. —Se muerde el moflete para aplacar el llanto.

Teodosia avanza unos pasos y la escruta hasta lo más hondo de su interior. Etna junta las manos, chorreando bajo la lluvia.

—Ojalá pudiera volver atrás y cambiar lo que pasó. Debí haberme controlado. No fue justo estropear el día más importante de su vida a esa pareja. Lo que pasó es que fui una idiota. Lo siento. No sabía que el nombre de la Nomeadora me hubiera otorgado tanto poder. De verdad, lo siento.

Teodosia mira a Etna con una dureza inusitada.

—Tú no tienes ningún poder —declara, y añade—: Coge esa olla y colócala sobre la hoguera.

Etna obedece, mordiéndose el labio por el dolor que imprime en las quemaduras.

—El agua va a hervir —continúa Teodosia—, pero tú lo único que has hecho es poner una olla al fuego.

Dicho esto, la anciana se da la vuelta y retoma el paso. Las demás la siguen.

—¿De verdad os vais? ¡Muy bien! ¡Largaos! —Etna se sienta sobre las rodillas, derrotada—. ¿Y ahora qué hago? —musita.

Permanece en esa postura y pierde la noción del tiempo. Cuando se pone de pie, es noche cerrada y está empapada hasta los huesos. La ropa se le pega a la piel y los zapatos se quedan anclados en el barro. Mira hacia la oscuridad de la noche y cree ver a Adela. ¿Puede ser que se hayan apiadado de ella y vuelvan para ayudarla?, se pregunta. Se queda quieta y espera unos segundos. Alguien la llama:

—¡Etna! ¡Ven!

—¿Adela? ¿Dónde?

—¡Aquí! —La voz proviene de la parte oscura del lago.

—¡Aquí! ¡Ven!

Etna da un paso. El suelo fangoso atrapa sus suelas. Los músculos de la espalda se tensan. Una película de frío, oscuro y viscoso, le trepa por las piernas.

Se acerca a la orilla del lago temblando de frío y miedo. La lluvia densa golpea su cara y crea un sonido efervescente al caer en el lago.

Vuelve a oír su nombre entre la lluvia que gruñe.

«No tiene sentido —reflexiona confusa—. ¿Por qué me iba a llamar Adela desde el lago?»

Se le ocurre pensar que, a lo mejor, esas voces bajas y siseantes como las patas de un insecto sobre la piedra no son voces; no de este mundo, por lo menos.

Recula. Siente calambres en cada terminación nerviosa de su cuerpo.

—¡No! —Se planta en el suelo—. Se lo prometí a Sera.

Avanza de nuevo, dando pasos trémulos en dirección a la zona oscura del lago. Los pies se entierran en el barro y el frío le corta el aliento, pero continúa. Alza la mirada. Una luminosidad purpúrea tiñe el cielo nocturno. Las nubes parecen retorcerse. La lluvia ruge.

Da un paso más y la lluvia más iracunda la golpea. Da otro paso y nota el agua de la orilla rozándole el pie. Entonces oye una voz tan cercana que vibra en su oreja. Una voz excitada.

—¡Salta!

De repente, una ráfaga de viento hace que resbale y caiga en el lago.

El agua está tan fría que le paraliza los pulmones. Los brazos entumecidos se vuelven plomo y las piernas, torpes, son incapaces de propulsarla hacia la superficie. Chapotea unos segundos, pero se hunde enseguida a la velocidad de una piedra. Tras luchar unos segundos contra el pánico y la gravedad, se deja ir.

«Ahora entiendo los sueños; así es como me muero», piensa, y abre los ojos.

La paz oscura del vientre del lago la sorprende. Ya no tiene frío. Relaja las extremidades y se deja hundir más.

De la nada surgen decenas de salamandras que la rodean. Se acercan a ella, le tocan las puntas de los dedos, la nariz... con sus cuerpos fríos y resbaladizos. Una, después otra y otra. Comienzan a darle pequeños golpecitos. Parecen estar indicándole que vaya tras ellas. Pero Etna no se puede mover. Ya no sabe dónde empieza su cuerpo y dónde el de las salamandras. ¿Cuáles son sus pies? ¿Cuáles las hojas del fondo? ¿Es ella el agua? ¿Qué es ella? ¿Es este su frío? ¿O es el frío de los anfibios?

Un pensamiento le nace en el corazón y se expande al resto del cuerpo: «Cuando se sufre, se hiere. Cuando se hiere, se sufre. Yo también merezco perdón».

Abre los ojos y siente que su piel se abre a las moléculas de aire atrapadas en el agua. Es como si ella estuviera en todo o todo estuviera en ella. El éxtasis apenas dura unos segundos porque una gran burbuja de barro surge del fondo oscuro, cada vez más y más grande. Un miedo atávico, profundo e indómito la envuelve hasta que no queda nada de ella. Ni siquiera su nombre. Pero entonces alguien tira de su brazo, con fuerza, hacia la superficie.

40

La fiebre le sube a las pocas horas de que las panaderas la saquen del agua. Acostada en su cuarto del hostal El Cruce, Etna duerme de manera intermitente los dos días siguientes. Sueños pastosos y repetitivos intercalados con tinieblas y silencio. Al tercer día, la fiebre por fin remite y Etna abre los ojos cuando el sol, cansado, ya merodea al borde del mundo. Se viste despacio y camina hasta la panadería. A esta hora, sabe dónde encontrar a las panaderas.

Todos los días que hay sol, las mujeres de la panadería dejan sus tareas y se van a la parte de atrás de la casa. Cada una, incluida Etna, tiene su sitio en los bancos de piedra. Desde ahí, miran al horizonte hasta que el último destello de luz desaparece tras las montañas.

Cuando Etna llega, las mujeres ya están sentadas con la vista descansando en algún punto de la distancia. Justa ha dejado su sombrero de paja en el lugar donde Etna se suele sentar. Etna aprieta los labios y da un paso atrás. En ese momento, Justa alarga el brazo. Etna piensa que va a ponerlo donde está el sombrero para dejar claro que su puesto en el banco está ocupado. Sin embargo, la mujer hace algo que Etna no se espera: levanta el sombrero y lo coloca en su regazo, dejando espacio libre para que Etna se pueda sentar. Con un nudo en la garganta, Etna avanza hasta su puesto, intentando no pisar el suelo más de lo requerido, ya que todavía tiene los pies doloridos.

El sol desaparece sin prestar atención a las mujeres, que permanecen quietas, escuchando su descenso, observando todas las cosas sobre las que no tienen control. Después, como es costumbre, Teodosia es la última en levantarse. Etna espera y, cuando el resto de la familia se ha retirado al interior de la casa, se acerca a Teodosia, que estudia la luz sucia del final del día con placidez.

—Ya entendí lo que pasó en la boda.

Teodosia asiente con convicción y dice:

—Cuando vuelvas de ver a tu hija, dormirás aquí en casa. En la habitación del ático. Elvira y las niñas ya la han preparado.

Etna mira a Teodosia sorprendida. Había memorizado una larga explicación de sus descubrimientos sobre la causa y efecto, la culpa, la compasión, propia y ajena. Pero Teodosia se levanta despacio y comienza a caminar, moviendo las pequeñas piedras del suelo con las zapatillas de felpa.

—Pero... —acierta a decir Etna.

Teodosia se vuelve hacia ella, con la parsimonia de una tortuga gigante, y añade:

—Si lo has entendido, lo has entendido.

Antes de que Etna pueda decir nada más, Teodosia se mete en la casa.

Etna se queda fuera y decide ir esa misma tarde al hospital, donde Alba, la madre de Silván, la pone al día sobre el pronóstico de su hijo que, aunque estable, continúa en estado crítico.

—Halley está mucho mejor —le informa su exsuegra—, recuperando fuerzas en planta.

—Y ¿qué tal está Sera?

—Está bien, físicamente —contesta Alba.

—¿A qué te refieres con lo de físicamente?

Etna siente que una ola de náusea le invade la boca.

—Mejor que lo veas por ti misma.

Etna se apresura a ir a la habitación de Serafina. Saluda a Hortensia jadeando.

—¡Mira quién se digna a aparecer!

—No empieces, Hortensia. Tan solo fueron tres días y no me quedó más remedio.

Hortensia tuerce la boca, pasa un par de hojas de la revista que está leyendo y añade:

—He tenido que inventar excusas con todos, su abuela, los médicos...

—Gracias. De verdad.

Hortensia masculla algo ininteligible mientras Etna se acerca a su hija. Se sienta en el borde de la cama y pasa la mano por su frente dormida.

—¿Otra vez durmiendo? ¿Eso es normal? —pregunta al ama de llaves frunciendo el ceño.

—Tiene que descansar mucho. Te acabas de perder a tu amiga —anuncia Hortensia.

—¿Veva?

Hortensia asiente.

—Se acaba de marchar. ¿No te la cruzaste?

Etna niega con la cabeza.

—Pero me he encontrado con la madre de Silván. —Clava sus ojos en el ama de llaves y pregunta—: ¿Qué le sucede a mi hija, Hortensia?

—A ver. La niña está bien, pero se quedó un poco asustada. Lo que pasa es que los médicos le ponen nombre a todo. —¿Cómo lo llamaron? Se frota los dedos haciendo un mohín—. Estrés... estrés *posneumático* le llamaron.

—¿Postraumático?

—Eso. Pero, hombre, ¡cómo no va a estar estresada! Viendo el infierno abrir la boca así, delante de sus narices.

—Pero ¿qué síntomas tiene? ¿No come? ¿Pesadillas?

—Come. Poco, pero come. Y duerme casi todo el tiempo. Lo que pasa es que no habla. Ni palabrita. Desde que su abuela la llevó a ver al padre, así, lleno de tubos... Se quedó callada y ya no habló más. Ya le dije yo que no la llevara, pero, claro, nadie hace caso a esta vieja. Pero, bueno, dicen que es normal. Que se le pasará, lo más seguro.

—¿Lo más seguro?

Etna se muerde el labio y sujeta la mano de su hija, que en ese preciso momento abre los ojos.

—¡Hola, cariño! —Etna sonríe emocionada al ver sus ojos abiertos. Le acaricia el pelo.

Serafina curva la boca en una pequeña sonrisa para después mirar hacia el otro lado de la cama.

—Ya verás, papá se va a poner bien —dice Etna aplacando el llanto—. Te lo prometo. —Serafina la mira con aspereza—. Ya lo sé, ya sé que falté a mi promesa de que los dibujos y las pesadillas se habían terminado, pero lo estoy arreglando. Por eso he tenido que estar fuera estos días.

Serafina inspira hondo y se coloca de costado. Cierra los ojos para seguir durmiendo.

Etna se pone a llorar en silencio.

—Hortensia, ¿por qué no vas a descansar? Ya me quedo yo aquí.

—¿Estás segura?

Etna asiente mientras se limpia la nariz con un pañuelo que le da Hortensia.

—Ya te aviso cuando te necesite.

—Vale, *miñafilla*, que tengo los riñones machacados de dormir en esa cama de muñecas.

Etna se despide de Hortensia. Y se mete en la cama supletoria al lado de Serafina, tratando de no hacer ruido.

41

Tras pasar una semana en el hospital y no ver ninguna mejoría en Silván ni en Serafina, Etna decide volver a Senombres para hablar con Teodosia.

Lo organiza todo para que Serafina y Hortensia se queden en casa de Alba, la madre de Silván. Después se despide de su hija, diciéndole que irá a verla en un par de días.

Llega a la panadería de Senombres durante la cena. Las mujeres están sentadas alrededor de la mesa, con los platos a medio terminar.

—Teodosia, dijiste que había un sitio en el que no habíamos buscado la penamoura. Necesito saber dónde.

Teodosia cierra los ojos y cruza los brazos sobre el pecho unos segundos suspendidos en el tiempo.

—Las Tres Marías.

—Madre... ¿Crees que puede? —pregunta Elvira con ojos asustados.

—Creo que debe. —La voz de Teodosia se expande a través de la habitación de manera ominosa—. Tiene su nombre y sabe cómo tratar en el Alén.

—¿Quiénes son las Tres Marías? —indaga Etna.

—Son las que llevan la cuenta de los actos de esta vida. Ellas pueden decirte qué hizo la bisabuela con la piedra —contesta Adela.

—Y entonces ¿por qué no hicimos eso desde el principio?

—Porque es mejor evitarlas. —Justa sonríe con misterio mientras se limpia la boca con su servilleta.

—¿A qué te refieres? —pregunta Etna con el estómago contraído.

—No se las molesta sin una razón —responde Adela.

—Ya veo. —Etna medita unos instantes. Después toma asiento, pone las manos sobre la mesa y dice—: Vale. ¿Qué he de hacer entonces? ¿Viven en el Alén?

—Justa te lo explicará todo —responde Teodosia.

—¿Yo? ¿Por qué yo?

—Ya sabes por qué, Justa. —Elvira se acerca a su hija y le pasa la mano por el paño de la cabeza que cubre sus rizos, pequeños como quisquillas.

—Elvira, ¿puedes reunir a las viejas cuanto antes? —pide Teodosia.

Elvira asiente y abandona la cocina. Justa la sigue a los pocos segundos, dando pasos airados. Luego Teodosia.

Etna intercepta a Adela antes de que haga lo mismo y le pregunta entre susurros:

—Oye, ¿qué es eso de reunir a las viejas?

—Son las cabezas de otras familias con dones de moura. Para que nos ayuden.

—¿Y las Tres Marías? ¿Tú las has visto alguna vez?

—No creo que nadie las haya visto. No se dejan ver. Aparecen tras una especie de tela, que es donde tejen las cosas que pasaron, pasan y pasarán. Justa te lo explicará mejor. —Bosteza—. Bueno, yo también me voy a acostar. ¿Limpias tú la mesa, por favor? Hoy estoy baldada.

Etna asiente. Cuando Adela está en el quicio de la puerta, Etna la llama de nuevo.

Adela se vuelve frotándose los ojos.

—¿Por qué dijo Justa que es mejor evitarlas?

—Digamos que no viven en el mejor barrio —responde Adela tras una pausa—, ni son muy sociables.

Un escalofrío sacude el pecho de Etna.

—Una última cosa.

—Etna, estoy hecha polvo...

—Por favor. Ya recogeré la cocina por ti. Y no voy a poder dormir si no —suplica juntando las manos.

—A ver... Rápido.

—¿Por qué le dijeron a Justa que me explicase cómo llegar hasta ellas? Si no me soporta...

Adela pone los ojos en blanco y emite un ronquido de desagrado, arrastra los pies hasta el lavadero, llena un vaso con agua del grifo y se vuelve a sentar a la mesa.

—Justa fue a verlas. —Toma un largo sorbo de agua.

—¿Por qué?

—Para preguntar por su marido.

—¿Justa tiene marido?

—Tenía. ¿No te lo dijo mi abuela? ¿Ni mi madre? —Adela se cubre la frente y suspira quejumbrosa—. No debería haberte dicho nada.

—Venga, ahora que has empezado no puedes callarte. No diré nada, lo prometo. A lo mejor así entiendo por qué es tan borde.

Adela duda un instante. Remueve el agua en el vaso.

—No es borde. Es solo que no le gustan los nuevos. —Coge una manzana del frutero, la pule con la manga, le da un mordisco y habla mientras mastica—. Se casaron jóvenes. Estaban muy enamorados. Él era de un pueblo de la costa. Pensaban vivir allí. La abuela siempre se queja de que no ayudamos a suficiente gente y dice que deberíamos ir a vivir a otros sitios, nosotras, las jóvenes. Pero Senombres es mi casa y no me marcharé nunca. —Se cruza de brazos—. En fin, que me voy por las ramas. Salvador. Bueno, todos lo llamábamos Salva. Era *percebeiro*. Se ganaba la vida muy bien, pero es una faena tan peligrosa... Justa lo pasaba fatal. Estaba cansada de mandarlo a pescar con laurel secado con la luna llena y de hacerle figas con pan de la fortuna.

—¿Y qué pasó?

—Una ola se lo llevó en una tormenta. —Etna se agarra el pecho—. Ella no me lo dijo, pero oí a mi madre decirle a la abuela que Justa culpa a tu bisabuela Mara. Porque, si hubiese tenido la penamoura, quizá hubiera podido hacer algo más, aunque eso nunca lo sabremos.

—Por eso me odia. —Etna impide a una lágrima soltarse enjugándola con el dedo anular.

—No te odia. —Adela se pone de pie, deja el vaso en el fregadero y tira el corazón de la manzana al cubo para las gallinas. Antes de abandonar el cuarto dice—: No te entiende, que es diferente.

Etna asiente.

—Hasta mañana. ¡Gracias, Adela!

Se queda unos minutos sentada a la mesa. Apoya la cara en las manos e imagina a esas Marías tomando nota de cada vez que metemos la pata. Se pregunta si la estarán viendo en esos momentos. Se levanta y limpia la cocina de manera distraída. Una vez ha terminado el trabajo, da las buenas noches en alto, por si acaso, y se va a acostar.

42

Apenas han pasado unas horas desde que se fue a dormir
cuando alguien la zarandea en la cama.

—Vístete. Tenemos que ir a un sitio —susurra Adela.

—¿Qué hora es? ¿Qué ha pasado?

—Las viejas te quieren ver ahora.

Etna, todavía aturdida, se viste de cualquier manera y se
reúne con Adela, que la espera en la puerta.

Es imposible aplacar la gélida lengua del frío nocturno
mientras se dirigen al lugar de reunión. En silencio, aparcan y
caminan. Al cabo de un rato, Etna reconoce por fin dónde
están al ver la luz de la hoguera reflejarse en la serpiente enroscada.

—¿Qué hacemos en la Roca da Moura?

Adela no responde y continúa caminando.

Etna y Adela llegan a la zona donde se celebrará la reunión. Alrededor del fuego, además de Teodosia, Justa y Elvira, hay una decena de ancianas envueltas en pieles. Adela coloca a Etna delante en el centro, baja la cabeza y anuncia:

—Esta es nuestra prima. Etna. —Adela se sienta.

Etna se queda de pie, sola ante el grupo. Se siente escruta-
da. Un cosquilleo le sube por la columna.

—Así que tú eres la bisnieta de Mara... —comenta la mujer
más arrugada hablando despacio—. Tiene su mismo color de
ojos. —Sonríe mirando a Teodosia.

Teodosia asiente dando pequeños sorbos a una bebida humeante.

—Demasiado ruido —indica otra.

—No está preparada para las Marías. —Es la voz de la más anciana. Su pelo lampiño y pálido culebrea sobre la piel de oveja.

—No hay otra opción —dice Elvira.

—¿Sin vuestra penamoura? —pregunta otra mujer con tono incrédulo.

—Por eso ha de verlas —insiste Teodosia, y lanza un tronco al fuego.

Las chispas saltan y se elevan creando formas en el humo que el resto de las ancianas parecen estar leyendo. Entonces todas callan unos momentos.

Tras un silencio, la más arrugada mira a Teodosia y anuncia bruscamente:

—Con la luna nueva, pero yo me lavo las manos.

Teodosia asiente y todas las mujeres se levantan y se alejan.

—¿Qué ha pasado? —pregunta Etna aterida de frío.

—Te han dado fecha para ir a ver a las Tres Marías —explica Adela—. En una semana.

—Más trabajo para mí en menos tiempo. ¡Genial! —añade Justa moviendo la cabeza.

Adela suspira contrariada.

—Odio que las viejas decidan estas reuniones en el último momento.

—¿En el último momento? —pregunta Etna sarcástica—. ¿Qué tal en medio de la noche y en medio de la nada? No entiendo por qué siempre os reunís en el bosque, con lo bien que se estaría al lado de la chimenea.

—¿Qué crees que pasaría si alguno de los vecinos chismosos viese a una procesión de mujeres vestidas de blanco entrando en la panadería en medio de la noche?

—No se me había ocurrido.

La familia de panaderas se mete en sus respectivos coches

y regresa a casa. Somnolientas y calladas, una a una, se retiran a sus habitaciones y los ronquidos no se hacen esperar.

Salvo Etna: ella siente que no tiene tiempo para dormir. Solo quedan siete días para la luna nueva. La fecha actúa como un resorte en sus párpados, impidiéndoles estar cerrados poco más de unos minutos. Trata de ignorar su mente. Explora las líneas de las vigas de madera que surcan el tejado de su pequeña habitación. Se concentra en las manchas de moho en la pared, hasta que le parecen paisajes de *toile de Jouy*. Crea canciones rozando los dedos de los pies contra las sábanas: *Carros de Fuego, El Señor de los Anillos, Love Story*... La ventana de encima de su cabeza la ayuda a discernir el paso del tiempo y, cuando distingue un leve tono malva en el azul oscuro, por fin consigue dormirse unas horas.

El día siguiente transcurre somnoliento. A pesar del cansancio, Etna consigue acabar sus tareas con tiempo suficiente para preguntarle a Justa si tiene unos minutos para contarle qué ha de hacer con las Tres Marías. Justa la cita por la mañana. Temprano. Antes de que vaya a por agua.

Cuando Etna se levanta, el cielo todavía está negro y la cocina fría.

Justa la espera sentada a la mesa de la cocina con un café. Etna también se sirve uno y toma asiento. Espera, sin apenas respirar.

Justa tiene la mirada perdida en el aleteo de una mosca que sobrevuela unas brevas, firmes y brillantes, que Etna había recogido el día anterior.

—Las brevas aún están muy verdes —dice sin levantar la mirada.

—Lo siento, parecían maduras —se disculpa Etna, que lo último que quiere es entrar en discusiones con ella.

Justa da un sorbo al café, sin prisa. Cuando Etna se está armando de valor para iniciar la conversación, Justa toma la palabra.

—Solo te lo voy a decir una vez, así que presta atención. —Etna asiente con ojos expectantes. Justa continúa—: Las Tres Marías habitan en un mundo que se halla bajo tierra. Y antes de que preguntes, no; no es el infierno. Y tampoco el cielo. No es otro mundo, ni este. Eso es todo lo que te puedo explicar. Hay diferentes puertas de entrada a ese lugar. A cada una de esas puertas se las llama «portalenes». Tú accederás a través de la Roca da Moura, que es el portalén del que tenemos llave, por decirlo de alguna forma. Como ya habrás imaginado, deberás dejar tu cuerpo atrás.

—Entonces ¿entraré en el Alén por esa puerta?

—No me interrumpas. —Su voz silba entre los dientes—. Dejar tu cuerpo atrás es el primer paso y el más sencillo también. Cuando salgas de tu cuerpo, permanece quieta. Ignora tanto el júbilo como el caos que habrá a tu alrededor. Tú quietecita sobrevolando tu cuerpo, ¿entiendes? No te muevas ni un palmo hasta que la abuela te lo diga. Entonces en la Roca da Moura se abrirá el portalén. Una vez dentro, puede que te encuentres con otros habitantes. Si puedes, ignóralos. No les hables, si no te preguntan antes. Y, siempre que te entre la duda, usa el nombre que te dio la Nomeadora; esa será tu mejor protección. A las Tres Marías las encontrarás en una casa de piedra en el pico de una montaña a la que deberás ir a pie. Con ellas no digas nada, ¿me oyes?, ni siquiera tu nombre del Alén. No soportan el sonido de la voz humana; estás avisada. Cuando las veas, les das el colgante de Mara.

—¿Tenéis su colgante?

—Lo guarda mi abuela y te lo dará a su debido tiempo. Tu bisabuela por lo menos tuvo la decencia de dejar el medallón de la serpiente enroscada la noche que se fugó, pero te he dicho que no me interrumpas. Como iba diciendo, les darás el medallón, pues es así como sabrán qué vida mostrarte. —Da otro sorbo a su café—. Déjame pensar, a ver si me dejo algo. —Mira al techo unos segundos en el que sus pupilas se dilatan sutilmente—. No, eso es todo.

—Una última cosa. —Justa la mira con abulia. Etna se aclara la garganta y pregunta—: ¿Qué pasa si se me escapa un estornudo delante de ellas? ¿O toso? O algo...

Justa se ríe con malicia.

—Reza para que no tengan hambre.

Etna traga saliva preguntándose si Justa está de broma.

Justa la mira divertida y, como leyéndole el pensamiento, añade:

—No te preocupes tanto. La abuela te ayudará desde aquí. —Da un sorbo largo al café, se levanta con los mofletes hinchados con el líquido, lava su taza y abandona la cocina.

—¿Gracias? —murmura Etna con una ominosa sensación de que hay algo más.

La luna nueva llega antes de que Etna se pueda arrepentir de
haber aceptado una cita con las Tres Marías.

En la madrugada, después de una noche en vela, Etna y las
panaderas caminan en silencio a través de la hierba cuajada de
escarcha hasta la Roca da Moura.

—¿Y esto? —pregunta Etna señalando una cama de ramas
y hierba, decorada con flores, frutas y pan, alrededor de la
cual esperan las viejas—. ¿Qué es todo este tinglado? ¿Y qué
estáis haciendo vosotras aquí? —se extraña al advertir que las
panaderas se están colocando al lado de las viejas.

Teodosia comienza a machacar hierbas en un gran mortero, Adela se ha puesto de rodillas en la cabecera de la cama y
Justa a los pies. Elvira, por su parte, está arrojando gotas de un
líquido púrpura al lecho.

—Hacemos falta todas para poder resucitarte —dice Justa
mientras se pinta las manos con una crema amarilla, imitando
al resto del grupo.

—¡Espera! —A Etna se le seca la boca de golpe—. ¿Has
dicho «resucitarme»?

—Para ver a las Tres Marías tienes que morir. ¿Cómo crees
que vas a poder consultar la vida de los muertos, si no? —responde Elvira—. Justa, se suponía que se lo tenías que explicar.

—Pensé que, con lo histérica que es, si se lo decía, se raja-
ría. Lo hice por ella.

Elvira suspira y pone una mano en el hombro tembloroso de Etna.

—No te preocupes, son apenas unos segundos y después ya te traemos de vuelta.

—¡Ah, bueno, si solo son unos segundos...! Por cierto, ¿dónde tenéis el desfibrilador, en el mortero?

—No es necesario un desfibrilador. Para eso ya están aquí las viejas —contesta Adela.

—Además, la serpiente respirará por ti —añade Justa sonriendo con malicia.

—¿Serpiente? ¿Qué serpiente? Ya sé. Estáis de broma, ¿no? Esto es una prueba para ver cómo reacciono.

Se hace un silencio. Teodosia da un golpe seco con la mano del mortero.

—Es la hora.

Elvira señala la cama vegetal para que Etna se acueste en ella.

—Cuando salgas de tu cuerpo, se abrirá un túnel en el cielo —le susurra al oído—. Puede que veas a seres queridos, ángeles, música... Ignóralo todo. Necesitas ir bajo tierra, a través de la roca.

—Espera, ¿cómo que un túnel?

Etna se sienta en la cama. Le falta el aire. Le tiembla cada músculo del cuerpo y trata de contener el vómito que golpea en la boca de su estómago. En su cabeza nada parece tener sentido.

—Etna, escucha. —La voz de Teodosia se infiltra a través de su pánico.

La mujer le susurra palabras que Etna no logra comprender mientras le coloca al cuello el colgante de la serpiente enroscada que había pertenecido a Mara. Etna mira hacia los lados desorientada. Elvira la insta a tenderse en la cama de nuevo. Después se sienta en su pecho, inmovilizándola, mientras Adela le sujeta la cabeza y Justa los pies.

Las viejas se acercan más y empiezan a cantar lo que parecen sus nombres del Alén; juntos crean una melodía caótica pero armoniosa.

Etna trata de gritar, pero Teodosia vierte un líquido amargo en su garganta, le cierra la boca y tapa su nariz con fuerza. Etna contiene la respiración hasta que no tiene más remedio que tragar el ungüento frío y gelatinoso. Entonces Teodosia se agacha y Etna ve, por el rabillo del ojo, cómo abre una cesta de la que saca una serpiente amarilla. Se retuerce con todas sus fuerzas, pero ahora las viejas también la sujetan. Siente decenas de manos amarillas aplacar su cuerpo.

Le vuelven a abrir la boca. Etna trata de girar la cara al ver la cabeza del reptil acercarse a sus labios, pero se siente débil y los ojos se le empiezan a cerrar. Las voces de las mujeres suenan más lejanas. Siente cómo el reptil se desliza sobre su lengua, a través de su garganta... hasta que pierde la conciencia.

Cuando Etna abre los ojos, está sobrevolando su cuerpo y puede ver a las panaderas y a las demás mujeres unos metros más abajo. Teodosia mira hacia arriba con seriedad. Establecen contacto visual.

—No te muevas —suena la voz de Teodosia en su cabeza.

—¿Me puedes ver?

La mujer no contesta y se vuelve a centrar en el cuerpo de Etna, quieto, allá abajo.

Etna se toca la parte de atrás del cuello y se estremece cuando se da cuenta de que no está conectada a ese cordón de luz plateada que la suele anclar a su cuerpo en sus viajes al Alén.

«Esta vez estoy muerta de verdad», piensa con terror y, en ese momento, siente como una pulsión irrefrenable a darse la vuelta y mirar al cielo.

Con estupor, Etna descubre que el firmamento ha desaparecido y, en su lugar, se ha abierto un agujero oscuro que se extiende hacia lo que parece el infinito. Al fondo brota una luz tan radiante como una supernova. Diferentes formas emergen del resplandor. Algunas parecen ángeles, o quizá hadas; otras apenas son siluetas, de un blanco nacarado. La luz nuclear crece hasta envolverla y, con ella, empieza a sonar música, sonrisas, exclamaciones de gozo que se enrollan alrededor de sus extremidades. Una figura se acerca. Etna reconoce de inmediato a su abuela. Está más joven y sonríe. Abre los brazos. Parece tan feliz... Etna siente una paz jamás experimentada. Se sabe amada, un amor inagotable y perfecto. Y ya no le importa la penamoura, ni siquiera su hija o Silván: solo quiere abandonarse en sus brazos. Ir a su hogar, en la luz. Etna extiende la mano. Casi puede rozar la de su abuela. Pero, en ese preciso instante, la voz de Teodosia reverbera en su cabeza:

—No te muevas.

La voz actúa como una orden dirigida a su brazo, que se pliega con extenuante dolor. Su abuela, las figuras de nácar, las criaturas de luz, la música y el amor eterno se alejan y, poco a poco, el túnel se cierra.

Se queda sola.

Entonces le llega el sonido de otras voces. Golpes, chasquidos y susurros. Alguien la agarra del brazo y oye risas burlonas. Gruñidos y graznidos, gemidos y gritos. Alaridos de terror. Nota sombras moviéndose en la periferia de sus ojos, luces, bocinazos, dientes rechinando... Hay un momento en que le parece estar frente a las puertas del mismo infierno. Cuando el miedo es más intenso, proyecta el nombre del Alén a su alrededor y cierra los ojos.

La vibración la envuelve, y es tan fuerte que siente como si su cuerpo fuese la boquilla de un trombón. El dolor de la piel erizada se hace insoportable. Siente la presión de una tonelada en su espalda, como si estuviera cayendo al vacío. Intenta sujetarse a algo, pero sus brazos no responden. Sigue cantando su nombre a través de las mandíbulas agarrotadas. De repente, se encuentra frente a la Roca da Moura. Oye un chirrido y advierte que una mancha empieza a moverse. Primero, una ondulación casi imperceptible. Poco a poco, grandes ondas se desplazan por la superficie. Los aros y el círculo del símbolo de la moura se hinchan y comienzan a girar. El ojo de la serpiente se abre y, en ese instante, la serpiente muerde su propia cola formando otro círculo, que da vueltas más y más rápido, hasta que desaparece. En su lugar solo queda la entrada de una puerta.

—Ahora —ordena la voz de Teodosia.

Etna se impulsa hacia delante. Teme no ser capaz de entrar por el pequeño agujero de la roca. Mete sus manos y luego sus brazos, que usa de apoyo para introducirse en el hueco. Para su alivio, nada más entrar se siente sólida de nuevo. Como si hubiese vuelto a su cuerpo. Se pone de pie y camina hacia la oscuridad de la cueva.

Como siempre que está en el Alén, Etna siente que es más real que en la realidad, pero esta vez no percibe esa pátina onírica de sus aventuras anteriores. Un aire mohoso y frío impregna su piel. Palpa las paredes estriadas y, al acercarse más, le da la sensación de que están cubiertas de escamas. Pasa el dedo índice por una arista, suave e irisada como una perla; parece el material con el que están hechos los colgantes.

Al tacto, la escama se vuelve afilada y le hace un corte en el dedo. Etna suelta un quejido e inspecciona la herida. La sangre, que brota con la delicadeza de las alas de un colibrí, no cae: va hacia arriba.

Continúa caminando por un laberíntico túnel con giros y cambios de altura hasta que nota un hueco en el suelo donde una escalera desaparece hacia la oscuridad del fondo. Decide bajar.

La madera de los peldaños está podrida e hinchada y le da la impresión de estar caminando sobre un cadáver. Le sobreviene una arcada, pero continúa, iluminada por la poca luz que procede de la entrada de la roca.

Al final de la escalera el aire escasea. Cada célula de su cuerpo quiere volver a subir, pero se obliga a seguir. Así, baja el último peldaño.

Oye un chirrido, un gran golpe y la oscuridad se cierne sobre ella. «La roca se ha cerrado», piensa, con el corazón a punto de estallar. Siente que le faltan las fuerzas. El pasadizo se estrecha a cada paso, el aire es cada vez más espeso. Las paredes comienzan a cerrarse sobre sí mismas hasta convertirse en apenas una rendija. Oye un siseo bajo la tierra. Bultos que suben, bajan y rozan sus tobillos. Etna vuelve a cantar su nombre ahogando el llanto. Poco a poco, sus ojos se acostumbran a la oscuridad y descubre que el estrecho pasaje acaba en una grieta luminosa. Hunde su vientre en las costillas y se desliza, con dificultad, a través de ella. Repugnada, nota cómo su cuerpo arrastra la tierra fangosa. Sin embargo, al salir al otro lado, Etna por fin respira hondo el aire limpio y fresco del exterior. Está anocheciendo. Frente a ella se extiende un bosque, muy parecido al de Senombres. Y, tal como le había dicho Justa, pasada la frondosidad de la arboleda, en lo alto de un pico se halla una casa: la casa de las Tres Marías.

45

Etna inicia el ascenso hacia el pico donde se halla la casa de las Tres Marías. Sus pasos crean un extraño eco, como si, bajo una fina capa de tierra, se extendiese el vacío del universo.

Al poco rato, la temperatura cae de golpe. Su aliento se vuelve blanco y sus dientes comienzan a castañear. Entonces huele la cera. Se para y se esconde tras unos arbustos.

No quiere pensar lo peor, pero el sonido de las campanas llega a sus oídos y, con él, las luces de los cirios a lo lejos.

—Ay, Dios, es la Santa Compaña —gime asustada.

Trata de recordar qué hay que hacer en estos casos, las muchas historias que Hortensia le había contado de *coitados* que se encontraban en medio de la noche a esa lúgubre procesión de almas perdidas. Ánimas condenadas a vagar por los bosques en busca de un humano para cargar con el cirio más pesado, o para anunciar la muerte de alguien.

Recuerda que los cruceros de los caminos eran una buena protección, por lo que busca por allí cerca. No ve ninguno. El corazón le late tan fuerte que teme que la procesión lo oiga.

—¿Qué hago? ¿Qué hago? —se pregunta al ver que las luces se acercan cada vez más.

Entonces las palabras de Hortensia se forman en su cabeza de manera casi providencial: «Si a la Santa Compaña ves, busca crucero o haz un círculo en el suelo y reza un padrenuestro».

Etna coge una rama, dibuja un círculo a su alrededor y se acurruca dentro. Se tapa los oídos, cierra los ojos y declama la parte del padrenuestro que recuerda.

Solo oye un chasquido sordo. Al poco tiempo, un aire gélido le recorre la espalda. Siente, sin ningún género de dudas, que la Compaña está pasando muy cerca. Deja de respirar.

Cuando la temperatura vuelve a su normalidad, Etna abre los ojos y un camino de cera se extiende a su lado.

Una vez recuperada de la impresión, se yergue y continúa, con la sensación de haber vuelto a nacer.

Al cabo de otro rato caminando, el bosque se vuelve más tupido y se impone la oscuridad. A lo lejos, al lado del camino, la luz de una luna oscura cae cenitalmente en el agua de un pilón, arrojando tonos púrpura sobre la pequeña alberca. A medida que Etna se acerca, el sonido del agua que salpica la piedra de lavar aumenta, aunque Etna no puede ver a nadie. Tensa el cuerpo y avanza hasta llegar al lavadero.

La débil luz adquiere una tonalidad roja. El agua comienza a moverse, primero unas ondas pequeñas, como si alguien hubiera tirado una piedra en la alberca, para después hacerse más y más amplias, grandes ceros que se extinguen en la superficie.

En medio de la pileta surge algo. Primero, una cabeza de pelo gris enmarañado con hojarasca e insectos de agua. Después una frente, arrugada y gruesa. Le siguen dos ojos pequeños, rojos y sin párpados, como de rata. El resto de la cara revela a una anciana de piel brillante y resbaladiza. Sus manos, retorcidas como raíces de mandrágora, sostienen unas sábanas llenas de manchas rojas. Mira a Etna, sonríe y, a través de sus dientes negros, se derrama agua a borbotones.

—Buena moza, ¿me ayudas a lavar estas sábanas? —Su voz tiene el horrífico timbre del último aliento antes de morir.

«Es una lavandera de la noche», piensa Etna tratando de disimular el temblor de rodillas. Sabe de historias sobre cómo estas mujeres lavan sus sábanas manchadas de sangre en las noches de luna llena, a la espera de nuevas víctimas que las ayuden a escurrirlas. Pero, ay de quien no gire las sábanas en la dirección correcta.

«¿Cuál era la dirección correcta? —se pregunta—. ¿Derecha? ¿Izquierda?» No lo recuerda.

Con desconfianza, Etna alarga con repugnancia el brazo hacia la lavandera, que le ofrece el trozo de tela. Comienza a restregar la sábana contra la piedra del pilón, mientras el agua y la sangre recorren la piel de la anciana. Se asusta, suelta la tela y da un paso hacia atrás. El agua se tiñe de rojo oscuro. La lavandera vuelve la cabeza lentamente y ladea un poco la cara. Sus ojos son de un rojo más intenso.

—No te alejes, niña. —Etna percibe la irritación de la criatura y sus rodillas tiemblan tanto que el ruido de huesos traspasa la carne—. Ahora tienes que ayudarme a escurrir las sábanas. —Su boca se arquea en un ángulo imposible.

La lavandera sale del agua, muy despacio. Es el doble de alta que Etna y emana un olor agrio, a óxido. Su camisón, hecho jirones, se pega a su cuerpo correoso. La lavandera vuelve a ofrecerle el extremo de la sábana. Su sonrisa ha desaparecido y, en su lugar, la concentración de un depredador dibuja en su cara una mueca.

Etna oye la voz de Teodosia:

—Gira las sábanas en la dirección de tu corazón.

Etna respira aliviada y sujeta la sábana, que está helada y le entumece las manos casi de inmediato. Gira la tela hacia la izquierda, pero la lavandera también gira hacia el mismo lado.

—¡Gira hacia el otro lado! —brama contrariada la criatura, mojando los pies de Etna con agua con sangre.

Esta se estremece, pero continúa girando hacia la izquierda.

—¡Gira hacia el otro lado, te he dicho!

Etna cierra los ojos para esconder las lágrimas de terror y sigue girando hacia la izquierda.

—¿Quieres saber de quién es la sangre?

La lavandera se ha acercado tanto a Etna que le salpica la

cara con su pelo mojado y su aliento fétido. Etna aprieta los labios.

—Es la sangre de tu padre, de tu madre, de tu abuela —continúa la lavandera. Su voz desprende aire helado en su oído—. Es toda la sangre que tú has derramado.

Etna continúa girando las sábanas hacia la izquierda. Temblando. Las lágrimas corren por sus mejillas.

—¡Es tu sangre! —La lavandera grita en un tono tan agudo que casi le perfora los oídos. Se mira las manos. La sangre que corre por ellas es ahora caliente—. La sangre de tu hija. ¡Gira hacia el otro lado si no quieres que te devore ahora mismo!

Etna cierra los ojos con más fuerza y continúa con su labor. Entonces oye un grito de dolor que corta el aire. Abre los ojos. La lavandera ha desaparecido. Solo queda un pilón vacío en medio de la noche.

Etna se acurruca y llora aterida de frío, de culpa y de miedo.

Cuando no le quedan más lágrimas se pone de pie, se seca los ojos y reemprende su viaje.

Al poco rato, Etna se abre paso por una avenida de robles, se para un instante y respira esperanzada al ver que ya queda menos para llegar a la casa de las Tres Marías.

En medio del robledal, donde las ramas son más bajas, oye un cascabeleo. Antes de que pueda reaccionar, de una rama salta una figura oscura y grande. La sobrecogedora criatura está cubierta de pelo animal y lleva la cara tapada con una máscara grotesca. De la cabeza sobresalen dos imponentes cuernos lisos y afilados.

Baila torpemente, dando grandes golpes en el suelo. A cada salto, los cientos de cascabeles y cencerros que cuelgan de su cuerpo se agitan emitiendo un ruido ensordecedor.

—Soy un canouro, el hijo del delirio y del miedo, hermano de los fantasmas que supuran de la mente del enfermo. Soy tú.

En ese momento se quita la máscara y Etna comprueba, con horror, que la cara que la está mirando es la de ella misma, con una mueca demoníaca.

Un olor a podrido la envuelve de golpe. Etna contiene una arcada hasta que, como una quemadura, el dolor palpita en sus pulmones y se irradia en todas direcciones. Comienza a toser con violencia y observa aterrada cómo trozos de sus órganos salen despedidos de su interior. Cae al suelo y su estómago se abre en dos, derramándose en la tierra. El olor a carroña la inunda. Intenta volver a meter sus intestinos en su abdomen, pero la carne de sus brazos y manos se desprende del hueso y también cae. Se toca la cara y solo oye el sonido seco del hueso contra hueso.

De la tierra surgen escorpiones, cientos de ellos. Se abalanzan sobre los pedazos de su cuerpo y empiezan a devorarlos. Etna intenta detenerlos, pero, cada vez que los aparta, los bichos se adhieren a sus apéndices y se introducen en las oquedades de su cara y cuerpo.

Etna es ahora un montón de huesos blandos y frágiles; con cada movimiento, un trozo de su esqueleto se deshace.

«Estoy desapareciendo...», piensa desesperada.

—Canta tu nombre —dice la voz de Teodosia en su cabeza.

«Cómo voy a cantar si no tengo cuerdas vocales», reflexiona tanteando el suelo con los huesos que todavía le obedecen, en busca de partes de su cuerpo.

—Haz lo que te digo —le ordena Teodosia.

Etna se detiene, toma aire y entona su nombre, apenas un susurro. Al ver que funciona, alza la voz más y más hasta que el canouro se queda quieto, sorprendido.

Etna eleva el tono y emite una nota tan aguda que el canouro se tapa los oídos. En ese momento, para su sorpresa, el monstruo suelta una carcajada, seguida por un chasquido estridente y otro, y otro más. Etna mantiene la nota, en tanto que el canouro comienza a agrietarse hasta que estalla en mil pedazos de cristal. Etna se protege con los brazos y, cuando el silencio se impone, levanta la mirada para darse cuenta de que su cuerpo sigue intacto.

—Era solo un juego de espejos —dice mirándose a las manos.

Entre el mar de cristales, hay un ser pequeño con grandes orejas. Sus ojos son duros y brillantes como el cuerpo de un escarabajo. Su nariz, larga y gruesa, llega hasta el nacimiento de su boca sin labios. Dos cuernos retorcidos le nacen en la frente. Etna lo mira con desdén.

—No eres más que un diaño haciéndose pasar por un canouro.

El diaño suelta otra gran carcajada y cacarea a pleno pulmón. Después, con un golpe de sus cascabeles, hace emanar de la tierra una burbuja de cristal. Se introduce en ella y se aleja flotando a través de las copas de los árboles, riendo como una hiena.

Etna le tira una piedra, pero falla.

—Menudo susto me ha dado —murmura cuando ha desaparecido.

Se frota la frente, mira hacia la falda de la montaña y continúa su camino.

46

Cuando llega a los pies del pico de las Tres Marías, Etna pierde el aliento por un segundo al mirar hacia la inmensa montaña. Arquea su cuello tratando de divisar el pico, que se pierde más allá de unas nubes blancuzcas y porosas.

—¿Cómo se supone que voy a subir? —se dice, tocando la piedra fría y lisa como el mármol.

Camina por la periferia en busca de alguna zona menos empinada o menos pulida. Nada.

Trata de asirse a las mínimas grietas de la montaña sin éxito. Da unos pasos hacia atrás y se propulsa hacia la pared, pero se desliza y va a parar al suelo. Se lleva la mano a la barbilla.

—Me pregunto si eso de dar órdenes a mi ánima funcionará aquí. —Se aclara la garganta y grita—: ¡Arriba!

Espera unos segundos sin que pase nada.

—¡Volar! —exclama con autoridad a la vez que trata de impulsarse hacia la cumbre.

No se mueve ni un centímetro del suelo. Grita frustrada. Da una patada a la piedra.

—Es imposible subir a esta estúpida montaña.

Se sienta en el suelo y abraza sus rodillas. Suelta todo el aire.

Un pequeño ruido la alerta. Se pone de cuclillas, preparada para defenderse. Silencio.

Cuando se relaja de nuevo, vuelve a oír el ruido.

—¿Quién anda ahí?

Nadie contesta, pero Etna advierte que hay unas piedras donde antes no había nada. Entrecierra los ojos y observa. Cuando han pasado unos minutos, las piedras se mueven un poco más.

—¡Os pillé! —dice mientras señala la congregación mineral, que parece crecer cada vez que Etna aparta la mirada.

Entonces se le ocurre una idea. Coge una de las lascas y comienza a picar en la roca. La pequeña piedra parece emitir gritos de entusiasmo con cada golpe. Consigue hacer una minúscula hendidura, suficiente para sujetarse con dos dedos. Deja esa piedra en el suelo y coge otra. Perfora un poco más arriba.

—Esto puede funcionar —comenta satisfecha mientras se masajea la mano, dolorida por los impactos.

Las piedras se han puesto en fila y cada una espera su turno en la aventura. Etna talla un peldaño tras otro. A cada nueva mella, tiene que volver al suelo a coger otra lasca porque no quiere dejar a ninguna sin su turno. Se dice: «A quién se lo cuente...», pero la verdad es que los pequeños cantos le parecen muy simpáticos, con sus gritos de alegría cuando los elige.

Calcula que debe de haber pasado medio día cuando decide tomarse un descanso. Las yemas de los dedos le sangran, le duele cada músculo del cuerpo.

Mira hacia arriba y se deja caer derrumbada cuando descubre que la distancia parece haber aumentado y que los agujeros han desaparecido.

—¿Qué clase de broma es esta? —Se lleva las manos magulladas a la cara y susurra—: Tiene que haber alguna forma de subir.

—La hay —asegura la voz de Teodosia, y le viene a la cabeza la imagen de la manteca que usan para el pan de Pascua.

Etna sonríe y reflexiona: «Si soy capaz de calentar la superficie, a lo mejor se vuelve más maleable, como ocurre con la manteca».

Se da la vuelta para mirar hacia la roca que conforma la montaña. Cierra los ojos y pone sus manos en la superficie. Se concentra en mandarles calor. Piensa en fuego, en hornos de leña, en radiadores, en el cuerpo de su hija cuando se metía en su cama en medio de la noche. Piensa en la sangre de una herida recorriéndole la piel. En la fiebre. En el abrazo de Silván. El caldo de Teodosia. Las manos palpitan cada vez con más fuerza. Siente como si toda la circulación sanguínea se agolpara en ellas, hasta el punto de que le da la impresión de que se ha triplicado el tamaño. Aun así, no mira y deja que esa especie de fuego líquido se acumule en sus manos mientras sigue evocando imágenes de calor.

De pronto, la mano se empieza a hundir en la roca. Etna ignora las emociones de sorpresa y excitación y se sujeta a la hendidura mientras coloca su otra mano más arriba, que también se hunde. Toda la montaña parece haberse vuelto de arcilla. Así que Etna hinca un pie detrás del otro e inicia la escalada con los ojos cerrados, pensando en edredones de pluma, jerséis de lana, alientos, tazas de café, teteras, chimeneas, desiertos... Usa hasta la última gota de energía que le queda para escalar hasta lo más alto.

Exhausta, llega a la entrada de una humilde choza de piedra totalmente camuflada por el musgo. Tiene una forma mareante e irregular, con tres tejados, tres chimeneas y tres ventanas. Un zumbido parece brotar de sus grietas.

Etna se aproxima despacio a la puerta, que se abre sola. Traga saliva a duras penas y atraviesa el umbral. Pero se queda quieta en la entrada al descubrir que el interior está cubierto por cientos de metros de una especie de gasa opaca. No consigue ver nada más.

Una sombra se mueve a su alrededor. Lo único que oye es el silbido sordo de algo rozando las gasas. Inmóvil y aterrorizada, hasta deja de respirar.

En algún momento, nota unos alientos justo frente a su rostro. Huelen a perro mojado y a hojas de pino. Cálidos y fríos a la vez. Después desaparecen. Etna aguza la vista y por fin atisba una gran figura con tres cabezas que la mira en silencio. El pánico se apodera de ella, pero aprieta los puños y se adentra en la cabaña hasta que está a solo unos centímetros de la criatura.

Sus ojos brillantes y amarillos titilan a través de la tela y sus bocas abiertas hacen que la gasa se hinche y deshinche con cada respiración. El corazón de Etna golpea las costillas con violencia. Controlando el temblor de manos, busca en su pecho y encuentra el colgante de la serpiente enroscada que había pertenecido a Mara. Lo muestra temerosa.

Las Tres Marías se abalanzan hacia su pecho soltando un gruñido agudo. Una sensación viscosa y fría se desliza entre sus clavículas. Etna cierra los ojos para refrenar el asco que le produce. Cuando los vuelve a abrir, las Tres Marías levantan las caras, emiten más ruidos guturales y, con un solo gesto, cubren a Etna con la gasa.

Etna se descubre en un paraje entre la bruma. A solas con las Tres Marías.

Sus manos, largas, vellosas y oscuras como patas de araña, se mueven con rapidez y tejen una tela que se empieza a extender frente a sus ojos. Está bordada con símbolos crípticos. Etna se acerca y descubre que es capaz de entender el mensaje. Empieza a leer. El eco de cientos de voces resuena a su alrededor y dentro de su cabeza:

Hace algunos años, nació en Senombres una niña llamada Mara con fuego en su espíritu y nieve en su corazón. Aun así, con su primera sangre, la niña fue ungida con el agua de la penamoura. Un día, incapaz de controlar su ira, Mara llamó a un rayo para unos chicos del pueblo que habían calumniado a su familia.

Desde ese momento, la gente la rechazó como si fuese un

animal peligroso. Decían de ella que manchaba con sangre la leche en las ubres, volvía a las gallinas cluecas y a los perros locos; hasta las mujeres embarazadas juraban perder el hijo de sus entrañas con tan solo verla.

Mara dejó de peinar su pelo, que se volvió un enjambre de piojos, dejó de lavarse. Gruñía en vez de hablar. Las nubes se asentaron sobre Senombres. Hasta en verano, el cielo era gris y viscoso.

Un día Mara conoció a Amaro. Duro como un atizador de hierro. Pensó que estaban destinados a estar unidos.

Amaro la convenció de que, si querían vivir su amor, tendría que robar la penamoura. Ya que, solo si la piedra estaba bajo su control, quedaría libre de su hechizo.

Mara la robó una noche de luna llena. Y se citó con él en el lago Lembrei.

Entonces oyó a la moura Mae en su corazón: «Si cruzas a la otra orilla con la penamoura, habrás de sufrir las consecuencias». «No me importa —respondió Mara—. Ya no quiero mover nubes. Ni un animal sombra. Quiero tener un hombre. Que no me miren con miedo en la calle. Y una casa en la que no se rece al pan».

Mara apretó la penamoura en su puño y sujetó la mano de Amaro. Se agarró a su pecho, tiritando en su abrazo sin calor. Y lloró de tristeza. Pero también de felicidad.

—La robó por amor —susurra Etna sin darse cuenta, y ve desvanecerse la tela sin acabar de leer la historia.

En ese momento, un gran estruendo rompe el aire. Las Tres Marías, dando otro grito escalofriante, se vuelven tan grandes como la cabaña. Siguen creciendo, entre bramidos terroríficos. La casa vuela en mil pedazos. Cientos de rocas caen por todas partes. Las telas se ondulan y retuercen hasta donde alcanza la vista.

Etna se protege con los brazos y se prepara para lo peor. De repente, siente de nuevo a la serpiente en la garganta, le falta el aire.

—Sujétate a mis manos —dice una voz que Etna reconoce como la de Elvira, al tiempo que ve unas manos amarillas a través de las gasas.

Otras manos se materializan desde el otro lado.

—Ahora. Agárrate.

Diferentes manos aparecen y desaparecen a su alrededor. Etna trata de sujetarse al mismo tiempo que lucha por respirar y no ser aplastada por la lluvia de escombros.

—¿Dónde estáis? —Llora asustada mientras busca entre las telas.

—Aquí.

—¡Ahora!

—No hay más tiempo —advierte otra voz.

Etna trata con desesperación de amarrarse a los brazos, su único contacto con el mundo de los vivos, pero solo se topa con hilo.

Unos instantes frenéticos y, de pronto, todo se detiene.

Lo único que puede ver es la gasa blanca de las Tres Marías. Lo único que puede oír es el más absoluto silencio.

—Se han ido. —Hunde la cabeza entre las rodillas. El llanto brota en su garganta—. Y ahora ¿cómo regreso?

—¡Agárrate! —grita Teodosia a través de la gasa extendiendo sus manos pintadas de amarillo.

Etna se impulsa con las piernas y se abalanza hacia la mano de Teodosia. Consigue agarrarle la punta de los dedos con todas sus fuerzas.

Todo se oscurece.

Cuando abre los ojos, sigue asiendo las manos de Teodosia. De refilón, ve desaparecer la cola de la serpiente que le habían introducido en la boca. Tose con fuerza y escupe una baba pegajosa que no parece suya. Trata de respirar hondo, pero le da la sensación de que sus pulmones han empequeñecido.

—Respira, respira —le indica la anciana.

La garganta le arde y siente dolor de estómago y una presión en el pecho. Vomita y se deja caer a su lado, incapaz de hablar.

Poco a poco. Los pájaros y las ramas y el sonido de su aliento ocupan su lugar en el paisaje. El viento rebota en las dos aristas de la Roca da Moura. Alguien acaricia su frente.

—Estás bien. Descansa —oye a lo lejos, y vuelve a cerrar los ojos.

47

Una tos repentina y violenta la despierta. Con reticencia abre los ojos y enfoca la vista, para comprobar que es de noche y está de vuelta en su cama. El fuego de la pequeña estufa de su habitación está encendido y los sonidos nocturnos entran por una rendija de la ventana. Se intenta incorporar, pero las manos firmes de Teodosia la detienen.

—¿Cuánto tiempo llevo inconsciente? —pregunta sobresaltada.

—Dos días —contesta Teodosia, que se vuelve a recostar en la mecedora para continuar con su calceta.

Etna la observa por unos segundos. Sus dedos ágiles con las agujas le recuerdan a las Tres Marías. Entonces murmura:

—Lo hizo por amor, Teodosia —murmura—. Pero, al mismo tiempo, me dio la impresión de que Mara no era muy buena persona.

Teodosia baja la calceta y mira a Etna con curiosidad. Después fija su mirada en un bol con fruta que reposa en una bandeja en la mesa camilla. Coge una avellana y se la muestra a Etna diciendo:

—Las avellanas son como piedras por fuera para proteger su tierno interior. —Después toma una ciruela—. Otras frutas son dulces y blandas, pero tan duras por dentro que pueden partirte un diente si te descuidas. También hay frutas como estas —aplasta una breva entre sus manos—, que no son capaces de aguantar ni la más mínima presión sin deshacerse.

Etna piensa unos instantes.

—Quieres decir que mi bisabuela era una avellana.

Teodosia guarda la calceta, se levanta de la silla y camina hacia la puerta.

—Pero entonces ¿cuál es mejor? —insiste Etna.

Teodosia se para en la puerta y con una sonrisa responde:

—Depende de los gustos... —Sale y cierra la puerta tras de sí.

—¡Espera! Tengo que contarte lo que me dijeron las Tres Marías.

Etna trata de incorporarse, pero el dolor en el pecho se lo impide. Emite un quejido y se deja caer en la cama. Busca el teléfono del hospital para llamar a su hija, pero se queda dormida antes de encontrarlo.

48

Al final de la semana, Etna ya ha recuperado sus fuerzas y puede salir de la cama para reunirse con las demás a la hora del desayuno. Las panaderas ya han comenzado a dar cuenta de la comida cuando ella se sienta a la mesa en silencio. Se sirve un café y, de manera ceremoniosa, anuncia:

—Creo que he de pedirle perdón a la moura Mae. ¿Cómo se le pide perdón a una moura?

—¿Qué le has hecho? —pregunta Justa con sorna mientras unta crema de leche fresca en una tostada.

—Yo nada. Pero la moura del Lago había avisado a mi bisabuela de que, si robaba la penamoura, se debería atener a las consecuencias. Y Mara no hizo caso. Creo que la moura está castigando a sus descendientes por su desobediencia.

—Pero ¿qué hizo con la penamoura después de robarla? —salta Adela con nerviosismo.

—Eso no lo sé. —Etna se mira las uñas—. No dio tiempo a saberlo.

—No dio tiempo no. Di que eres una bocazas y hablaste —le espeta Justa—. Tanto esfuerzo para que al final lo estropees todo, como siempre.

—Lo siento.

—¿De veras lo sientes? —le recrimina Justa—. Tú tienes tu respuesta, le pides perdón a la moura y tus problemas con el símbolo se acaban, pero y nosotras ¿qué? La abuela gastó nuestra última gota de la penamoura en ti.

A Etna se le corta la respiración. No había pensado en ellas.

—Lo siento. No lo hice a propósito.

—Se acabó. —Adela suspira con incredulidad—. Todos estos años orando a la luna para que te pusiese en nuestro camino. Pensando que eras nuestra única esperanza. —Las lágrimas corren por sus mejillas.

—Puedo volver.

—No puedes volver. Si vas otra vez, no podrás regresar al mundo de los vivos. Solo puedes molestarlas una vez —dice Elvira.

—¿Y si va otra por mí? ¿Adela?

—Solo un amor verdadero o un descendiente directo puede hacerlo —contesta Elvira.

—Podemos seguir buscando, ¿no? Tiene que haber algún sitio en el que no hayamos mirado.

—Hemos buscado en todos lados. Mara la debió de destruir —apunta Elvira, incapaz de contener su decepción.

—Pero no se puede destruir, ¿no, abuela? —pregunta Justa.

—No, pero te la puedes llevar al Alén —responde Teodosia.

—¿Y por qué querría hacer eso? —se extraña Justa.

Nadie habla.

—De todos modos, puedo pedir perdón a la moura, ¿verdad? —Etna se dirige a Teodosia—: ¿Cómo le puedo pedir perdón en nombre de mi bisabuela? Así, a lo mejor, os da otra.

—¿Cómo eres tan tonta? No nos va a dar otra. El regalo de una moura es un honor raro y especial. ¡Cómo se nota que estás acostumbrada a que otros te saquen las castañas del fuego!

Todas callan. El reloj de la pared llena el silencio. Etna siente que se va a desmayar. Teodosia decide intervenir.

—Para pedirle perdón a la moura, cada noche, durante

trece días, has de cocer un pan en forma de cordero. Lo harás solo con harina blanca y lo bañarás en leche fresca. Has de ir de rodillas todo el camino hasta la Roca da Moura diciendo: «Lo que Mara hizo, Etna deshizo». Dejarás el pan sobre un nido hecho con ruda y mechones de tu propio pelo. Tendrás que cortarte el pelo hasta que no te quede ningún mechón que ofrecer. Durante esos trece días te has de lavar solo con agua del lago y deberás hacer trece abluciones cada madrugada, tras lo cual podrás comer un bol con trece pedazos de pan de centeno mojados en leche, nada más. Cuando hayas ofrecido el último pan de cordero y el último mechón, tu cuenta estará saldada.

—Entonces ¿eso es todo, abuela? —pregunta Adela.

—Nuestro don se morirá con nosotras —indica Justa.

—No me lo puedo creer —confiesa Adela con un hilo de voz.

Otro silencio.

Con los ojos llenos de lágrimas, Etna se quita el colgante de su bisabuela y lo deja sobre la mesa.

—Haré las maletas. Cuando termine mi penitencia para pedir perdón, me marcharé.

Elvira mira a su madre.

—No es necesario que te marches aún, puedes esperar hasta octubre, cuando termine el año de entrenamiento que te había prometido la abuela. Y buena falta hace la ayuda extra para la cosecha.

Etna asiente. Abandona la panadería antes de que las lágrimas se conviertan en un llanto escandaloso. El estómago le arde de pura culpa. ¿La culpa que sintió en el lago estando en el Alén?

—Quizá era una premonición. —Se frota la nariz con la manga.

No puede pensar en eso ahora. Lo que más le importa es pedir perdón a las mouras. Tal vez así pueda acabar con los dibujos, las pesadillas y las tragedias que las acompañan.

Y después todo será normal otra vez, supone. Quién sabe,

quizá ella y Serafina se puedan ir a vivir a la ciudad. O montar una escuelita en Escravitude, pues siempre quiso ser maestra. Algo se les ocurrirá. ¿Que no podrá mover nubes? ¿O viajar al Alén? ¿O hablar con las salamandras? Le es igual. Por lo menos no tendrá que preocuparse de que su hija sufra cada día con cosas que no puede entender. Se clava las uñas en las palmas de las manos. Las lágrimas regresan a sus ojos.

—Pero no las pude ayudar —musita con la voz entrecortada a causa del llanto—. Si no hubiera hablado... Si no hubiera hablado...

Se limpia la cara y toma aire hasta que se tranquiliza ligeramente. Hay mucho que hacer en poco tiempo. Piensa.

—Está bien. Yo no nací para esto de todas formas —dice al viento, que se para en seco y cambia de dirección.

Al día siguiente, Etna comienza el proceso de expiación con diligencia. Sigue, a pies juntillas, cada paso de lo que le ha ordenado Teodosia. Noche tras noche, peregrina de rodillas hasta la roca portando la ofrenda. Tarda horas en llegar al altar y se tiene que bañar en las gélidas aguas del lago. Y cuando vuelve, ya es de día.

Tiene las rodillas hinchadas y las heridas supuran, infectadas por las piedras y la mugre del camino. Cada día se parece más a una enferma terminal, con el pelo cortado a tijeretazos. Está blanca como una aparición, ojerosa y consumida. La gente susurra cuando la ve y retira a los niños para que no cojan el aire de muerto que Etna desprende cuando pasa por delante de sus casas.

Sin embargo, Etna no desiste, y la última madrugada, cuando vuelve de bañarse en el lago, la llama Alba, la abuela de Serafina y, como si de un milagro se tratara, le cuenta que Silván se ha recuperado de manera prodigiosa y se espera una mejoría completa en las próximas semanas, y que Serafina ha vuelto a hablar.

49

Las siguientes semanas se enredan impacientes en la boca del estómago de Etna a la espera de que Serafina vaya a pasar las vacaciones de verano con ella. Al margen de un par de visitas cortas, Etna apenas la ha visto y la distancia ya casi le resulta insoportable.

Por fin llega San Juan, el día que Silván ha acordado traerla hasta Senombres. Etna, nerviosa, se apresura a ir a la estación de tren. Antes de salir del coche, se revisa en el retrovisor, pero aparta la vista al ver su pelo oscuro y corto, y las bolsas en los ojos.

—Ya no importa —masculla bajando del vehículo.

Se para en el andén abrazándose a sí misma mientras la máquina del tren decelera a trompicones.

Cuando las puertas se abren, Etna se protege los ojos del sol poniente con la mano para buscar caras conocidas. Serafina sale primero, con mirada soñolienta y el pelo de la nuca enmarañado. Va vestida con unas mallas estampadas y un top a conjunto que Etna no reconoce. Desde la distancia se da cuenta de que está más alta y más delgada, si cabe. Silván, que la sigue, se para y la busca con la mirada. Al verla, la saluda desde lejos. Etna siente una incómoda sacudida en la boca del estómago. Él también está más delgado, y lleva el pelo corto, tan corto como el de Etna. Silván se da la vuelta hacia la puerta del tren y ofrece su mano al tercer pasajero. La espigada figura de Halley se posa en el cemento de la estación casi como una libélula.

—¡Bienvenidos! —Etna abre los brazos para recibir a Serafina, que se deja abrazar girando el cuerpo hacia un lado—. Te he echado mucho de menos... ¿Qué es eso? —Toca su oreja, donde un pequeño arito brilla entre la costra de la herida—. ¿Te has hecho agujeros?

—Fue el regalo de papá y Halley por volver a hablar.

—¿Sin avisarme?

—Lo siento, estábamos paseando y había una farmacia que hacía agujeros y tú estabas sin cobertura —se excusa Silván.

—Ahora va a ser culpa mía.

—Perdona, no debimos hacerlo sin tu permiso —se disculpa Halley, que recibe, a cambio, una mirada seca de Etna.

—Son mis orejas y tengo casi trece años. Y tú has tomado muchas decisiones sobre mí sin preguntarle a papá.

Etna mira a su hija, atónita. Tras unos segundos, dulcifica el gesto.

—Tienes razón, hija —contesta, para su sorpresa. Después, dirigiéndose a Silván y a Halley, añade con su mejor sonrisa—: Bueno, ¿y qué tal estáis vosotros?

—Mucho mejor desde la última vez que te vimos. —Silván sonríe con cautela—. Los médicos dicen que todo progresa adecuadamente.

—Me alegro —exclama Etna, y acto seguido mira a Halley, con un nudo en la garganta—. Desde luego, ha sido un milagro. —Se aleja un poco para ver su barriga—. Todavía no se te nota, ¿no?

—Es que solo estoy de quince semanas.

—Ya, claro. Yo es que ya no me acuerdo de nada... —Sonríe para disimular el dolor que siente en el pecho—. Y ¿qué tal lo llevas? ¿Náuseas?

—Un poco, la verdad es que sí.

—No me deja abrir la nevera delante de ella por los olores —comenta Silván.

—Ay, pobre, yo era igual con los olores; para mí lo peor eran los perfumes.

—Es verdad. Recuerdo que no podías ni estar en la habitación con tu abuela.

—Bueno, en ese caso, fue una bendición —bromea Etna, y se arrepiente casi al instante.

Todos se quedan callados.

—Lo peor es el cansancio —comenta Silván tras aclararse la garganta.

—Sí, eso es lo peor. Si me siento, me quedo dormida.

—La gente no se imagina que cuando peor nos encontramos es cuando menos se nos nota el embarazo. Es cuando más nos deberían dejar el asiento. Y ¿ya sabéis si es niño o niña?

—Preferimos que sea sorpresa.

—¡Ah, qué bien! Nosotros intentamos que lo fuera, pero fui incapaz de esperar y con la primera ecografía ya estaba preguntándole a mi ginecóloga.

Silván la mira con tal pena que Etna da un respingo inconsciente.

—En fin. Venga, coge la maleta, Sera. Y vamos, que hace mucho calor para estar aquí al sol. —Etna inicia la marcha, seguida por el resto.

Al llegar a Senombres dan un breve paseo mientras Etna les enseña el pueblo. Halley agarra la mano de Silván, que camina más despacio de lo habitual. Etna los observa desde detrás y descubre que ese dolor punzante en el pecho que sintió antes, en realidad, duele como un miembro fantasma.

Cuando llegan al robledal de detrás de la iglesia de Senombres, Silván dice con una mueca obsequiosa:

—Ahora entiendo por qué te gusta tanto estar aquí.

—El aire es tan fresco... —añade Halley.

Etna asiente complacida.

Tras mostrarles el resto de los lugares de interés, Silván y Halley se disculpan para ir a instalarse en el hostal de Mari. Etna y Serafina se encaminan hacia la panadería. Cuando están atravesando una pradera de flores silvestres, Etna rompe el silencio:

—¿Estás contenta de estar aquí?

Serafina se encoge de hombros.

—Ya verás qué bien nos lo vamos a pasar. Con la fiesta de San Juan, hoy por la noche, la boda de la tía Veva al final del verano. —Serafina continúa caminando en silencio—. ¿Sabes que aquí hay un lago precioso para bañarse? Además, en la panadería hacemos los cruasanes más ricos del mundo.

Un rebaño de ovejas, seguidas por un perro y un chico con un palo, cruza a través del camino. Etna y Serafina se detienen y esperan a que pasen.

—El veterinario tiene ponis que puedes montar cuando quieras. Y tiene una pantalla gigante; parece una sala de cine. —Serafina gira la cabeza hacia su madre—. Eso es lo que te interesa, ¿eh? —Etna sonríe: ha resultado productivo el esfuerzo de buscar en el pueblo atracciones para la niña—. Es una pantalla tan grande que a veces vemos las películas en su casa, con palomitas y todo. Como si fuera un estreno de cine. Y, ¿sabes?, su hija pequeña es solo un par de años mayor que tú. Y ha vuelto del internado para pasar el verano. Y tiene cientos de videojuegos.

—¿Cuáles?

—No sé, muchísimos, ya verás; hasta unos en los que juegas al tenis usando los mandos como raquetas.

—Bah, ese ya sé cuál es, el Wii Sport; es muy viejo. —Las ovejas terminan de cruzar y madre e hija retoman el paso.

—Pero tiene otros, de Pokémon y bichitos. Ya verás qué bien te lo vas a pasar. Y lo más importante —Etna pasa la mano por su pelo, todavía con la textura de un bebé—, no más sueños, ni dibujos extraños, ni nada de eso.

Serafina la mira nerviosa.

—¿Cómo lo sabes? —pregunta, haciéndose oír entre el tintineo de los cencerros.

—Confía en mí. Esta vez lo sé. Todo eso se acabó. Para siempre.

50

Tras instalarla en la casa y presentar a Serafina a su familia de Senombres, Etna la deja ir a pasar la tarde con Silván, ya que ella está atareada con los preparativos de San Juan.

Al atardecer, llega a la plaza del pueblo con una bandeja de panecillos. Luces, flores y guirnaldas decoran el lugar. Huele a piñas, sardinas y a la pólvora de los petardos que los niños tiran alrededor de la hoguera, todavía sin prender. Etna se reúne con su hija, Silván y Halley cerca de la barra que ha instalado el bar El Cruce. La niña lleva un gran manojo de hierbas de San Juan. Antes de que le pueda preguntar sobre ellas, alguien les silba a lo lejos.

—Mirad. Es la tía Veva.

Serafina señala a la mujer que, junto a Orlando, saluda con las manos desde un banco al otro lado de la plaza.

Se reúnen con ellos y, tras los abrazos y presentaciones de rigor, todos se quedan callados. Alguien carraspea incómodo.

—Está todo muy bonito —comenta Halley señalando a su alrededor—. Parece una fiesta wicca.

—Un poco wicca sí que es —admite Veva—. Wicca mezclada con catolicismo y folclore gallego. ¿Has recogido tú todas esas flores? —Veva señala el ramillete que ha dejado en una esquina del banco.

Serafina asiente con cara de orgullo.

—Con eso tenemos de sobra para hacer un buen barreño

267

de agua para mañana. Y no te has olvidado de ninguna. Ni de la hierbaluisa —añade Etna sin poder ocultar el orgullo.

—Papá me ha ayudado.

Etna mira a Silván, que responde con una sonrisa. Nuevas arrugas nacen en sus ojos, que se han oscurecido y ahora son de un verde más opaco, como la malaquita sin pulir. Etna, incómoda, gira la cara y anuncia:

—Bueno, yo me voy a trabajar, que tengo que repartir todo esto. —Muestra nerviosa la bandeja de panecillos.

Se despiden hasta más tarde.

Etna reparte los panes con impaciencia. El alcalde prende la hoguera, que empieza a humear con timidez para rápidamente arder con fuerza. En un abrir y cerrar de ojos, las llamas llegan hasta el monigote apostado en lo alto de las ramas. Etna observa absorta cómo el fuego devora el espantapájaros, hasta que alguien le pide un bollo de pan.

Cuando los más valientes empiezan a saltar el fuego, Etna reparte el último panecillo. Se apresura a reunirse con el grupo, que parece haber roto el hielo y conversa animado.

Con las barrigas llenas, la pandilla se sienta en una concurrida bancada cerca de la hoguera, donde los más viejos cuentan historias de San Juan. Leyendas de meigas, trasgos y ánimas en pena que reclaman los caminos y encrucijadas en esta noche.

El fuego empieza a consumirse cuando Teodosia se suma a la reunión. Una niña con grandes coloretes le dice nada más sentarse:

—Doña Teodosia, cuente la historia de los gemelos.

Otros niños secundan la petición a media voz.

Teodosia los escruta con ojos entrecerrados.

—¿Estáis seguros de que no os va a dar mucho miedo?

Los niños niegan con la cabeza; sus ojos abiertos parecen carecer de párpados.

Entonces Teodosia se inclina hacia delante. Mira a su auditorio con circunspección, abre los brazos y comienza el relato:

Hubo una vez una familia tan pobre y con tantos hijos que, al final, ya les daban el nombre del día del santo en que habían nacido. La madre murió en el último parto de gemelos; un niño y una niña. El médico que atendió el nacimiento le dijo al padre:

—Déjame estos dos a mí. Como bien sabes, mi mujer no los puede tener. Estos no valen mucha cosa que no sé yo si llegarán al año pero, por lo menos, nosotros les podemos dar mejores cuidados.

El padre no se lo tuvo que pensar mucho. En aquellos tiempos, los hijos que no podían ayudar tenían menos uso que una mula lisiada. Pasaron los años. Los niños crecían raquíticos, con la piel tan pálida que se le podían ver todas las venas de la cara; pero crecían. Por su mala salud, su padre adoptivo no dejaba que se les dijera que no para no alterar su delicada constitución. Todos los trataban como principitos. Su nueva madre los paseaba con un cartel en el carricoche que decía: No me toquen.

Y fue porque nadie podía decirles que no que, en una gélida mañana de febrero, una de esas mañanas en las que ni siquiera el ganado abandonaba las cuadras, que los gemelos decidieron salir a jugar al monte. La niña retó a su hermano a que no se atrevía a caminar en una pequeña poza que se había congelado durante la noche. El niño puso cara de chulo y se acercó a la orilla. Con su botín tocó el hielo. Le pareció lo suficiente grueso ya que, con cuidado, caminó un par de pasos. Se dio la vuelta y sonrió a su hermana. Esta respondió con un gesto granuja y se apresuró a reunirse con él. Se dieron las manos, entusiasmados.

De pronto, ¡CHAS! El hielo se rompió y los dos cayeron a las aguas congeladas.

—Voy a morir —pensó la niña, cansada de bucear en círculos tratando de encontrar la salida entre el hielo.

El agua ya había empezado a entumecer sus tiernas piernecitas. Se rindió y dejó de nadar. De pronto, sintió unos brazos sujetando sus piernas, empujándola hacia arriba.

—Gracias a Dios por tener un hermano tan bueno que está dispuesto a sacrificar su vida para tratar de salvar la mía

—pensó aliviada mientras que su cabeza era golpeada contra el duro techo de hielo.

Después de unos cuantos golpes fuertes, la niña se dio cuenta de que su hermano no la estaba tratando de salvar. La estaba usando para romper la superficie helada.

—Y es así que, en noches de *meigas* como esta, si nos acercamos a lagos, ríos, incluso la bañera de casa, que podemos oír cómo los gemelos se pelean por salir a la superficie. Y se puede oír: pum, pum, pum.

Teodosia señala a cada uno de los niños con gesto amonestador.

—Por lo tanto no os peleéis entre vosotros, si no queréis que los gemelos os lleven al fondo también. PUM, PUM, PUM. —Teodosia repite más alto y el resto de los niños la imita con regocijo y risas nerviosas, incluida Serafina.

Un silencio respetuoso sigue a los golpes.

—¿Quién más quiere contar una historia? —dice alguien al rato.

Entonces Silván se pone de pie. Sus movimientos son toscos por el exceso de vino.

—Yo tengo una. De cómo un *nubeiro* nos salvó a mi novia y a mí de un incendio.

—¿Qué es un *nubeiro*, papá? —pregunta Serafina.

—Es un viejo barbudo que vive en las nubes y lanza tormentas y lluvias a su antojo.

Etna primero se estremece al oír la palabra «novia» para aludir a Halley. Después quiere gritar que fue gracias a ella y al don de la moura. No fue ningún *nubeiro*, quienes, al contrario, suelen usar sus poderes para la destrucción. Sin embargo, sonríe con los ojos y da un mordisco a una rosquilla.

Silván describe el incendio con pasión y el público está hipnotizado con su relato. «¿Quién iba a suponer que Silván es tan buen orador?», piensa Etna. Cuando estaban juntos, había que sacarle las palabras con sacacorchos. Y ahí está ahora. De pie. Gesticulando para representar la orientación de las llamas, mostrando las quemaduras. Explicando cómo usó su fuerza e ingenio para proteger a Halley.

—Por eso quiero hacer el Camino de Santiago —Silván se sienta y bebe el resto del vino de un trago— o algo para agradecer esa lluvia que nos salvó.

—Puedes darle las gracias al *nubeiro* —sugiere Teodosia.

—¿Cómo?

—Haciendo una ofrenda del fuego de San Juan en el lago. Cuando el agua se evapore, tu agradecimiento llegará a las nubes.

—¡Qué buena idea! —exclaman algunos hombres, con los ojos brillantes y la lengua pastosa.

—Habéis de saltar la hoguera nueve veces —indica Teodosia—, coger un tizón encendido y, todavía caliente, tirarlo al lago para que el vapor llegue al cielo.

Antes de que Etna pueda objetar nada con respecto al hecho de que Sera vaya en medio de la noche al lago, Silván ya se ha puesto de pie y camina hacia la hoguera.

—Pero no fue un *nubeiro* —le susurra Etna a Adela, que se ha unido a la comitiva unos minutos antes.

—Por eso la abuela los está mandando al lago. En realidad, le van a dar las gracias a las mouras. Ya sabes que a los hombres les cuesta más dar crédito a un poder femenino, así que ¿para qué intentarlo? —Adela señala al grupo, mayoritariamente masculino, que hace cola para saltar la hoguera hinchando el pecho.

Tras los saltos, una pequeña comitiva atraviesa el pueblo, lleno ahora de borrachos cantando y niños cambiando macetas de sitio. Se adentra en el bosque y Etna parece sentir fuegos fatuos y halos de luz bailar a su alrededor. La peregrinación, encabezada por Teodosia unos pasos más adelante, camina muy unida, entre risas nerviosas, grititos y bromas pesadas.

A pesar de que la luna llena está alta y la visibilidad es buena, la gente de ciudad usa las linternas de sus teléfonos móviles y Veva se queja varias veces de que se va a romper una pierna justo antes de la boda.

Cuando por fin llegan al lago, Silván blande el tronco en llamas y lo arroja al agua con poca ceremonia pero mucha solemnidad. El silencio reina mientras el vapor sube hacia las nubes.

Después, todos aplauden y jalean el gesto. Hasta Etna grita un viva, que se le ahoga en la garganta al darse cuenta de que Serafina está en una esquina, quieta y temblando.

—¡Sera! ¿Qué te pasa? ¿Te encuentras mal? —Le toca el hombro.

La mirada de Serafina está clavada en el otro margen del lago. La zarandea.

—¡Eh! ¡Sera!

Pasan unos segundos en los que el corazón de Etna parece haber perdido el norte.

—¡Ay! No me empujes —se queja Serafina al fin.

—Perdona, hija, es que no contestabas.

Etna suspira y su mirada se encuentra con la de Teodosia, que observa la situación con una mueca inescrutable.

De regreso, Serafina mira hacia atrás cada dos por tres. Como si alguien los estuviese siguiendo.

51

Al día siguiente por la tarde, de camino al bosque para recoger
algunas hierbas, Etna se encuentra a Silván y a Serafina, que
vuelven de un paseo con los pantalones remangados. Etna se
atusa el pelo corto de manera inconsciente.

—¡Hemos cazado cucharillas! —se desgañita Serafina en-
señándole el botín a su madre.

En un cubo de plástico, unos renacuajos nadan en círculos
como pueden contra los bandazos del agua.

—¡Qué bien, hija! —Después se dirige a Silván—: Toda la
mañana y ¿eso es todo lo que pescasteis?

—Somos pacifistas, tu hija y yo.

—Eso —añade Serafina.

—Además —continúa Silván con una media sonrisa—,
espera unas semanas y te podremos preparar unas estupendas
ancas de rana.

—Eso... Oye, papá, no nos las vamos a comer, ¿verdad?

Etna resopla para disimular la risa. Silván mira a su hija,
sorprendido.

—Lo digo en broma. Claro que no nos las vamos a comer.

Serafina sonríe.

—Se las voy a enseñar a Justa y a Adela —anuncia mientras corre hacia la panadería.

Etna observa a su hija alejarse, en silencio. Silván suspira y
dice:

—Llevo tiempo queriendo encontrar un momento para hablar contigo.

—¿Dónde está Halley? —lo interrumpe Etna nerviosa.

Silván inspira hondo.

—Fue a un pueblo cercano con Veva y Orlando. Quería comprar queso para llevar de vuelta a casa.

—¿Cuándo os vais?

—Mañana por la mañana. Con las náuseas lo está pasando mal aquí.

Sin siquiera intentar evitarlo, Etna rompe a llorar. Las lágrimas corren sin parar por sus mejillas y se agarran al borde de la mandíbula.

Silván se acerca y susurra su nombre. Intenta tocar su brazo, pero Etna se aparta.

—Yo no sabía nada. Tienes que creerme.

Etna asiente.

—Si lo piensas, resulta de lo más poético. —Se seca los ojos con un paño que le cuelga de la falda—. Un bebé nos unió y otro nos separa.

—Etna...

—¿A qué hora sale el tren? —Se frota el nacimiento del cuello hasta que deja una marca roja.

—Cogemos el primero de la mañana.

—¿Necesitas que os lleve a la estación?

Silván niega con la cabeza.

—Nos lleva Manolo, del bar El Cruce.

—Entonces casi mejor que nos despidamos ahora, ¿verdad? —Las mejillas le arden.

—Como tú quieras. —Silván titubea.

—Sí, es mejor. —Etna asiente varias veces con la cabeza, trata de sonreír y extiende los brazos—. Pues hasta el final del verano. Oye, que con todo esto no he tenido tiempo de darte la enhorabuena. —Coge aire para evitar llorar más—. De veras.

Silván se descompone un segundo, pero la abraza. Etna lo empuja con suavidad y él se separa cabizbajo.

—Voy a dar un último paseo. —Silván comienza a caminar, se para y se gira—. Tú no quieres venir, ¿no?

Etna hace visera con la mano para proteger los ojos del sol, escondiendo su mirada. Mueve la cabeza de un lado a otro.

—Tengo mucho que hacer.

Silván entorna los ojos mirando el camino que está a punto de tomar. Después, vuelve a mirar a Etna con lágrimas en los ojos.

Etna alza una mano.

—Adiós, Silván —musita con un hilo de voz.

Silván sonríe y asiente varias veces. Se despide con la mano y se aleja caminando. A su alrededor la luz se vuelve cálida, como si el sol hubiese decidido ponerse a las cinco de la tarde.

52

Esa luz continúa tiñendo el aire hasta bien entrado julio, que pasa de largo como un sueño febril, con el duro trabajo de la siega quemando las espaldas. Los días saben a trigo maduro y sudor, y en las noches, el cielo parece estallar en millones de esquirlas fluorescentes.

Casi sin darse cuenta, Etna se topa con el pesado aliento de agosto, que se deja caer en Senombres como una gruesa capa de manteca. Y los gestos se vuelven lentos. Solo las patas de los grillos y las chicharras parecen moverse con agilidad. Y Serafina, que atraviesa el pastoso aire canicular como propulsada por una hélice invisible. Para sorpresa de su madre, se ha adaptado con gran facilidad al sofocante ritmo del verano en ese pueblo: desaparece por las mañanas con una pandilla de niñas y niños del pueblo, vuelve para comer y reaparece a la hora de la cena, tras la cual Teodosia siempre está dispuesta a contarle alguna historia de mouras. O de hadas que viven en las fuentes. O de serpientes encantadas, que piden leche a los caminantes. En la panadería todas adoran a Serafina como al buey Apis: lavan sus sábanas con cáscara de limón, ponen ramilletes de lavanda en su almohada y añaden una cucharada extra de nata en el chocolate de los domingos. Hasta Justa la mira con ojos arrobados.

Un día de mediados de agosto, Etna se levanta como siempre antes de la salida del sol. De puntillas, baja a la cocina y destapa un bol con una masa hinchada y tibia que ha estado toda la noche al temple de la cocina de leña. La golpea un poco, vuelve a darle forma, la recoloca en el bol y la tapa con un paño nuevo. Después enciende el fuego y se prepara para salir. Cuando está a la altura de la puerta, oye detrás la voz de su hija:

—¿Adónde vas?

Etna se gira y ve a Serafina, con el pelo enmarañado y el camisón bordado que le había hecho Elvira.

—Voy a por algunas hierbas que hacen falta y a por agua del lago.

—¿Puedo ir contigo?

—¿De verdad quieres venir?

Serafina asiente frotándose los ojos.

—Vale, pero ve a vestirte —dice Etna para disimular las mariposas que siente en la barriga.

La niña corre a la habitación y baja a los pocos minutos con unos pantalones cortos, un jersey de punto y sandalias en los pies.

—¿No vas a tener frío?

—Es verano.

—Ya, pero es muy temprano.

Serafina la mira impasible y Etna suspira.

—¡Mira que eres cabezota! —Abre la puerta—. Venga, vamos.

Cuando salen de la casa, los hierbajos de la cuneta están cuajados de rocío. Etna inspira hondo y mira a su entorno. A las piedras de los muros y a todos los pequeños seres que viven entre ellas. A las casas y a las zarzas. A su hija, a su lado. Es apenas un segundo, pero Etna lo siente en el tuétano: la perfección del momento.

Caminan bajo castaños del verde más intenso.

—Va a ser un magosto muy abundante este año —le comenta a su hija.

—¿Cómo lo sabes?

Etna señala los árboles.

—Creía que podías predecir el futuro —replica Sera.

—¿A qué te refieres? —Etna observa a su hija con recelo.

—¿No estás aprendiendo la magia de las mouras con Teodosia y las demás?

—¿Quién te dijo eso?

—Os oí a ti y a papá hablar hace unos meses. Y veo las cosas que hacen Teodosia y el resto.

—A ti no se te puede ocultar nada, ¿eh? —Sonríe—. ¿Y qué piensas de todo eso?

—No sé. —Da una patada a una piedra—. Es como guay, si puedes hacer magia.

—Yo no lo llamaría «magia». —Aparta una rama del camino para pasar las dos—. Es solo prestar atención a las leyes silenciosas y aprender a trabajar con ellas, pero todavía me queda mucho camino por andar —explica con una punzada en el estómago, recordando su fracaso en la búsqueda de la penamoura y siendo consciente, casi por primera vez, de la belleza del camino recorrido.

—¿Y qué puedes hacer? ¿Puedes mover cosas?

—Puedo mover nubes. —Etna abre los ojos como platos y usa las manos como un prestidigitador.

—¿De verdad? ¿Como un *nubeiro*? A ver, a ver.

—No puedo hacerlo sin una razón. Eso es algo que he aprendido hace poco.

—Y entonces ¿de qué te vale?

—Vale cuando es necesario traer lluvia por una sequía o para apagar un incendio, por ejemplo.

—Como con la casa de papá. —Etna la mira con ternura infinita. Serafina continúa—: Solo para ayudar.

—Sí, me gusta esa definición. Para ayudar.

Se paran en un claro del bosque, donde Etna recoge menta y algunas violetas. También dientes de león y flor de retama. Se arranca un pelo mientras dice:

—Antes de arrancar algo de la tierra, has de coger un pelo

de tu cabeza, así, para que sientas lo mismo que la tierra cuando te llevas una de sus plantas. Después lo dejas donde cogiste la planta. Y nunca arranques la más grande y bonita.

—¿Por qué?

—Porque no hay que ser avariciosa ni egoísta. Estas plantas sirven para muchas otras criaturas.

—¿Para qué son todas esas hierbas?

—Para la tarta de la boda de la tía Veva. Necesitan un par de semanas para secar antes de poder usarse.

—¿Saben bien?

—Algunas sí, otras no tanto.

—¿Por qué las vas a usar, entonces?

—Cada hierba tiene una canción. Todos tenemos nuestra canción, de hecho. Cuando juntas ciertas hierbas, crean una canción nueva. Cada canción tiene un mensaje diferente. Estas hierbas cantarán una canción que ayudará a la tía Veva y a Orlando a escuchar lo que hay detrás de las palabras. Y así discutirán menos.

Cuando llegan al lago, una salamandra se acerca a Etna, que se la pone en la palma de la mano y se queda callada mientras se miran a los ojos y mueven las cabezas sincrónicamente.

—¿Qué haces? Estáis hablando.

—Algo así —dice Etna con una sonrisa.

—¿Y qué te dice?

—Que está muy contenta de que hayas venido. —Guiña un ojo y sonríe al tiempo que deja al animal en el suelo y lanza el cubo al agua.

Serafina se acerca a su madre.

—¿Sabes qué?

—Dime, hija.

—Yo también estoy contenta.

53

Unos días más tarde, a media mañana, el calor parece trepar por las paredes y las moscas muerden rabiosas la piel expuesta. De camino a la panadería, Etna oye a dos vecinos discutir a voz en grito, una jauría de gatos callejeros casi se la lleva por delante y los cuervos graznan sin tregua en los tejados de las casas. Hace un viento huracanado que le envuelve el cuerpo y enmaraña el pelo. Cuando cruza la puerta del local, las panaderas están trabajando en silencio absoluto.

—¿Qué pasa que estáis tan calladas?

Adela se lleva a Serafina a otra habitación.

—Ha empezado a soplar el viento del lago —susurra Elvira—. Cuando sopla oeste, el viento trae el aire de la otra orilla y vuelve loca de rabia a la gente.

—Es una metáfora, ¿no?

Elvira niega con la cabeza.

—Ya ha habido dos incidentes. Esta mañana, Rafael, el de la gasolinera de Avielo, le pegó un tiro a Genaro por no haber contestado a su saludo. Por suerte, le dio en la pierna. Y Puri, la peluquera, echó a patadas a doña Dolores porque no quedó contenta con la permanente. Es real. Cuando en verano sopla ese viento, la gente pierde la cabeza.

—¿Y qué hacemos?

—Por de pronto, no salir de casa. Hasta que pase.

—¿No podemos mover el viento hacia otra dirección?

—Nosotras no tenemos poder sobre el viento del lago.

Justa entra en la cocina, resguardada con una gruesa capa oscura.

—Estoy lista.

—¿Adónde vas? Creía que no se podía salir.

—Alguien tiene que ir a avisar a los vecinos de que se queden dentro, antes de que sea demasiado tarde.

Etna mira a Justa, erguida como una amazona, con gesto circunspecto. «Seguro que no es para tanto —piensa—. Es solo viento».

—Etna, ¿por qué no acompañas a Justa? Así terminaréis antes —sugiere Teodosia, que hace calceta al lado de un ventilador de los años setenta.

—¿Yo? —Etna siente que se le corta la digestión—, pero si acabo de llegar y tengo un montón de cosas que hacer.

—Abuela, yo trabajo mejor sola.

Teodosia fija su mirada en Justa.

—No has trabajado sola un día de tu vida —sentencia, y prosigue con su calceta—. Somos una familia y hacemos las cosas juntas.

Elvira le ofrece a Etna otra capa, que resulta tener hilo de metal para repeler el electromagnetismo, y ambas salen por la puerta.

El viento ya es insufrible cuando llegan a la calle principal. Azota con tanta fuerza que el polvo del suelo les nubla la vista. El sol se ha enrojecido y el ruido es ensordecedor. Parece una escena del Apocalipsis.

Justa llama a la puerta de la primera casa y una mujer abre con recelo. Justa charla unos segundos y a continuación le da un manojo de hierbas sujetas por un alambre. Así continúan casa por casa. En las que nadie abre, Justa pasa un papel con un mensaje escrito bajo la puerta.

Etna siente un hormigueo en las extremidades. Todo le molesta. La ropa le araña la piel sudorosa. La capa pesa un quintal. Los ojos le escuecen. Tiene la boca seca por la sed, pero la vejiga llena le aprieta la pelvis. Sin poder evitarlo, recuerdos de todas las veces que se enfadó y se tragó la rabia bombardean su cabeza; cada vez que le hubiera gustado pegar un grito, o un puñetazo. Y ese ruido insoportable del viento bramando en sus oídos.

—¿Cuánto queda? Estoy harta de hacer esto.

Justa se da la vuelta y su rostro parece sacado de una película de terror. Tiene los ojos enrojecidos por el polvo y la cara emplastada de tierra. Cierra los puños y camina hacia ella. A Etna se le corta la respiración.

—¿Qué has dicho?

En condiciones normales, Etna hubiese negado haber abierto la boca, pero se encuentra extrañamente excitada ante la expectativa de provocarla.

—He dicho que estoy harta de hacer esto. —Tensa la boca.

—¿Sabes de qué estoy harta yo? —Justa planta los pies muy cerca de ella—. Estoy harta de ti. De tu cara de mosquita muerta. De tus lloriqueos cada vez que las cosas no salen como quieres. Si estás tan harta, ¿por qué no te largas ya? No encontraste la penamoura. Dentro de nada, volverás a ser la misma bobalicona a la que nadie toma en serio.

El corazón de Etna se quiebra un poco, pero tensa la boca y replica:

—Prefiero eso que ser como tú.

—¿Ah, sí? ¿Y cómo soy yo? Dime. —Justa entrecierra los ojos.

—Una amargada. Una abusona amargada que disfruta haciendo daño a los demás... porque tienes envidia.

—¿Envidia? ¿Envidia de qué? ¿De tu incapacidad para decir lo que piensas por miedo a que alguien no le parezca bien? —añade con voz infantil—. Le quiero gustar a todo el mundo. Porque soy tan buena...

—Envidia de mi posición, de mi vida.

—¡Ja! Tu posición. Todo ese dinero que tienes es gracias a un familiar que esquilmó las aguas de pescado y los bosques de árboles. No sois más que unos buitres, como todos los ricos.

—No sabes nada de mi familia, ni de cómo se ganaron su dinero.

—Todos se ganan el dinero igual. No eres tan diferente. Y después está Mara... —Hace una mueca burlona—. Llevas la sangre de ladrones y traidores. Solo se salva tu hija y eso es porque salió a su padre.

Al oír nombrar a Serafina, Etna deja de tener control sobre su cuerpo y se descubre cargando hacia Justa con toda sus fuerzas.

—A mi hija ni la mientes. ¡Te mato!

Etna se lanza al pelo de Justa y esta la agarra por el brazo. Etna la zarandea hasta que ambas caen al suelo. Se revuelcan. Etna trata de morderle el brazo a Justa, que se aparta y come tierra. Intenta ponerse encima, pero la falda del vestido se le sube a la cabeza y le impide la visibilidad. Etna prueba a darle un puñetazo, pero Justa tiene la boca abierta y se corta los nudillos.

Tratando de ponerse de pie, se le escapa la sandalia y, cuando se agacha a recogerla, Justa le salta a la espalda. Etna consigue darse la vuelta y ruedan por el suelo. De vez en cuando descansan de espaldas, para volver a la pelea a los pocos segundos.

En algún momento se ponen en pie de nuevo, a apenas unos pasos la una de la otra. Etna busca algo con lo que atacar. Alcanza una rama. La apunta hacia Justa, que se queda quieta con una mueca de incredulidad. Después suelta una carcajada.

Etna mira su mano: el pequeño tallo blandido cual espada tiene un trozo de bosta de vaca seca colgando de la punta. Lo tira con rapidez y chilla de asco.

Las dos rompen en una risa histérica, señalándose la una a la otra, doblándose con la risa. Un estornino se lanza hacia la cabeza de Justa y la picotea colérico. Esta mueve las manos desesperada. Etna corre en su ayuda y ambas combaten al pájaro asesino, hasta que el ave se aleja volando y Justa se queda con la boca abierta, observando cómo desaparece en los remolinos del viento. Suelta un grito que se vuelve carcajada, señalando la trayectoria del estornino. Etna también ríe. Finalmente, renqueando, se dirigen al resto de las casas, aunque ya nadie les abre la puerta.

Llegan a la panadería apoyándose la una en la otra, con la cara ensangrentada y sucia, la ropa con sietes, el pelo de Justa como un nido de golondrinas. Elvira se lleva la mano a la boca e inspira con fuerza. Adela vuelve a llevarse a Serafina a otra habitación. Teodosia sonríe tras la calceta. Nadie pregunta, y Etna y Justa se van a asear.

No se vuelve a hablar del tema, ni ese día, ni los dos siguientes, en los que perdura el viento del lago.

54

El viento del lago señala el fin del verano y, con él, llega la boda de Orlando y Veva.

Un día antes, Etna improvisa un picnic para pasar algo de tiempo con su amiga, aunque a última hora se apunta Orlando, que no es capaz de mantenerse separado de su novia. Así que, provistos de bocadillos, vino y un montón de delicias de la panadería, caminan los tres hacia el lago.

Se bañan, toman el sol y escuchan música mala en la radio. Cuando el calor aprieta, buscan la sombra de un árbol y se sientan a comer. Después el sopor actúa como una poción mágica y, a los pocos minutos, Orlando se queda dormido.

—Es como si lo hubieran drogado —le dice Veva a Etna mientras se sienta a su lado en la orilla.

—¿Tú no quieres dormir una siesta también?

—Tomé demasiado café.

—¿Estás nerviosa?

—¿Por la boda?

—No, por el café. ¡Claro que por la boda!

—Cómo estamos hoy, ¿no?

Etna mete los pies en el agua helada, que se vuelve turbia por unos instantes.

Hace una o con la boca hasta que se acostumbra a la temperatura.

—Ya, perdona. Es que Sera empieza la escuela la próxima

semana y estoy de un humor de perros. Yo no sé por qué quiere volver a vivir con su padre, si ahora estamos tan bien.

Etna siente un cosquilleo en el talón. Mira hacia abajo y ve unos pececillos minúsculos mordisqueándole el pellejo de los pies.

—Mira, Veva, pedicura gratis.

—Qué grima. —Saca los pies del agua.

—Pues en Singapur, y por ahí, te cobran para que te hagan esto.

—En Singapur puede ser. Yo prefiero piedra pómez. —Orlando suelta un ronquido y las dos amigas miran hacia atrás—. No te lo tomes como algo personal —continúa Veva—. La niña ha hecho sus amistades en la escuela y ya ha tenido bastantes cambios, ¿no crees?

—La verdad es que menudo año... —Etna se reclina hacia atrás y se apoya en los codos.

—¿Qué tal siguen Silván y Halley?

—Bien. Bueno, por lo que me cuenta Sera, que es con monosílabos. Parece ser que con el seguro de incendios se están haciendo un palacete.

—Mira tú por dónde, don Anticapitalismo. —Veva se ríe.

—Eso pensé yo. —Etna sonríe a su vez—. Aunque ahora, con el bebé, necesitarán más espacio y comodidades.

—¿Y tú cómo estás?

Etna se encoge de hombros.

—No lo sé. Me alegro de que Sera vaya a tener un hermano, supongo.

—Lo mismo te pide manutención. Avísame, que soy tu abogada —bromea Veva.

—Nunca haría eso. Es demasiado orgulloso.

—¿No ayudas con Sera cuando está con él?

—No me deja. Dice que antes pide por la calle que aceptar mi dinero.

Las amigas observan a un escarabajo que se afana en mover una bola de desecho diez veces más grande que él.

—Siento que estés pasando por esto —dice Veva—. Debe de ser un golpe duro, sabiendo el rollo que te traes con Silván.

Etna se incorpora con brusquedad.

—Eso terminó para siempre. —Se muerde el labio con fuerza.

—Nunca digas «nunca». Por lo menos, el divorcio con Max ya se acabó. No todo son malas noticias.

—¡Hurra! —exclama Etna con ironía.

—Ánimo, de peores hemos salido. —Le da un empujón en el hombro—. ¿Sabes qué creo?

—Sorpréndeme.

—Yo creo que te ahogas en un vaso de agua, pero que te creces con los problemas grandes. ¿Te acuerdas de cuando nos enteramos de que estabas embarazada? Yo estaba de los nervios y tú, en cambio, sosegada como un buda.

Etna suelta una carcajada.

—¿Nos «enteramos»? Me enteré yo y te lo tuve que explicar, guapa.

—Es verdad. —Veva ríe—. No me acordaba. Pero ¿por qué iba a saber cómo funcionan esas cosas?

—Son bastante intuitivas... Tú que vas tan de lista con tus másteres... Recuerdo que estábamos en aquella cafetería cerca de la facultad y yo volví del baño con el Predictor. Pero no me atrevía a mirar. Y tú le echas un vistazo y me dices: «Negativo». Y yo ya estaba casi pidiendo una ronda de chupitos cuando miré el test y vi las dos rayitas rojas. Y te pregunto: «Pero ¿no dijiste negativo? Una raya es negativo; dos, positivo». Y tú diciendo, buscando siempre una razón: «Pero ¿qué sentido tiene eso? Si es positivo tiene que ser un signo positivo. Y si es negativo, una raya. Digo yo, ¿no?». Y cuando te digo que por qué hay dos, vas y me dices: «¿Negativo en gemelos?».

Etna suelta una carcajada a la que se le une Veva mientras añade:

—No me dirás que no tiene sentido...

—En tu cabeza, no me cabe duda de que tiene muchísimo sentido.

Cuando las risas amainan, el vértigo de los años se asienta entre ellas en forma de silencio.

—¡Cómo pasa el tiempo! —exclama Etna al fin.

—Y tanto.

—¿Sabes lo que me da rabia? Que Halley lo tenga todo, hasta a mi hija, que la adora.

—No te compares. Si yo me llego a comparar contigo o con Efimia...

—Qué tontería.

—Yo solo digo que cada uno tenemos las cartas que tenemos. Cómo las juguemos, eso es otra cosa.

—Supongo.... Oye. Y Efimia, ¿viene para la boda?

Veva asiente esbozando una sonrisa.

—¿Por qué te ríes?

—Nada, nada.

—Entonces ¿viene o no viene?

—Viene.

—¿Cómo está?

—Está bien, hecha una ñoña con Loto. Pero se está volviendo superfamosa con sus vídeos de médium, especialmente ahora que los enfoca a la maternidad.

—¿Cómo a la maternidad?

—Ya sabes, cartas de nacimiento. Nanas de protección. Aromaterapia. Hasta vídeos de nutrición.

—Me alegro.

—Seguís sin hablaros, ¿no?

—Le mandé un mensaje por su cumpleaños. Ni me contestó.

—Dale tiempo —le recomienda Veva con una sonrisa extraña.

—Ya. Ya le doy tiempo, pero es que ni siquiera me deja dar mi versión.

—Me la puedes dar ahora —dice Efimia desde detrás.

Etna se levanta de un respingo.

—¡Efimia! ¿Qué haces aquí? ¿Cómo sabías dónde encontrarnos?

—Veva estaba en el ajo.

—¿Por eso la sonrisita? —Etna le pellizca el brazo.

Veva se queja y explica:

—Es que, justo cuando preguntaste, Efimia estaba acercándose. Y casi me da la risa tonta, pensando: «Como la empiece a criticar ahora, van a pasar otro año sin hablarse».

Las tres ríen.

—Bueno, yo también me voy a echar una cabezadita —dice Veva—, que ahora me entró el sueño.

Efimia y Etna se vuelven a sentar. Veva se acuesta al lado de Orlando.

—¿Y Niko y Loto? —pregunta Etna.

—Echando la siesta también.

—Ah. —Un silencio incómodo—. ¿Cuándo llegasteis?

—¿No te lo ha dicho la moura?

Etna sonríe, aliviada.

—Vale, me lo merezco.

Etna coge una piedra lisa y redonda y se la pasa entre los dedos con nerviosismo.

—¿Qué tal estás? —se interesa Efimia.

Etna se encoge de hombros. Los ojos se le humedecen y el mentón le baila. Traga saliva.

—¿Y tú?

—Depende del día —responde Efimia con una exhalación profunda.

—Es normal. Especialmente, el primer año.

—Ya. Me acuerdo de tus llamadas desde Londres llorando a moco tendido. Cuando se te metió en la cabeza que Sera tenía una enfermedad genética rarísima porque tenía un eccema en la frente.

Se ríen y se quedan calladas otra vez.

—Y mírate ahora, eres como otra persona.

—En gran parte, gracias a ti. —La voz de Etna se quiebra otra vez—. Si no fuera por ti, igual ya ni estaría en este mundo.

—No digas eso.

—Lo digo porque es verdad. La de veces que te llamé en medio de la noche o aparecí en tu puerta, como si no tuvieras nada mejor que hacer. Y en todos estos años, creo que es la primera vez que te pregunto qué tal estás tú. Y de rebote. Me he malacostumbrado a que tú seas la fuerte.

—No exageres.

—No exagero. Desde que nos conocimos tiraste de mí, ayudándome a seguir, a pesar de mis miedos.

—Yo también tengo miedos, Etna. Casi cada noche sueño con que alguien me denuncia por fraude. Tengo que trabajar muy duro para conseguir una mínima comunicación con el más allá, para poder leer las cartas con algo de precisión. La mayoría de las veces, ni yo misma sé si me lo estoy inventando todo. Y llegas tú un buen día y, de repente, mueves nubes y haces viajes astrales.

—Lo siento. Soy una idiota por no haberlo visto.

—No. No es eso... Mira, todos estamos en nuestra película, pero yo tengo la mía también, ¿sabes?

Etna asiente con vehemencia. Hinca la barbilla en el pecho.

—De ahora en adelante prometo preguntar cómo estás antes de que lo preguntes tú.

Etna le ofrece la mano. Efimia sonríe con los ojos.

—Mejor lo preguntamos a la vez.

Se miran con intensidad y se dan la mano. Después se abrazan con fuerza.

—Te he echado de menos.

—Tengo tanto que contarte...

55

—Cómo se nota que ya estamos en otoño —susurra Etna al llegar al lago Lembrei, aterida de frío.

Es muy temprano y una capa de rocío cubre la hierba. Etna trata de no mojarse cuando se pone de cuclillas. Aun así, la humedad que se eleva del suelo araña la parte baja de su espalda. Como es el día de la boda de Veva, se ha despertado más pronto que de costumbre para adelantar tareas. Flexiona los dedos un par de veces tratando de lubricar los nudillos y lanza el cubo al agua. Una salamandra se le acerca, pero Etna no se mueve, por temor a perturbar el agua. El animal levanta su pequeña cabeza y la mira a los ojos.

—¿Me quieres decir algo?

La salamandra se sube a su mano y camina hasta que alcanza la cuerda, desde la que se arroja al agua y desaparece.

—¡Hala! —se queja—. Ahora tengo que empezar de nuevo.

La salamandra asoma la cabeza en el agua, pero Etna la ignora y comienza el proceso otra vez.

Cuando ha terminado, retoma el camino de vuelta con paso rápido, pero al llegar a un claro del bosque se para en seco. Hay algo diferente en el color del amanecer. Dardos de luz turbia se arrojan a los troncos de los árboles con una densidad casi viscosa. Etna apura la marcha con el estómago contraído. El suelo cruje bajo sus pies.

Nada más llegar a casa, sube la escalera y asoma la cabeza a través de la puerta de la habitación de Serafina, que respira hondo y despacio. Permanece unos segundos escuchando el aliento dormido de su hija. El dolor del estómago se le extiende hasta las costillas al pensar en todas las incógnitas que se abren ante ella.

Baja a desayunar y es recibida por el calor sofocante de unas gachas que Teodosia tiene al fuego. Etna muestra sorpresa y la anciana responde a su gesto con una explicación:

—Hoy empieza el otoño. Siempre cocino gachas un día como hoy, cuando el día es tan largo como la noche. Después las noches son más largas. Las gachas nos ayudan a estar fuertes.

Teodosia canturrea una canción mientras revuelve el engrudo. Lo saca del fuego. Coge un bol y, con la ayuda de un cucharón, lo vierte en un recipiente y lo adereza con almendras, miel y manzana. Coloca su mano sobre el plato y susurra unas palabras con los ojos cerrados a la vez que espolvorea romero. Sonríe y se lo entrega a Etna, que se lo acerca a la nariz e inhala con fuerza. Después hunde la cuchara, desprende un pegote y sopla para enfriarlo antes de engullirlo. El calor se extiende a través de su boca a todos los órganos de su cuerpo, especialmente al corazón.

—Las gachas fortalecerán lo que más necesita fuerza este invierno.

Etna traga el bocado a medio masticar.

—Hoy la luz de la madrugada estaba como sucia —comenta—. Tengo un mal presentimiento. No sé.

Teodosia, que se ha servido otro plato y ha hecho el mismo ritual, come sin mirar a Etna. Sorbe aire con cada cucharada.

—¿Qué es lo que no sabes?

—Es un decir. No sé. Me refiero a lo del mal presentimiento. Siento que algo malo va a pasar. Como que alguien va a morir —responde casi sin aliento.

Teodosia piensa por unos momentos mientras usa una uña a modo de palillo.

—Era sobre estos días de segunda cosecha cuando unos guerreros del sur llegaron al pueblo de mi tataratataratatarabuela. Ella estaba recogiendo moras en un bosque cercano cuando vio las llamas y el humo subir hacia el cielo. Oía los gritos de su clan y hasta los gritos de los espíritus de las casas que estaban ardiendo. Sabía que volver al pueblo era una muerte segura y delante lo único que había era el mar abierto. Entonces mi tataratataratatarabuela se sentó, extendió su mandilón rebosante de moras y se las comió una tras otra. Hasta que no quedó ninguna.

—¿Y después?

—Después volvió al pueblo.

—¿Y la mataron?

—Pues no lo sé. Ahora, morir, murió. —Teodosia se levanta—. Hay que terminar el mazapán de la tarta de la boda.

Antes de que Etna pueda preguntar más detalles, la mujer ya se ha marchado dejando tras de sí el bamboleo sonoro de la cortina de cuentas. Etna se pregunta si no usará unas de esas deportivas con rueditas que calzan los niños. Se la imagina con ellas puestas y se echa a reír.

—¿Qué es tan gracioso? —pregunta Adela, que acaba de entrar en la cocina seguida por Justa, que tiene las líneas de la almohada todavía impresas en un moflete.

—Se os han pegado las sábanas —se burla Etna.

—¿No te lo dijo Justa ayer? En el equinoccio de otoño podemos dormir hasta tarde, ya que hoy el día es igual de largo que la noche. Después empieza a oscurecer.

—Ups —exclama Justa con sonrisa pícara.

—Lo hiciste a propósito —farfulla Etna, dándole un pequeño puñetazo en el brazo.

—¡Vaya! La señorita de ciudad está cogiendo forma.

—Todos los cubos de los que tú te libras, guapa —replica Etna mientras Justa sonríe—. Me da igual haber madrugado. Teodosia me contó otro de sus cuentos. También me dijo que tenía que terminar el mazapán.

—Solo queda modelarlo; después del desayuno te enseño cómo para compensarte —dice Justa, sonriendo cuando se sienta a la mesa con su bol de gachas.

Etna asiente, suspira y deja vagar su mirada a través del cristal. La hiedra está tan roja que parece sangrar.

56

La hora de la boda se le viene encima y Etna tiene tantas cosas
en la cabeza que es incapaz de disfrutar de la ceremonia; ni
siquiera recuerda sacarle fotos a Serafina llevando los anillos
al altar con su vestido de hilo bordado y su trenza de raíz.

Después de la misa, en la que nadie ha prestado atención a
las palabras del cura, la gente se reúne en la plaza del pueblo,
que se ha provisto de mesas plegables con manteles de colores
y centros de azucenas. Los invitados conversan tomando ape-
ritivos mientras esperan a que Veva y Orlando vuelvan de su
sesión de fotos. El viento huele a lluvia fresca y castañas. Señal
de buena suerte en una boda, según las mujeres más viejas.

—Han tirado la casa por la ventana —comenta un vecino
señalando el despliegue de embutidos, quesos y panes elaborados con las mejores harinas.

Y en la mesa de los postres, rodeada de melindres y hojal-
dres, reposa la tarta de pan dulce de tres pisos que tanto trabajo les ha costado hacer en la panadería. Etna observa el postre
algo disgustada: no se aprecia el esfuerzo de varias semanas,
ya que solo luce como un pan de pasas más grande de lo normal con nata montada. No puede evitar compararla con su
propia tarta de bodas, cuando se casó con Max: cuán delicado
era el relleno de frambuesa y chantilly, cuán exquisitas las rosas importadas de Bulgaria que la decoraban, cuán complejo
el encaje hecho con azúcar de su base... Pero qué aburrida ha-

bía sido esa boda, comparada con la de Veva y Orlando, donde ya corre el vino, saltan los niños y cantan los adultos, y apenas ha empezado la fiesta.

Cuando los novios regresan, la banda del pueblo toca un alalá y la gente aplaude y aturulla. Veva, de blanco, con manga larga y falda corta, hace ademán de lanzar el ramo sin terminar de decidirse. Orlando baila animado con un traje de chaqueta con solapas retro.

Después de corear los «viva los novios» de rigor, las *pulpeiras* comienzan a repartir platos a gran velocidad mientras cuatro hombres atienden a los espetones con los cinco carneros que se terminan de caramelizar sobre unas brasas.

Cuando se agota la comida, Veva y Orlando cortan la tarta nupcial. Le siguen exclamaciones de «¡oh!» y «¡ah!» ante la sorpresa de mazapán en forma de sol y luna que contiene en su interior. Después, el silencio al devorar el dulce, con sus fragancias de hierbas y flores y la untuosidad de la miga empapada en almíbar.

Etna mira a su alrededor. Sonríe complacida al sentirse, por primera vez, parte de algo más grande.

La música vuelve a sonar y, alentada por los novios, la gente se lanza a la pista improvisada bajo una marquesina.

Etna aprovecha para sacar un par de fotos. Camina hasta la balaustrada de la plaza para tomar una panorámica de la celebración. Tras capturar el momento, posa sus brazos en la baranda de piedra y fija su mirada en las montañas. Todavía queda una rodaja de luz del color de una naranja sanguina. Guiña los ojos e imagina que el horizonte es un volcán y la luz del sol la lava.

Siente una gratitud inmensa por su vida, y por su nombre, Etna, el nombre de un volcán semidormido. Una montaña abierta a toda la fuerza del cielo y la tierra.

Siente pequeñas ondas de energía recorriendo su cuerpo y el amor derramándose en su corazón, una cornucopia de energía exuberante, fecunda y viva. Nota una pequeña sensación de incomodidad, un golpeteo irritante en la base del cráneo, pero decide ignorarlo y se reúne con el resto de los invitados.

De camino a la pista de baile, pasa al lado de la mesa de los postres y pregunta a unos niños, que comen pasteles bajo la mesa, si han visto a Serafina. Ellos agitan sus caras pringosas de un lado a otro. Etna hunde las uñas en su mano, se para y escanea el lugar con nerviosismo. Ni rastro de su hija.

Pregunta a familiares:

—¿Dónde está Sera?

Después a amigos:

—¿Has visto a Serafina?

A conocidos:

—¿Has visto a mi hija?

Y a desconocidos:

—Es una niña morena y delgada, de casi trece años, aunque parece más pequeña. Llevó los anillos en la boda.

Pasan unos minutos y la música se detiene. Los susurros se avivan, al igual que las brasas donde se asaron los carneros. Etna grita el nombre de Serafina; solo el viento contesta.

57

—¡Qué frío hace! ¿No trajiste nada más de abrigo?—pregunta Efimia al ver que Etna trata de calentarse las manos con su aliento.

Etna mueve los dedos entumecidos mientras una nube de vaho abandona su boca. No puede sentir frío. Solo hay espacio para el miedo, entre la piel y el hueso, el miedo más infinito.

Niko le pregunta hacia dónde ir, pero tampoco contesta. Efimia pone la mano en su hombro. Etna, como despertando de un coma, la mira confundida. Su cara apenas se mueve, emplastada con lágrimas secas.

—¿Adónde vamos ahora?

Etna sigue sin responder, así que Justa habla por ella:

—Vamos a mirar detrás de la Roca da Moura.

Efimia observa a Etna con preocupación y después se dirige a Justa entre susurros:

—Oye, ¿por qué no buscáis desde el Alén? ¿No sería más eficaz?

—¿Etna te habló sobre eso? —Justa tuerce la boca—. Nuestra abuela ha dicho que hay que buscarla a pie.

Efimia evita la mirada severa de Justa y se aproxima a su amiga otra vez.

—Etna —le dice muy cerca de la cara—, la encontraremos.

Etna asiente, pero piensa que encontrarla no es suficiente.

Niña de doce años en medio de la noche, en montañas heladas y atestadas de lobos. No. Encontrarla no basta. Piensa en la meiga Chuchona, una bruja que se convierte en mosca para chuparle la sangre a los niños. Piensa en los esqueletos de los caballos que uno se encuentra paseando por los montes gallegos. Piensa en la Santa Compaña.

Exhala el aire y parece un espíritu abandonando su cuerpo. El vaho se expande a través del cielo. Dibujando un rastro brillante. Rodeando la luna de un segundo halo. No se había dado cuenta de lo grande que se podía ver la luna desde las montañas de Senombres.

Entonces Etna habla:

—Efimia, ¿te acuerdas del sueño que tenía con mi abuela? —Efimia asiente—. Anoche volví a tener ese sueño. Pero esta vez sabía que estaba dormida, así que me dediqué a mirar cada detalle, de qué color era el marco de la ventana, la temperatura de la madera... Cuando llegué a donde mi abuela, conseguí estar lo suficientemente calmada para prestar atención. Y ¿sabes lo que vi? Mi abuela no estaba bailando, estaba trazando algo en el suelo, con los pies. Estaba dibujando el símbolo de la serpiente enroscada. La moura no me ha perdonado, nunca nos perdonará. —Cada lágrima que cae de sus ojos parece contener todo el dolor de esos bosques.

—No pienses en eso ahora —le aconseja Efimia abrazándola—. La encontraremos.

De pronto, oyen voces procedentes de la ladera. Corren tanto como pueden en la oscuridad hasta que reconocen al grupo formado por Orlando, Veva, el veterinario y su mujer.

—¡Apareció! —grita Veva con los ojos llenos de lágrimas y el teléfono en la mano.

Etna se para en seco y la mira con pánico.

—¡Está bien! —exclama Veva—. Manolo la encontró en la otra orilla del lago.

Etna se deja caer y rompe a llorar con un llanto estridente.

Se meten en un coche y recorren a toda velocidad la corta

distancia hasta el lago. Dejan atrás la orilla donde Etna recoge agua todos los días para adentrarse en la zona oscura.

—Este sitio me da escalofríos —confiesa Veva al pasar bajo las ramas bajas y torcidas, pisando vegetación muerta.

—¡Está aquí! —Manolo hace señas desde la orilla y Etna corre hasta él, lívida—. No la quise tocar por si estaba sonámbula —le comenta a Etna mientras señala a su hija.

Etna pensaba que estaba preparada para cualquier cosa, pero nada la podía preparar para la imagen de su hija en el suelo. Llena de barro. Escarbando en la orilla. Con la cara a apenas unos centímetros del agua.

—¡Serafina! —chilla Etna.

Serafina no contesta y Etna se queda paralizada. Es como si hubiera visto eso millones de veces antes y todavía no pudiese afrontarlo.

Cuando Etna la incorpora para abrazarla, la niña tampoco reacciona y continúa moviendo sus dedos negros contra su pecho. Etna cierra los ojos y respira hondo hasta que puede oír las arañas tejiendo en las ramas. Después pone su mano en la frente de su hija.

—Despierta.

Serafina para de moverse y mira a su madre. Coge aire con fuerza, como si acabase de salir del agua. Se agarra a su cuello y llora. Llora como lloran los niños cuando se hacen daño en la rodilla.

Al llegar a casa, tapan a la pequeña con una manta y Elvira le da un tazón con leche caliente. Etna, que no ha dicho ni una palabra en todo el trayecto, se acerca a su hija y le da una bofetada, tan fuerte que le deja la mano marcada en la cara.

—No vuelvas a hacer esto, ¿me oyes? —La sujeta con fuerza—. Nunca.

Los ojos de Etna, enormes y enrojecidos, reflejan las llamas de la hoguera. Serafina llora a mares con la boca abierta. Se frota la mejilla dolorida.

—Venga, Sera, vamos a preparar el baño —interviene Justa.

—Pero no fue mi culpa —balbucea entre sollozos.

—No se lo tengas en cuenta, tu madre está muy nerviosa.

Etna masajea la mano con que abofeteó a Serafina y mira al fuego. Se balancea hacia delante y hacia atrás. La gente que está congregada en la cocina abandona la habitación intentando no hacer ruido. Solo Teodosia permanece bajo la sombra de un manojo de manzanilla puesta a secar. No lleva el pañuelo de la cabeza, y dos trenzas largas y algo violáceas se pierden en su cintura.

—No debí haberle pegado. —Espera a que Teodosia diga algo que la ayude a mitigar la culpa, pero solo obtiene silencio por respuesta—. Pero ¿qué demonios hacía allí?

Teodosia sonríe y mueve los troncos del fuego con un atizador.

—Buena pregunta —dice finalmente. Después se levanta y se retira a su dormitorio.

—¿Buena pregunta? ¡Y tanto! No te fastidia... —musita Etna con los ojos entrecerrados.

A los pocos minutos de que Teodosia se haya ido, Etna abandona la cocina y se dirige al baño, donde Justa está probando la temperatura de la bañera. Serafina, sentada en el suelo, abraza sus piernas con la mirada perdida.

Etna añade un poco de aceite de lavanda. Ayuda a su hija a desvestirse y entrar en el agua. Luego le frota la espalda con un paño.

—¿Por qué fuiste al lago? —le pregunta mientras enjuaga sus uñas—. Sabes que podrías haberte ahogado. —Etna agarra la frente de su hija y le empuja la cabeza un poco hacia atrás. Vierte un jarro con agua sobre el pelo, que después desciende por su espalda arrastrando jabón y suciedad.

—Me dijo que la piedra estaba ahí.

El corazón de Etna se para.

—¿Qué piedra?

—La penamoura.

—¿Quién te habló de eso?

—La señora del lago. Anoche la vi en sueños y me dijo que saliera a buscarla sin decirle nada a nadie. —Etna se lleva la mano a la boca—. Me dijo que la encontraría allí.

—Pero ¿cómo puede ser?

—¡Pues siendo! Ya no soy una niña, mamá.

—No es eso. Te creo. Pero hemos mirado mil veces, cariño. No está ahí. Ni en ningún sitio.

—No. —Serafina sale de la bañera salpicando a su alrededor—. Tú te habrás rendido. Pero yo no. Me niego. No quiero volver a vivir como antes. No quiero que vuelvas a ser como eras antes.

—¿Cómo era antes, Serafina?

El labio de la niña tiembla.

—Siempre pensando en lo peor..., siempre con miedo.

Etna la tapa con una toalla grande y empieza a secarla.

—¿Y qué quieres, hija? A menudo ocurren tragedias, especialmente a nosotros, y yo te quiero demasiado. Si algo te pasara a ti...

—¡Basta, mamá! —la interrumpe Serafina—. No quiero oírlo. ¿Es que no lo ves? Cuando tú tienes miedo, yo también tengo miedo. Y no es justo. Yo no quiero vivir así.

Etna se queda quieta. Una punzada le atraviesa el corazón. Abraza a Serafina con fuerza. Apoya la mejilla en su cabeza mojada.

—La piedra sigue ahí. Solo que no puedes verla si no vas a buscarla en persona. Tienes que creerme.

—Te creo. —Etna besa su cabeza—. Si la penamoura está allí, la encontraré. Te lo prometo.

58

Etna se acuesta junto a su hija hasta que la oye respirar profundamente. Se levanta con cuidado y sale de la habitación de puntillas, atraviesa el pasillo y llama a la puerta de Teodosia, un poco más fuerte de lo que hubiera querido.

—Pasa —dice la mujer desde el otro lado.

—¿Tienes un momento? —Etna asoma la cabeza en el cuarto.

La anciana asiente y Etna entra en la habitación y cierra la puerta.

Teodosia está arrodillada frente a su cómoda, metiendo su ropa en cajas de cartón.

—¿Por qué estás recogiendo? —Etna estudia la habitación—. ¿Te vas de viaje?

La anciana no contesta. Entonces, como una descarga, Etna recuerda la voz de Teodosia en su cuarto del hostal hace casi un año, diciéndole: «Si te murieras esta noche, Mari tendría que recoger todas tus cosas».

El estómago se le encoge.

—No —dice Etna con los ojos anegados de lágrimas mientras se arrodilla a su lado.

Teodosia la mira sonriendo; sus ojos brillan con entusiasmo.

—¿Cuántos años crees que tengo, niña? Estoy cansada.

—¿Y pensabas irte sin avisar?

—La sorpresa es parte de la gracia.

—No te puedes ir aún. ¿Qué voy a hacer sin ti? —Etna se abraza a Teodosia que, por primera vez, devuelve el cariño acariciándole la cabeza—. Te necesito más que nunca.

—Lo único que necesitas es aire —Teodosia ríe— y, quizá, aguantar la respiración por más tiempo.

—¿Tú sabías que la penamoura estaba en el lago? —Teodosia afirma en silencio—. Pero ¿por qué no dijiste nada? Todo este tiempo he estado dando palos de ciego.

—Ya te lo he dicho. La sorpresa es parte de la gracia. —Teodosia abre una pequeña caja de madera desconchada y saca el colgante de la serpiente enroscada—. Esto te pertenece.

—¿El colgante de Mara?

—No. Ahora es el colgante de Etna —responde la anciana.

Etna baja la cabeza para que Teodosia le cuelgue el medallón. Lo acaricia con reverencia y fija su mirada en los ojos de Teodosia, expectante. La anciana le da un pequeño empujón en el brazo.

—¡Márchate! No hay tiempo que perder. Después de todo lo que has visto, ¿todavía sigues pensando que este saco de huesos soy yo? —La empuja de nuevo, esta vez con más fuerza—. No me hagas perder más tiempo, que todavía tengo mucho que recoger.

Etna se limpia las lágrimas y se mete el colgante bajo la ropa.

—Te voy a echar mucho de menos...

Etna se pone de pie y camina hacia la puerta. Antes de salir, mira a Teodosia por última vez, que agita la mano de manera torpe, como si acabase de aprender a decir adiós. Etna cierra la puerta, pero se queda paralizada al otro lado. Entonces la voz de Teodosia suena en su cabeza:

—La piedra te espera.

Cuando sale al exterior, la luna llena se desparrama por los tejados, y las ventanas de Senombres hacen acopio de cada destello que las salpica, preparándose quizá para el oscuro invierno.

Avanza con paso firme hasta más allá del pueblo y de la Roca da Moura. Hasta el lago.

Con temblor de rodillas, deja atrás la zona familiar y bordea la orilla hacia la parte donde la tierra está muerta. Ni una minúscula partícula del aire se mueve. Es como si el tiempo se hubiera parado.

La noche se ha vuelto tan negra como el interior de un nicho y la temperatura ha caído de golpe. Con los pies entumecidos y dando zancadas torpes, Etna se acerca a la orilla y se detiene en el punto exacto donde encontró a su hija unas horas antes. Se sienta sobre los talones y extiende los brazos sobre el lago. Forma un cuenco con las manos, coge un poco de agua y se moja la cara.

—Desandar lo andado. —Las palabras salen solas de su boca.

Se descalza y hunde los pies en el agua, tan fría que le arden. Luego las piernas y el resto del cuerpo hasta que el agua le llega a las costillas y le corta la respiración. Camina despacio hacia donde no hace pie.

—Andar para desandar. —Es como si hubiera alguien más en su interior que le va dictando lo que ha de decir y hacer.

Toma aire y se sumerge. Espera a que todo se calme, abre los ojos y mira alrededor: un negro perfecto la rodea. Sale del agua para respirar de nuevo, se recupera y dice:

—Los sapos serán pájaros; el fuego, agua. Lo que Mara hizo, Etna deshizo.

Vuelve a tomar una bocanada de aire y se sumerge una vez más. En esta ocasión, se hunde con fuerza hasta el fondo. Tantea con las manos entre la tierra resbaladiza. El miedo la invade y vuelve a salir a la superficie. Coge aire. Se limpia los ojos, entre jadeos y tiritando de frío. Llora. ¿Qué está haciendo? Es imposible encontrar una piedra en medio de la noche: hay miles.

Cada vez le cuesta más nadar. Las piernas parecen tener la consistencia de la gelatina. Se vuelve a sumergir y hace otra batida, pero, al intentar salir a la superficie, apenas es capaz de sacar la nariz antes de volver a hundirse.

Lucha contra el peso de su ropa. Qué estúpida. Debería haberse desvestido, piensa mientras trata de salir al exterior. Las piernas ya no le responden. De pronto, los brazos también dejan de obedecerle y se hunde.

Un pensamiento grita en su cabeza: «¿Es así como se acaba?».

Siente un dolor palpitante en los pulmones. Se sujeta las costillas y abre los ojos. Allá arriba, la luna se refleja gigantesca en la superficie, tiñéndolo todo de un azul mortecino. Vuelve a cerrar los ojos y deja que el agua llene sus pulmones. Para su sorpresa, ya no le duelen. Todo se apaga.

«Mi hija».

59

De repente, la luz vuelve a su retina. Etna descubre que todavía sigue bajo el agua, en el lago.

Algunas salamandras la rodean y le dan empujoncitos con sus pequeñas cabezas para dirigir su mirada. Otras se colocan delante de ella. Con rapidez, se unifican y crean una especie de flecha que señala al fondo del lago. A su parte más negra.

Etna sigue la flecha, sin saber muy bien si está nadando, flotando o imaginándose que se traslada de un lugar a otro. En la oscuridad percibe la boca de una especie de cueva. Se adentra en ella hasta que discierne dos luces amarillas y punzantes. Unos ojos que la observan.

Antes de que pueda sentir miedo, de la oscuridad de la cueva emerge la pequeña figura de una mujer. Una luz tenue incide sobre su cabello verdoso, que flota alrededor de ella. Tiene la piel ennegrecida y parte de las facciones carcomidas.

Etna retrocede. Asustada.

—No tengas miedo. ¿No sabes quién soy?

Etna se acerca un poco y frunce el ceño.

—¿Mara?

La figura cadavérica asiente y sonríe mostrando unas encías sin dientes. Un cangrejo de agua dulce sale de entre sus labios.

—Es una pena que hayas tenido que morir para venir hasta mí. —Mara sonríe, pero Etna es incapaz de devolver el gesto.

—Lo que no entiendo es por qué no te podíamos ver antes. Te he buscado en todas partes, en este lago también.

—La penamoura no se podía encontrar con el don de moura. Por eso yo os mandaba ese sueño a tu abuela, a ti y después a tu hija. Pero ¡siempre os despertabais antes de verme! Hasta que tu hija se atrevió a continuar el sueño y venir hasta aquí. Si te soy sincera, yo había perdido toda esperanza. Pero tu hija es muy valiente. —Vuelve a mostrar sus encías.

—Pensé que esos sueños y el símbolo eran un castigo de la moura por lo que tú habías hecho.

—¿Cómo te atreves? —Los ojos de Mara flotan fuera de sus cuencas amenazantes, sujetos tan solo por el nervio óptico—. La serpiente enroscada os ha estado protegiendo todos estos años.

—Perdona, no quería ofender a nadie... —dice Etna aterrorizada.

—Además, el castigo no es parte de las leyes sagradas. —Etna ve cómo sus ojos se repliegan de nuevo hasta ocupar su lugar—. Y las mouras también han de vivir de acuerdo con ellas.

Etna emite un largo suspiro.

—Bueno, ¿y ahora qué? ¿Dónde está la luz al final del túnel?

—Hay tiempo para eso. ¿Quieres saber cómo acabé aquí? —Etna asiente—. Las Tres Marías rompieron la tela antes de que pudieras terminar de leer, ¿recuerdas? —Etna vuelve a asentir—. ¿Quieres que te cuente el resto de la historia?

—Me sobra el tiempo —afirma con una sonrisa ansiosa.

Mara se sienta en una roca, creando un barullo de burbujas ascendentes que juegan con su ropa. Hace un gesto a Etna para que se acerque y empieza a hablar:

—Al poco tiempo de dejar atrás Senombres, tus tatarabuelos paternos nos dieron trabajo en Escravitude. Por un momento, pensé que mi vida iba a ser tan dulce como un panal de miel. Pero, apenas nos instalamos, Amaro comenzó a preguntarme por la penamoura. Yo le dije que era una piedra sagrada, un regalo a mis antepasados, y que él no podía tocarla.

Ya bastante había hecho yo con traerla con nosotros a petición suya. Entonces me dio mi primera paliza. Tan fuerte que pasaron semanas hasta que pude volver a andar. —Mara eleva lo que le queda de mandíbula, orgullosa—. Pero no consiguió quitarme la piedra. Entonces me quedé encinta. Y él lo utilizó para amenazarme. Me dijo que, si no le daba la piedra, me mataría a mí y a mi bebé. No me quedó más remedio que acceder. —A Etna le parece oír llorar a los peces de alrededor—. En el momento en que él tocó la piedra, una lluvia torrencial se asentó sobre Escravitude. Vivimos en el lodo durante meses.

»Amaro, sin embargo, no mantuvo su promesa y, nada más nacer tu abuela Emelina, me dio otra paliza. Culpándome de la lluvia. Acusándome de que le había puesto un *meigallo* a la penamoura y que por eso no funcionaba. Fue entonces cuando cogió un cuchillo y me amenazó con que, si no le decía cómo conseguir los poderes de la penamoura, nos abría en canal, a tu abuela y a mí. Le dije que me dejara un día para conseguir que la piedra funcionara. Por suerte, yo recordaba cómo se hacía el pan de la fortuna para los maridos con la mano larga. Así que esa noche le puse el pan bajo la almohada y cayó en un sueño muy profundo. Yo sabía que no podía ganar mucho más tiempo, así que, nada más se quedó dormido, cogí la penamoura, me monté en el primer caballo que encontré en los establos del pazo de Escravitude y cabalgué hasta el lago Lembrei. Era ya madrugada cuando me acerqué a la orilla y lancé la piedra al agua. Pero la penamoura se quedó pegada a mi mano, pegajosa por su avaricia y mi egoísmo.

»Me fui con ella al fondo. Sin siquiera poder despedirme de mi hija. Dejándola sola, con ese monstruo. Nunca pensé que se pudiera sufrir tanto. —La cara de Mara se derrama sobre su cuello—. No ha pasado un día en que no haya pagado por mi traición, mi estupidez. Podía haberme ido, haberla devuelto, en vez de tirarla al lago. Yo sola me condené a esperar a que una mujer con mi sangre viniera a recoger la penamoura para poder descansar en paz. Abre el pecho hueco. En el centro flota una piedra roma y negra.

Etna extiende la mano con timidez. Mara la anima a que la coja con un gesto complacido y finalmente ella la toma con sumo cuidado.

Al contacto con su mano, la piedra se vuelve blanca y brillante, caliente. Maravillada, Etna contempla la penamoura y pregunta:

—Pero ¿qué puedo hacer ahora que estoy muerta?

—Nada muere.

En ese momento las paredes comienzan a supurar una luz clara y templada. Primero apenas unos pequeños surcos que avanzan tímidos en la tierra, después a borbotones. Poco a poco, toda la cueva está sumergida en un destello. Alrededor nadan peces grises y brillantes como el mercurio, que se regocijan entre las pompas de oxígeno y luz. El baile va instilando en Etna una extraña paz. Los peces crean un remolino de escamas plateadas, giran cada vez a más velocidad, rodean a Mara hasta que solo se ve un color hojalata uniforme.

El remolino se alarga hacia la superficie, como si alguien hubiese quitado el tapón de una bañera. Mara se desvanece y en su lugar queda una espiral de agua plateada.

Corrientes de energía emanan de la piedra y se introducen a través de los poros de Etna activando cada nervio, cada célula. Oye una voz cristalina y clara: «Nada muere. Las reinas se vuelven diosas; las diosas, mujeres; las mujeres, mouras. Vuestras hijas son vuestras madres. El tiempo arde, las cenizas se diluyen en el agua. No temas al resplandor del cambio. El amor del espíritu en ti, en mí y en todo. Libre y parte».

Etna siente una punzada en el pecho que se irradia a sus músculos y su corazón vuelve a palpitar. Miles de salamandras la propulsan hacia la superficie a una velocidad inaudita. Saca la cabeza del lago e inspira una bocanada de aire inmensa. Asegura la penamoura en su sujetador y chapotea hacia la orilla. Se agarra a una rama y se da impulso hacia la tierra, tosiendo hasta sacar el agua de su interior.

Nota cómo el calor del sol de la mañana incide en su frente. Sonríe y aprieta la penamoura contra su pecho, que late acompasada con su corazón.

De pronto, oye pisadas de animales. Una manada de jabalíes corre en dirección al pueblo. La luz toma el color malva del pelo de Teodosia. Etna sonríe.

—Buen viaje —susurra—. Hasta la próxima.

Cuando ha recuperado algo de fuerza, se pone de pie y camina hacia el pueblo. Las criaturas del bosque parecen cantar su nombre del Alén. Etna se les une cantando el suyo.

60

—¡Serafina!

Etna grita contra el viento de la playa de Escravitude. El mar ruge inflamado mientras el sol se abre paso a través de las nubes, tiñendo su espuma de un dorado metálico.

Su hija se vuelve y saluda desde la orilla. Su sombra se alarga en la arena saturada de gaviotas.

Etna hace un gesto para que se acerque y Serafina corre hasta su madre. Tiene el pelo ondulado por el salitre y sus ojos destellan de emoción. Sonríe y vacía los bolsillos para mostrarle una roca irisada y suave al tacto.

—Esta se parece a la penamoura, ¿verdad?

—Tiene un aire.

—¿La van a traer mañana, cuando vengan las tías para mi cumpleaños?

—No, hija. La penamoura ya no volverá a moverse de su lugar.

—¿Y cuándo podré verla otra vez?

—Cuando te venga tu primera regla y te toque ser ungida con el agua de la penamoura.

—No me puedo esperar.

Etna mira a su hija de reojo mientras caminan con dificultad por la finísima arena.

—Debes de ser la única niña que no se puede esperar a que le venga la regla.

—¿Cuándo crees que será?

—No sé. A mí me vino tarde, casi con quince. Dicen que suele ser hereditario.

—Entonces aún tengo que esperar un montón.

—No quieras correr, hija, todo llegará.

Suben la empinada escalera excavada en el acantilado donde termina la propiedad.

—¿Ya has hablado con tu padre? —pregunta Etna entre jadeos por el esfuerzo de la escalada.

—Sí. Dijo que no podía venir, que Halley tiene una cita con la ginecóloga que no pueden cambiar. Pero que me mandan su regalo con la abuela.

—¿Estás triste?

—No. Lo entiendo. Además, el resto de mi gente favorita va a estar.

—¿Tu gente favorita?

—Sí. Tengo una lista. Mis tres mejores amigos, la abuela, las tías Efimia y Veva, y las tías de Senombres. Después Hortensia, Perfecta y Funes. Bueno, y tú, la primera, claro.

El corazón de Etna se hincha un poco.

—Mamá.

—Dime, hija.

—¿Vas a trabajar mañana en las obras de la panadería?

—No, mañana es tu día. Además, solo queda pintar el mostrador, y eso se puede hacer en unas horas. Bueno, eso y poner el cartel en la puerta.

Alcanzan la finca de Escravitude y caminan a través de arcos de rosales dejando atrás la pista de tenis. Una vez pasada la piscina, se desvían hacia el sendero que bordea el estanque y termina en la residencia.

—Todavía no me puedo creer que esta sea nuestra casa. Es tan grande...

—Sera —la interrumpe Etna—. Ya sé que te lo he preguntado muchas veces, pero ¿estás segura de tu decisión? Sabes que, si quieres, aún estamos a tiempo de matricularte en tu antigua escuela, donde vive tu padre.

Serafina niega decidida.

—Estoy segura. Y papá está de acuerdo. Además, no quiero que me despierte un bebé llorando cada noche. Y Escravitude me encanta.

—Pero en la nueva escuela... ¿Crees que te adaptarás? Ya sabes que son un poquito más cerrados aquí en Escravitude. Sobre todo llevando el apellido que llevas.

—Bah, yo voy a lo mío. Además, la nieta de Perfecta me hace caso. Y ya haré más amigos.

—¡Qué valiente eres, hija!

Serafina sonríe orgullosa.

—Pero ¿dónde andabais? ¡Se está enfriando la sopa! —grita Hortensia desde la puerta de la casa cuando las ve llegar.

—Perdona, se nos fue la hora en la playa —se excusa Etna.

—¿Y para qué tenéis relojes, eh? —replica Hortensia.

—No tenemos —responde Serafina riendo ante la ocurrencia.

—Por eso siempre llegáis tarde a comer.

—¿De qué es la sopa hoy? —pregunta Serafina.

—De verduras.

—¿Qué verduras?

—¡A ver, nena! Pregúntale a Perfecta, que bastante tengo con lo que tengo como para andar a mirar cada rábano que pone en la olla.

Serafina suelta una carcajada sonora y echa a correr en dirección a la casa.

—Esta rapaza parece una liebre.

Etna sonríe, absorta, posa la mano en su mejilla mientras observa a su hija desaparecer tras la puerta principal. Después fija su mirada satisfecha en la fachada. Cada ventana y galería tiene las cortinas abiertas, los balcones vuelven a estar repletos de macetas con flores, el friso de piedra está limpio del verdín que lo cubría. Y, parapetados en lo alto, unos obreros ultiman el nuevo tejado.

—Siento estar dándoos tanto trabajo.

Hortensia agita la cabeza.

—Sigues igual de atolondrada. Es que solo a ti se te ocurre arreglar la propiedad y al mismo tiempo convertir la casa del servicio en una panadería.

—Tenía que ser así.

—¿Por qué?

—Por la luna.

—¡Jesús, María y José, ya estás tú con esas historias! Mira. Yo no quiero decir nada, pero la gente del pueblo habla y dice cosas.

—¿Qué dice? —Etna la mira divertida.

—Que le echas hierbas al pan, hierbas de brujas. Y que también haces pan de la fortuna.

—Como no se me sincronizó la regla hasta hace poco, todavía me están enseñando a hacer el pan de la fortuna. Así que ese no estará disponible hasta el próximo año.

Hortensia se lleva la mano al pecho.

—Ay, *miñafilla*, no me asustes. Entonces ¡es verdad!

—No te preocupes. Diles a los chismosos que el pan que voy a vender en la panadería no tiene nada más que ingredientes deliciosos y saludables. Y la única magia es lo bien que les va a sentar, con la masa madre de más de un siglo que utilizo.

—Bueno, tú verás, *miñafilla*. Tienes suerte de que ya no os queman en la hoguera.

—¡Y dale!

Cuando Hortensia sujeta la puerta para entrar en la casa, Etna le pone una mano en el hombro.

—Oye, ¿no me ayudarías a colgar el cartel de la panadería? Es un minuto.

Hortensia suspira.

—Venga, vamos. Pero rápido, que tengo mucho que hacer.

Hortensia y Etna pasean hasta el edificio de la zona sur de

la casa donde, en época de sus bisabuelos, dormía el abundante personal de servicio. Una grúa abre un nuevo camino que comunica con la carretera del pueblo.

—No está quedando mal, todo hay que decirlo —opina Hortensia, estudiando el luminoso local de grandes ventanales—. Pero, claro, es que lo has reformado casi del todo.

—La verdad es que sí. Hay mucho trabajo invertido aquí. No me puedo creer lo rápido que van estos obreros. Estoy muy contenta. ¡Me encanta el amarillo de la madera!

—Pero ya te he dicho que el cartel no me gusta nada, con esa bicha ahí y esas formas raras. El marido de tu amiga Veva será buen carpintero, pero no tiene nada de gusto, *miñafilla*.

—El diseño no es de Orlando, sino mío. Y ya verás como le coges cariño. A ver, sujeta ahí mientras lo miro desde lejos.

Etna se aleja unos pasos. Entretanto, Hortensia nivela el cartel al lado de la puerta.

—¿Aquí?

—Un poco más arriba.

—¿Así?

—A la derecha. No tanto. Un poco abajo. A la izquierda.

—A ver, nena, ¿en qué quedamos, izquierda o derecha? Que pareces daltónica.

—Querrás decir disléxica.

—Bueno, ya me entiendes.

—Arriba... arriba... ¡Perfecto! No te muevas.

Etna se acerca a Hortensia, que sigue haciendo malabares con mala cara, y señala con un rotulador el lugar elegido. Después coge el martillo y clava los clavos. Cuelga el cartel y se aleja para volver a verlo con perspectiva.

El letrero azul refleja la luz callada del sol del norte y resalta el relieve de la serpiente enroscada en un azafrán robusto. Y bajo ella, en letras rojas, se puede leer: PANESMOURA.

«Para viajar lejos no hay mejor nave que un libro.»
EMILY DICKINSON

Gracias por tu lectura de este libro.

En **penguinlibros.club** encontrarás las mejores
recomendaciones de lectura.

Únete a nuestra comunidad y viaja con nosotros.

penguinlibros.club